月まで行こう

チャン・リュジン 著
バーチ美和 訳

光文社

月まで行こう

目次

一部

二部

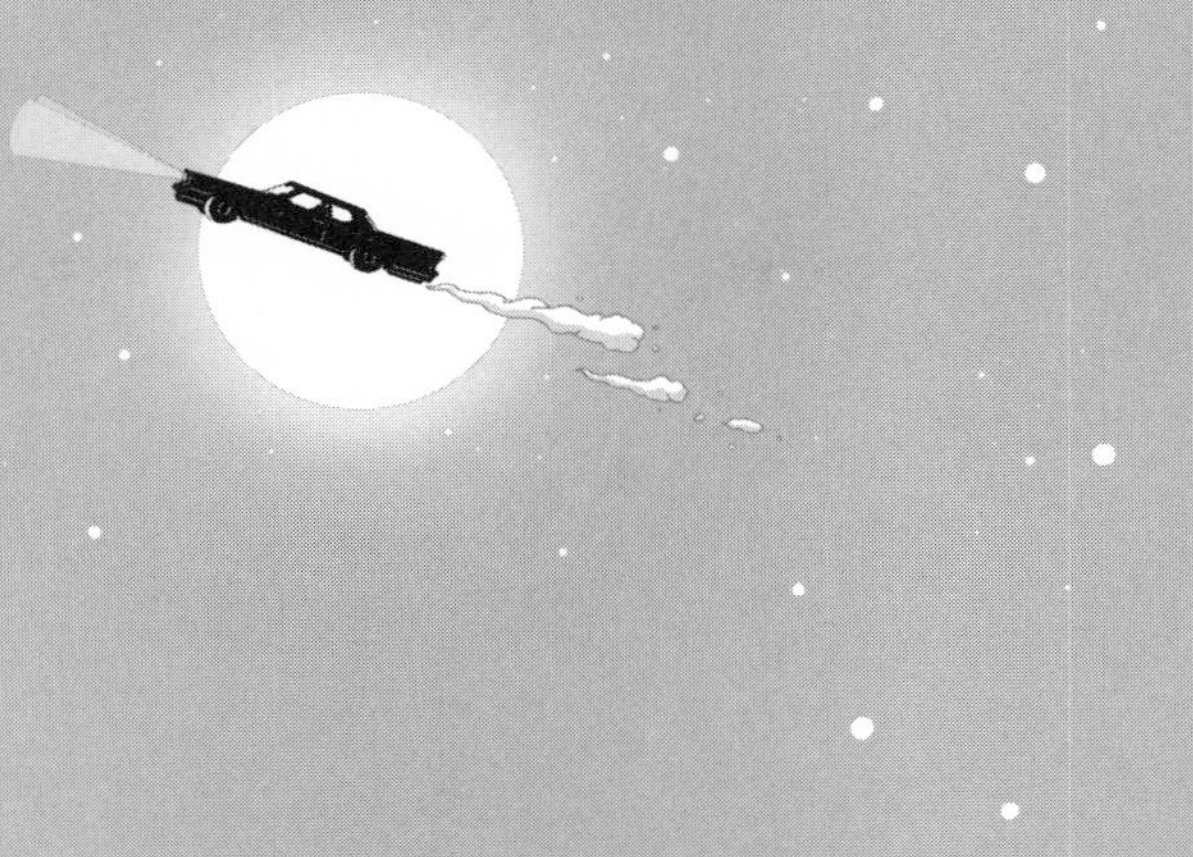

三部

一部

ラッキーだよ

二〇一七年一月十七日

足掛け五年、実際の勤務年数では三年十一か月。長いといえば長いし、短いといえば短い私の会社生活にトラブルの元凶があったとすれば、外回りの仕事、そしてチーム長だ。外回りの仕事には、いいときもあれば悪いときもある。チーム長ともいつもそりが合わないってわけじゃない。でも、チーム長と外回りに出ると、必ずといっていいほど事件が起きるのだ。

その日、会社の前でタクシーをつかまえて乗り込んだときには、遅くなったなんて思わなかった。むしろいつもより早く出たぐらいだ。うちの会社の重要な取引先であるジェイマートの本社に向かって車が走り出し、五分ぐらいたったときだろうか。隣に座っていたチーム長が話しかけてきた。

「タヘさん、ジェイマートの隣のビルに、江南《カンナム》地域で評判になったドリップコーヒー専門店ができたって知ってる？　その店が二号店になるんだけど本店よりおいしいんだってさ。すごく人気がある店だから、並ばないと飲めないらしい」

　チーム長は続けた。

「ミーティングの前に寄ってから行こうと思って、今朝はモーニングコーヒーを飲まないで来たんだ」

　チーム長は無類のコーヒー好き。毎日違うコーヒーショップでテイクアウトしてきたカップを片手に出勤し、仕事中も四、五杯は飲んでいる。でも、今日はジェイマート本社の隣に新しくできたカフェで最初の一杯を飲むために、わざわざなにも飲んで来なかったらしい。本人にとっては一大決心だが、私にとってはどうでもよかった。

　タクシーから降りると、チーム長が言っていたカフェは思っていたより小さかった。そのせいか、出勤時間でもないのに長い列ができている。遊園地みたいなガイドポールまで立てられているのにびっくりして、私は言った。

「すごい人ですね」

「ほんと、すごい人だ」

　チーム長は同じ言葉をくりかえしたけれど、そこに込められていた意味はどうやら違ったみたいだ。

「こんなに人が並ぶのは、すごくおいしいってことだ。ああ、早く飲みたいなあ」

　チーム長は列の最後尾に並んだ。約束の時間まであと三十分。ミーティングが行われるジェイマートの本社はすぐ隣だが、列はすいすいと進みそうにない。心配になってきた。なんとか注文できたとしても、コーヒーを淹《い》れてもらって受け取るまでさらに時間がかかる。私はしばらく黙って様子をうかがっていたが、とうとう切り出した。

「ミーティングが終わってから飲むほうがよくないですか？　このままじゃ遅刻しそうですし……」

「大丈夫だよ。目の前じゃないか。間に合うよ、大丈夫、大丈夫」

　チーム長は手を振って否定した。それどころか、製菓会社に勤めているのになんでこういうことに関心がないんだと、私を叱りはじめた。

「タヘさん、補完財《ほかんざい》って知ってるよね？」

　まさかそんなことを知らないとでも？　言い返したかったが、口にはしなかった。チーム長の言葉が続く。「製菓もコーヒーも、大きく分ければ同じ業界なんだ。なんであれ、新しく入ってきたものやよく売れているものをこまめに試すのは、業務のうちじゃないか」

　あげくの果てに、「これもベンチマーキングの一環だ。市場調査だよ」ととんでもないことを言い出した。百歩譲ってそれが正しいとしても、なんでいまじゃないといけないのだろう？　スマホを見ると、すでに十時四十五分だった。

「チーム長、十五分前です。どうしても、いま飲まないといけないんですか？」

「ああ、俺は飲むよ。ここまで列に並んだのにもったいないじゃないか。もうちょっとだよ」

　どう考えても、ありえない。

「あとで来てもいいじゃないですか」

そこで終われず、思わずもうひとことが口をついて出てしまった。

「じゃあミーティングに遅れたら、チーム長が責任を取ってくれるんですね？」

それまで私の言葉などどうわの空でカウンターの上のメニューを見ていたチーム長がいきなり振り返り、私をにらみつけた。そしてコートの左袖をぐいっとまくり上げ、右手の人差し指で腕時計を叩《たた》きながら言った。

「タヘさん、俺にとってコーヒーはものすごく大切なんだ。知ってるだろ？　絶対にここのコーヒーを飲まないとダメなんだ。もう十一時だっていうのに、きょうはまだカフェインを摂《と》ってないんだぞ。コーヒーを飲まないでプレゼンして、ちゃんと話せなかったら、そのときはタヘさんが責任取ってくれるんだな？」

チーム長っていうのはりっぱな役職。つまり、責任者のはずだ。それなのに、わがチーム長は、どんなときでも自分が責任を取るとは言わなかった。こんな状況でさえ、絶対に言わないのだ。コーヒーを飲まなかったら、ちゃんと話せないって？　ミーティングとコーヒー、コーヒーとミーティング、いったいどっちが大事なのよ。

十時四十七分。コーヒーを注文。十時五十一分。コーヒーを二つ受け取る。十時五十三分。チーム長が「走れ！」と叫ぶ。十時五十四分。私が持っていたテイクアウト用コーヒーのフタが突然外れると、熱いカフェラテが一気にこぼれ出して、ベージュのウールコートの袖、アイボリーのウールニットの真ん中、スエードの靴のつま先部分とノートパソコンの入ったバッグの全体が濡《ぬ》れてしまった。「あ、熱っ！」っていう言葉も出ないくらい一瞬の出来事。十時五十五分。チーム長がジャケットの内ポケットから黒ずんだハンカチを出してきて、慌ててノートパソコンのバッグを拭く。

そのときチーム長が心配しながら口にした「ノートパソコン、大丈夫だよな?」という言葉と、「タヘさん、急いでいるのに、なんでこんなことをしでかすんだよ?」という叱責の言葉を聞き、呆然《ぼうぜん》とする。十時五十六分。ジェイマート本社のインフォメーションデスクでそれぞれ身分証明書を見せて、ビジター用入館カードを受け取った。十時五十九分。エレベーターが十四階に到着。喉が渇いていたので、なにか飲みたかったのに、カップの中にはコーヒーが一口も残っていなかった。十一時。会議室のドアを開ける。チーム長は「こんにちは、マロン製菓《せいか》のスナックチーム長、コ・デヨンです!」と声を上げながら入室した。まるでイベント会場で舞台脇の階段を上がりながらあいさつをする歌手だ。

服の真ん中に大きな薄茶色の染みがあり、牛乳の生臭さが漂う社員と、自己紹介をしながら部屋に入る演歌歌手のようなチーム長。うちの会社の営業チームのメンバーが先に到着していたからラッキーだったものの、最悪の雰囲気になるところだった。目前に迫るバレンタインデーをターゲットにしたイベント企画案と、売り場のディスプレイ案を説明するプレゼンは、無事に終わった。有名なコーヒーを飲めばうまく発表できる、というチーム長の言葉は、決してまちがってはいなかったと、無理して考えた。会社に戻るタクシーの中で、チーム長が最初に口を開く。

「さっきのコーヒーだけどさ」

一度じゅるっと舌なめずりをしてから言葉を続けた。

「ほんとにおいしかったよな?　すごくおいしかったから気分が上がったよ」

あきれた。三年十一か月前だったら、どうしてたかな?　きっと、ただ「はい、はい」って答えてやり過ごしただろう。でもそんなふうに「はい、はい」って言ってばかりだと、人間も熱い蒸気が充満した密閉容器みたいに危なくなる。蒸気を逃がす吹き出し口が必要だ。この三年十一か月、「はい、はい」と言いつづけて、わかったことだ。蒸気を逃がす穴は大きくなくていい。ほんのちょっとだけ隙間を作ってやればいい。そうすれば手を伸ばすのも怖いくらいグラグラと沸き返っていたなにかが、割れ目のような隙間から、しゅーっとまぬけな音を立てて抜けていく。爆発させたらダメだ。容器を壊してもいけない。私は「はい、はい」って言ってから、力を込めてひとことつけ加えた。

「チーム長がご機嫌なだけでも幸いですよ」

　すると彼が瞬《まばた》き一つしないで、こう言った。

「だろ、ラッキーだよ。タヘさんが朝からむすっとしていたから、俺も不機嫌になるところだったんだけど、あのコーヒーで気分がよくなったんだから」

　やはり普通じゃない。絶対にノーマルじゃない。私は目を細めたままニッコリと笑ってみせた。

「ラッキーですね、ラッキー」

「だろ？　ほんとうにラッキーだよ」

　無言で視線をチーム長からそらして、顔を窓の外に向けた。同時に頬の力も抜く。がんばって上げていた口角が、重力によって本来の位置に戻るのがわかる。

　真冬にしてはかなり気温が高い日だった。窓の外の風景もどことなく春のように暖かく見える。空には雲ひとつなく、正午のあふれんばかりの日差しが都市の街並みに降り注いでいる。目の前を通り過ぎていくものすべてが、きらきらと光を放っているように見えた。様々な高さのビルの輪郭も、ビルの合間からときおり顔を見せる真昼の青空も、じっとしているようでいて空気が動くたびに揺れる街路樹の細い枝も、明るい街をカジュアルな服装で歩く人たちの表情も。行き来する人たちを目で追いながら考えた。あの人たち、みんなどこに行くのだろう。なんとなく、誰もが家に向かっているような気がすると、いきなりうらやましくなった。私もいま家に帰れれば、いいのに。このタクシーでまっすぐ家に帰れたら、どんなにいいか。

「お客さん、着きましたよ」

その言葉と同時に目を開けると、タクシーが家の前で停《と》まっていた。私はレンガ造りの建物の外側につけられた鉄階段の手すりをつかんで、二階の自分の部屋まで一段おきに早足で上がっていく。玄関のドアを開けて、コーヒーの染みがついたコートとじっとりと濡れたニットのセーターを床に脱ぎ捨ててから、熱いシャワーを浴びた。はちみつの香りがするシャワージェルをバススポンジにたっぷりと出し、水でちょっと湿らしてたくさん泡立たせ、ゆっくりと体を洗いはじめた。全身を覆えるくらいのモコモコした泡が必要だ。シャワージェルをさらに二度出して泡だらけにした。全身を洗ってから、しばらく目を閉じてシャワーの熱い湯を浴びる。凝り固まっていた肩の疲れがすっかり取れるまで、頭のてっぺんからつま先まで緊張が解けて温まるまで。ずうっとまったりと……ちょっと待って、こんなことしてたらダメじゃないの？

我に返って眺めると、浴室の床が泡だらけだ。ジェルを洗い流した湯が、浴室の半分以上を占める縦型洗濯機の下を通り抜けて、浴室の外まで行っている。たいへんだ。この部屋は浴室用の換気装置がないから、水蒸気を外に排出するため、公衆トイレみたいにドアの上下が開いているのだ。そのうえ浴室と部屋の境目に段差もない。タイルのはしからすぐにオンドル（床暖房）のある部屋へとつながっている。境目の隙間からオンドルのフロアに水が入りそうなので、透明なガムテープを重ねて貼ってあるものの、とにかくちょっとでも油断すれば難なく流れ込んでしまう。ぼうっとしていたら絶対にダメだ。急いでシャワーを止めて、大きなバスタオルを体に巻きつけてからドアを開けた。やっちゃった。どのくらいのあいだ、あんなふうにシャワーを浴びてたんだろう？　せまい部屋が水浸しだ。浴室から流れ出した泡が、浴室の向かい側にあるシンクを越えて、部屋の隅に置かれたシングルベッドまで達している。ベッドの下に置いた紙製キューブボックスが濡れてチョコレート色になっているし、床に脱ぎ捨ててあった服はびしょびしょだ。うそでしょ。目をギュッと閉じてから、ふたたび開いた。

タクシーが会社の前に着いた。驚くほどリアルな夢だった。気分を盛り上げようとして、帰宅を空想しはじめたんだけど、なんで夢でもこんなことが起こるんだろう？　いつのころからか、日常生活で起きたことや考えたことが、そのまま夢に出てくるようになった。比喩や暗示などではなく、恥ずかしいくらいありのままに。いま住んでいるワンルームマンションは、二年ごとの契約更新を二度すませていて、今年の夏に契約更新が控えている。これ以上ここに住んでいられないという思いと、今度こそ引っ越そうとして立てている計画で頭がいっぱいだったから、こんな夢を見たようだ。どうしてこんなに単純なんだろう。自分にがっかり。今週末には絶対に不動産会社に行くことを決心しながら、法人カードでタクシー代を支払った。

チーム長はいつの間にか会社の入り口を通り過ぎ、ロビーに入っていた。チーム長の後ろ姿を遠目に見ながら、早く追いかけなきゃと思うものの、とても気が重かった。退社時間まであと五時間もある。服の中も外側もべったりと濡れていて、家に帰りたくてしかたなかった。半休を取ろうか？　明日までにやる仕事が山ほどあるから、チーム長が許可してくれそうにない。家に帰って服だけ着替えてくるって言ってみようか。私が考えても、家はそんな簡単に行ってこられるほど近くはなかった。どこでもいいから近くのショップでセーターを一枚買ってこようかな。でも、給料日までまだ一週間あるし、すでに残高ゼロに向かってカウントダウン中だ。セーターを買う余裕なんてない。夏ならよかったのに、冬の服はすごく高いから。

　そのまま会社に行ったほうがいい点を挙げてみることにした。なにか一つくらいはいいことがあるだろう。あるはずだ。考えてみよう。なんでこんなに浮かんでこないのかな。いくら考えても浮かんでこなくて、絞り出そうとして頭を抱えていたとき、平らなレモン色の箱が一つ浮かんだ。今朝、すぐ隣のパイチームのチーム長が海外出張に行ったときのお土産としてもらったバナナ菓子だ。去年も誰かが海外旅行で買ってきてくれたので、食べたことがある。レモン色の箱を開けると、手のひらほどのスポンジケーキがひとつずつ包装されていて、包み紙には青いリボンを結んだ黄色のバナナが描かれている。包み紙を取ると、イラストと同じ大きさのバナナ型のスポンジケーキが現れ、ひと口食べると本物のバナナをつぶしたような味と食感のペーストが、口の中に甘くとろりと広がる。一人一個ずつ持って行って食べるように言われたので、うちのチームの丸テーブルには私のぶんがまだ残っているはず。

「私のぶんがもしも残っていなかったら、そのときはほんとうに半休を取るんだから」

　そんな勇気もないくせに、わけもなくつぶやいてみた。私は、バナナのペーストがいっぱいつまったバナナ菓子みたいに、頭の中をバナナ菓子でいっぱいにして、オフィスへと向かった。

まあまあたち

二〇一七年三月十三日

一年に一度、こんな日がある。見た目はいつもどおりなのに、オフィスに流れる空気が微妙にいつもと違う日。モニターをのぞき込む人々の目つきが、どことなく虚《うつ》ろな日。キーボードをたたく音、マウスをクリックする音に鋭い緊張感が感じられる日。なにかとくに騒ぎがあったわけでもなく、むしろ普段よりも静かなのに、人々の心のざわめきが感じられる日。気持ちが落ち着かない日。

出社すると、すぐに今日がその日だってわかった。コンピューターを立ち上げながら、何度かゆっくりと深呼吸をした。続けてメールボックスを開いて人事チームのメールを確認し、本文に記されたリンクをクリックした。

あ……また？　ため息が漏れた。机の上に肘をつき、両手を額に当てた。思わず気が抜けて、まぶたがスッと下がってくる。しばらく目を閉じてから、ふたたび開いた。そうやってしばらく机の上のホコリだけを見つめていたが、力なく両手で顔を覆ってから、グループB03のチャットルームにメッセージを書き込んだ。

——私は〈まあまあ〉だった。

すると、続けてウンサンオンニ【訳注／「オンニ」は実の姉を呼ぶときだけでなく、親しい年上の女性を呼ぶときに、「姉さん」のように使われる】とチソンがメッセージを送ってきた。

——〈まあまあ〉

——私も〈まあまあ〉……。

まさに人事評価のシーズンだった。昨年一年間の業務評価を受ける時間。評価グレードは五段階で、最高グレードはO、その次はI、M、Bとなり、最低グレードはNだった。最高グレードと最低グレード以外は、相対評価なので誰かが必ずMかB評価を受けなければならないシステムだった。各グレードのアルファベットは、こういう意味だ。

Outstanding：きわめて優秀
Incredible：優秀
Meet requirement：合格
Below requirement：不合格
Need supplement：人員の補充が必要

でも、私たちはこんなふうに言い換えていた。こっちのほうが、すっと理解できる。

O：大当たり

Ｉ：一目置く
Ｍ：まあまあ
Ｂ：ぼんくら
Ｎ：悩みの種

今年で、ウンサンオンニ、私、チソンの三人とも、入社から連続して〈まあまあ〉の評価をもらったことになる。最初の年は、そんなものかと思って気にしなかったが、その翌年、その翌々年も〈まあまあ〉の評価をもらうと、だんだん気持ちがへこんできた。三人とも「今回はかなり会社に貢献した」と思って密《ひそ》かに期待していた今年でさえ同じ評価をもらうと、どうせ〈まあまあ〉って評価になるのに、なんであんなにがんばったんだろう、と思いはじめ、やる気が失《う》せてしまった。それに、先日のチーム忘年会では、「今年の残業王」部門でＭＶＰに選ばれて、賞品に安物のワインまで一本もらっていたのだ。口では「よくやった」「ご苦労さま」「君がいなかったら大変なことになってたよ」なんて言っておきながら、肝心な評価になると〈まあまあ〉だなんて。そうなると「一目置く」はいったい誰がもらうんだろう、「一目置かれる」人がいるのかどうかも気になった。ほんとうかどうかわからないけど、今年から主任に昇進する時期までに「一目置く」が一個もないと、昇進対象から外される、というゾッとする噂《うわさ》もある。

でも昇進よりも気になるのは、というか、私にとってなによりも重要なのは、このグレードによって年俸上昇率が決まるという事実だ。

四年前、長い就職活動の末に合格通知をもらった日を思い出す。この業界の給与は高いほうじゃないって知っていたし、覚悟もしていたけれど、会議室のテーブルの上に置かれた最初の年俸契約の数字には、びっくりした。期待はしていなかったものの、予想していた金額をはるかに下回る薄給だった。どことなくつましい印象さえ与える数字に目を落としながら、心の中でつぶやいた。かりにもマロン製菓たる会社が、ほんとうにこれっぽっち？

韓国人でマロン製菓の名前を知らない人はいないはずだ。業界トップに数えられる会社ではないけれど、コンビニやスーパーに行けば誰もが買うことのできる製品を作っている。全国どのスーパーに行っても必ず売っているといえる、オールタイム・ベストセラーの「チョコボム」と「チョコアイスボム」があり、チョコレートバーとアイスキャンディーの市場占有率はかなりのものだった。製品がヒット商品なだけで、会社自体は就活生の憧れの企業ではないものの、ソウルの中心地に立派な社屋もあるし、京畿道《キョンギド》郊外には工場もある会社だった。だから、まさかこんなに給与が少ないとは思わなかった……薄給なことがわかったら、今度はこんな思いさえ浮かんだ。じゃ、マロンより小さな会社の給与って、どのくらいなんだろう？　もちろん、契約にサインをしないわけではなかった。

それから約一年後の最初の評価日のことは、スマホに絶え間なく表示される通知とバイブレーションの音が思い出される。ウンサンオンニがグループのチャットルームにメッセージを立てつづけに送ってきたからだ。

——M等級の昇給率二パーセント。こんなのありえる？

――それでなくても雀《すずめ》の涙みたいな給与なのに、その二パーセントって？

ウンサンオンニは経営学科出身で、購買チームの所属だからなのか、数字に強く、細かかった。

私が答える間もなく、オンニのメッセージがまた届いた。

――今年の消費者物価指数の上昇率が一・九パーセントなの。それなのに昇給率が二パーセントとなると？

私が答えた。

――ほぼ据え置きだね。

――据え置きだよ。

オンニが続けた。

――でも普通、体感物価はもっと高いじゃん。韓国銀行の発表によると、今年の体感物価上昇率は二・六パーセントだって。ひとことで言うと事実上、

――カットされたんだね。

――カットされたってことだよ。

黙っていたチソンがメッセージを送ってきた。

――オンニたちの会話を聞いていたら、力が抜けちゃって残業できなさそう。今日は帰る……。

そしてつけ加えた。

――どうせ「一目置く」は、定期採用じゃないともらえないって話も聞いたし。

そのころだったと思う。ウンサンオンニが、〈カン・ウンサン、キム・チソン、チョン・タへ

（三）〉というチャットルームの名前を〈B03〉に変更したのは。B03は「不定期採用の三人」という意味らしい。うちの会社は毎年、新入社員を五、六人ほど採用するために、秋から年末まで大卒定期採用プロセスを進めるのだけど、会社規模があまり大きくなく、人の入れ替わりが少ないという特性があった。そのため、何年度の社員番号なのか、誰と同期なのかを、あいさつ代わりに確認しあっていた。よくは知らないけれど、同期ごとの集まりやチャットルームもあるみたいだった。こんな雰囲気のなかで、定期採用以外の方法で入社した少数の新入社員たちは、「寄る辺ないやつら」って扱いをされるしかなかった。その基準どおりだと、私たち三人に「寄る辺」がないのは事実だった。

ウンサンオンニの場合、入社二年目で自動車部品会社の購買チームから、うちの会社の購買チームに移ってきた。二年目での転職は、業界を問わずめずらしいケースだ。まったくの新人ではないが、かといって経験者というには不十分なところがあった。

私より一歳年下のチソンの場合、四年前に経理チームの人たちが一斉に辞めたため、随時採用の枠で急遽《きゅうきょ》採用されたらしい。これもうちの会社ではめずらしいことだった。

私の場合は、大学卒業後にこの会社の氷菓チームで事務補助のアルバイトを三か月間したところ、私を評価してくれた当時のチーム長が、一般インターンへと転換してくれたので、もう一年勤務することができた。いままでなかったプロセスらしい。特別待遇なんだぞ、という感じだったので、私もすごく感謝するふりをした。でも製菓会社に就職する気なんて最初からなかったから、アルバイトとして勤務しているときも、一般インターンとして勤務しているときも、他社の採用広告が出るたび履歴書を送りつづけていた。マロン製菓でのインターン経験が、他の企業を志願する際に一つの経歴になれば、という気持ちで通っていたのだ。業界を選ばず、マロン製菓よりよさそうな会社にはすべて履歴書を書いて送った。

しかし応募した会社のどこからも、ただの一社からも連絡がなかった。書類選考を通過して面接試験を受けるときは、どうやって外出しよう？　有給休暇、使えるかな？　そんな心配はまさに空振りに終わった。最後の望みをかけた会社――ここに行くくらいなら、マロン製菓にしがみついているほうがいいかな。でも、とりあえず履歴書だけでも送ってみよう、って応募した広報エージェンシー――からも書類選考で不採用になったと通知が届くと、はっとした。あらためて考えると、私をインターンとして使ってくれているこの会社、マロン製菓が、じつは私が通うことができるいちばんよい会社なのでは？　と思えたのだ。

タイムリーなことにマロンの人事チームから、正社員への転換プロセスにチャレンジしないかという提案があった。インターン期間の終わりが一か月後に迫っていた。この期間を過ぎると、どこにも所属していない就活生に戻らなければならなかった。それは二千字、三千字と、文字数を数えながら自己紹介を書きつづける、あの憂うつな作文をあてもなく繰り返さなければならないことを意味した。これ以上は無理、っていう気持ちしかしなかった。マロン製菓が、唯一自分の手でつかめる最後の希望で、チャンスだった。私はブランディングとマーケティングに関する課題を提出し、プレゼンテーションを行う実務面接、人事チーム面接、役員面接と進み、やっと新入社員になることができた。

問題はその後だった。私を採用してくれた氷菓チーム長が、大手食品メーカーの上級職にスカウトされて会社を去り、私は突然に後ろ盾のない人間になってしまったのだ。入社が取り消しになったらどうしようって心配しているあいだに、人事チームがちょうど欠員が出ていたスナックチームに私を配属したのだ。スナックチーム長は、自分が採用していない若者が、ぱっと空席を取ったのが気に入らなかったのか、最初から私をよく思っていなかった。初めて会ったときにこう言ったのだから。

「氷菓チーム長がねじ込んだ子って、君？　あ、ジョークだよ、ジョーク。気にしてないよな？」

いずれにしても、私もこの会社では前例がないプロセスで入社していた。だから、しばしばこんなことを言われなければならなかった。

「タヘさん、チョンさんと同期だっけ？　違う？　じゃ、誰と同期だ？　あっ……そうだった、前のチーム長のおかげでうまく入社できたんだよな。最近の若者は就職がすごく難しいらしい。タヘさんの友だちはどう？　みんな就職している？　友だちがタヘさんのことすごくうらやましがっているだろ？」

経営支援室購買チームのウンサンオンニと経理チームのチソン、そしてブランド室スナックチームの私。それぞれ違うチームに、それぞれ違うルートで入ってきたが、入社時期が近かったので、人事チームは私たち三人の入社日を同じ日にして、小さな会議室で簡易オリエンテーションを一時間受けさせた。私たち三人が顔を合わせたのは、このときが初めてだ。年齢も、年次有給休暇もちょっとずつ違ったけれど大差はなく、同じ日、同じ時間に入社した「同期」だと、お互いに考えるようになった。

私たちは気が合い、すぐに親しくなった。インターンとして勤務していた一年間に会社で知り合った人というと、それが誰であっても、一緒にいて居心地の悪い人としか思えなかった。だいたい「会社員」というのは、私に業務を命令したり、私を評価したりする人だと思っていたし、実際にそうだった。でもウンサンオンニやチソンとの出会いにより、会社で知り合った人と「友人」になる経験ができた。それぞれ違う部署だったので、直接利害関係もなかったし、評価しあう必要もなかった。

さらに、私はウンサンオンニやチソンが、幼いころからつき合っている友人よりも親しく感じられた。むしろ「以前からの友人」よりも会話が弾み、話が通じる部分が多い。そんなことにときどき感慨すら覚えながら、不思議でもあった。振り返ってみると、当たり前だ。だって、私たちは睡眠時間をのぞけば、一日の大半を会社で過ごしていたし、私に起こることは直接的にも間接的にも「会社でのこと」なのだから。うれしいことも、悲しいことも、おかしいことも、腹が立つことも、気分がスカッとすることも、あきれることも。ウンサンオンニ、チソンとあれこれ話すときは、すでに主要人物や、以前の出来事を共有しているので、バックグラウンドをいちいち説明する必要がなかった。

明らかに会社生活で助けになっている部分もあった。それぞれのチームで起きていることを、毎日リアルタイムにB03グループのチャットルームで共有していたので、自分では知りえない会社のニュースやゴシップ——つまり、正社員たちが独占している社内動向、人脈、情報——から自然と取り残されずにすんでいた。

成果発表がある今日も、ウンサンオンニが新しい情報をもってきた。

――去年のハム博士のボーナス、五億だったってさ。今年はいったいどのくらいもらうんだろう？

――五億？　ほんとに？

――私はいつも確かな話しかしないでしょ？

　チソンが驚いて聞いた。

――ほんと？　どうしたらそんなことがわかるの？

――企業の告示情報にみんな出てるよ。

　ハム博士は全社でただ一人、職位や役職名ではなく学位で、つまり「博士」って呼ばれる人物だった。昨年の初めに、ビッグデータ分析の専門家とかいう触れ込みで入社した。これまでなかった職位だ。研究開発室の組織図に唐突に「ビッグデータＴＦ」という分岐ができ、その下にはハム博士とその秘書だけがぶら下がっていた。ポジションだけ作ったとしか説明がつかない組織だった。ハム博士は社長の大学の後輩で、母方の従弟《いとこ》らしい。出勤したいときに出勤し、退勤したいときに退勤していた。思わずキーボードを打つ手に力が入り、かちかちと大きな音を立てた。

――いったい去年あのおじさんがなにをしたっていうの？　チョコボムやチューイングガムの個数を数えただけじゃない？

　チソンが答えた。

――なんか報告書を一つ作成していたよ。うちの会社のチョコボムの重量を二十パーセント削減して包装も変えれば、売り上げが上がるはずだって言ってたよね。

　今度はウンサンオンニが言った。

――そんな報告書は、博士号なんかなくったって十分に書けるよ。

社長のコネ人脈経営に嫌気がさしたと言って、しばらくのあいだは社長の悪口、ハム博士の悪口、会社の悪口を言っていたウンサンオンニが、突然注意を促しはじめた。もし誰かに私たちのチャットルームをのぞき見されたら大変だから、チャット履歴を全部消すように、ということだった。チソンが訊《き》いた。

——どうやればいいの？

オンニがわかりやすく説明した。

——チャットルームの右上に、メニューボタンがあるでしょ。

——うん。

——そこでチャットルームの設定メニューをクリックすると、チャット履歴を削除するボタンがあるから。

——あった。チャット履歴のエクスポート！　これを一斉送信すればいいのね？

私が驚いてポカンとしているあいだに、ウンサンオンニが急いでメッセージを送った。

——もう、しっかりしてよ！　あんたのチャット履歴を社員全員に一斉送信したら、私たち三人、手をつないで退社することになるでしょ！

笑い声が口から漏れないように、口を閉じてぐっとこらえた。ウンサンオンニが提案してきた。

——ダメだね。こんなことしてないで、〈まあまあ〉たちの顔を見ながら話さなきゃ。みんな、今日のランチはどう？

そのとき、気がついた。私たちのチャットルームの名前が〈B03〉から〈B03－まあまあたち〉に変わっていることに。

雲をつかむような話

二〇一七年三月十三日

うちの会社だけの定説がある。食後のコーヒーがスターバックスだと単に同僚、コーヒービーンだと恋人未満、友だち以上だ。

定説はこんな状況で役立つはずだ。社内のある人物となんとなく親しくなって、特別な仲になった気がする、と仮定しよう。メッセンジャーで業務のやり取りをしていて、いつの間にか仕事と関係ないプライベートな連絡をするようになり、自然と会社の近所で何度かランチもしたけど、まだディナーの約束まではしていないとき。もうちょっと進展する可能性があるのか、または、勘違いしているだけなのか気持ちがもやもやするとき。ランチ後のコーヒータイムがスターバックスだったら、あきらめるほうがメンタルヘルス的にいいだろうし、コーヒービーンだったらもう少し加速しても大丈夫かもしれない。まあ、次の約束はランチじゃなくて、一気にディナーに行くのもありかもしれないってこと。

この定説はまわりの人たちにも使える。たとえば、隣のチームの新人と先輩、または上司との雰囲気があやしかったら？　最近、ひんぱんに二人っきりで外回りに行くあの二人、なにかあるんじゃないかって、みんなが推測していたら？　一緒に仕事をする同僚とは名ばかりで、大胆な社内恋愛をしている二人が、本人たちは周囲の目をごまかしているつもりでも、熱々なのがばればれだったら？　ランチから戻った二人の手にどんなコーヒーが握られているのか確認してみるとよいかもしれない。スターバックスの緑色でなく、コーヒービーンの紫色のストローをちゅうちゅう吸っていたら――二人のあいだは確認するまで誰にもわからないけれど――どうしても合理的な疑いへと、気持ちが動いてしまう。

　コーヒーのブランドに特別な意味があるわけではない。スターバックスは会社のビルの向かい側に一店舗、それから二区画離れた食堂の多いエリアに二階建ての店舗がもう一つある。どちらもオフィスからアクセスしやすい。コーヒービーンは、二階建てのスターバックスからさらに一区画歩いてから、細い道を一度渡らないとたどり着けない、ちょっと奥まった場所にある。少しのあいだでも二人だけの時間を過ごしたいという場合でないと、なにか心配で会社の人たちに見られたくないって場合でないと、他のフランチャイズコーヒー店とたいして味が違うわけでもないコーヒーを一杯飲みに、そんなところまで行く理由がなかった。たかが五分しか違わない距離でもだ。五分はランチ時間全体の八・三三三……パーセントにあたる貴重な時間なのだから。さらに、開放的な作りになっているスターバックスとは違って、ここのコーヒービーンはテーブルのあいだに仕切りのある席が四つもあって、ひっそりと会話をするのにぴったりだった。私たちはここを「電車の車両」と呼び、入り口に近いほうから第一車両、第二車両、第三車両、第四車両と名づけた。

　B03が集まるときは、スターバックスではなくコーヒービーンに向かった。私たちが恋人未満、友だち以上だから？　違う。だったら、なにか気にかかることがある？　……そのとおり。私たちの会話の九十パーセントが会社への不満だったけど、会社の人がうじゃうじゃいるスターバックスで会社の悪口を言えるほどの度胸はなかった。私たちは惜しみなく徒歩五分を投資して、コーヒービーンの〈車両〉を死守しないと、心置きなく会社の悪口が言えなかったのだ。

　ウンサンオンニ、チソンとランチの約束をし、十一時五十五分から一分おきに時計を確認した。五十六分。五十七分。五十八分。五十八分。まだ五十八分……？　なんでこんなに時間が経つのが遅いんだろう。五十九分。五十九分。五十九分……十二時になった。チーム長も含め、誰も席を立とうとしない。十二時一分。やはり誰もまったく動かない。十二時二分。そのままだ。十二時三分になった瞬間、私は車輪のついた椅子をすっと押して立ち上がりながら、やっと聞こえるか聞こえないかぐらいの声で言った。

「私……今日は約束があるので、ランチはみなさんと別に行きます。失礼します」

　それと同時に、共用のハンガーラックにかかったコートを腕に掛け、さっさと廊下に向かった。エレベーターのドアが開いた。最上階から乗ってきた人でぎゅうぎゅうのエレベーターの中に、チソンとウンサンオンニの姿を見つけて目で合図を送っていると、笑いが込み上げてきた。

　メッセンジャーでは話せないおしゃべりが目的で集まるのだから、熱くない全州《チョンジュ》式コンナムルクッパ【訳注／豆もやしのクッパ】を注文することにした。おいしいし、なによりも短時間で食べられる。私たちはコンナムルクッパを十分間でさっさと食べ終えてからコーヒービーンに向かい、ちょうど空いていた第四車両の席を取った。ロングコートを脱いで立ち上がったウンサンオンニが、コーヒーをおごると言い出した。

「なんで突然？」

オンニが満面の笑みで答えた。

「なんとなく！」

なんでハイトーンボイス？　オンニの返事を聞いて、ちょっと不思議な気がした。普段のウンサンオンニはあんなにうきうきした声で話すことがないからだ。短い返事だったけれど、それとなくいつもとは違う明るい雰囲気が漂っていた。「なににする？」と、明るく軽快な声がもう一度聞こえると、私は遠慮せずに「ホットのキャラメルラテ」、チソンは元気よく「アイスアメリカーノ」と答えた。オンニが、私たちが頼んだドリンク名をつぶやきながら注文カウンターに向かうと、途中でなにか思い出したように、突然振り返った。それからまたテーブルのほうにつかつかと歩いてきながら、こう言った。

「ケーキも食べようか？」

「そうしようか」

「そうだね、食べよう。全州式コンナムルクッパ、おいしいんだけど、食べた日はかならず二時からお腹《なか》が空《す》くんだよね」

ウンサンオンニの言葉に驚いて、チソンが訊いた。

「ほんと？　二時はあんまりだね」

「もう、これでも控えめに言ってるんだよ。ホントのこと言うと、一時半から空腹なときもあるんだから」

オンニがつけ加えた。

「ケーキもおごるから。一人一個頼もう。私はチーズケーキ。あんたたちは？」

私たちはウンサンオンニが言うように、ケーキをそれぞれ注文した。オンニが支払いに行っているあいだ、チソンが口元を手のひらで隠し、オンニのほうに視線を向けながら私に聞いた。

「オンニさ、今日はいつもとちょっと違って見えない？」

「うん、ちょっと変」

その言葉を聞いて、もう一度ウンサンオンニのほうを見た。そう、変だ。たしかに変だった。まずまなざしが違う。今日は慈愛に満ちていた。店員に注文をしていても、なにがそんなに面白いのか、二度ものけぞって笑っていた。ダウンベストのポケットに両手をつっこみ、何度も肩をすくめていた。そのたびにかすかな微笑《ほほえ》みが満面に広がっていった。オンニ、どうしたんだろう？ もともとあんな感じじゃないのに。

ウンサンオンニはあまり笑うことがなかった。私たち三人のうちでいちばん物静かで、理性的で、冷徹で、感情の起伏もなかった。いや、私たち三人だけでなく、いままで会った人の中でも五本の指に入るくらい落ち着いた人だ。そんなオンニに抑えがたいなにか——たぶんうれしいこと——が押し寄せているみたいだ。

とつぜんなにか思い浮かんだような顔を見せたオンニが、ダウンベストからスマホをあたふたと取り出した。画面をのぞき込むオンニの目が、遠目にもはっきりわかるくらい大きくなる。アーチ形の眉をグッと上げたまま見開いた目を何度かまばたきすると、口を覆っていた手をゆっくりと下ろし、スマホをふたたびポケットにしまった。そして唇を内側に巻き込んでギュッと口を結んだ。唇は隠せても口元は嘘《うそ》をつけない。オンニの口はうっかりすると顔全体に広がってしまいそうな笑いを必死にこらえていた。

　プラスチックのトレーに三種類のドリンクとケーキを載せて第四車両に戻ってきたウンサンオンニは、ケーキの皿を置きながら弾んだ声で、こんなことさえ言うのだった。

「ご注文のケーキでございます、お客様」

「ぷっ、オンニ。今日はいったいどうしたの？」

　笑いをこらえきれなかったチソンが先に訊いた。

「なにが？」

　オンニが問い返したので、私がフォローに入った。

「さっきチャットで話していたときの雰囲気とすごく違うよね？　人事評価のせいでむしゃくしゃするって騒いでたのに」

「そうよ、なのにいざ会うと機嫌よさそうじゃない？　なんか変」

「私が？」

　聞き返してばかりだ。しらばっくれている。私が訊いた。

「変だよ。もしかして一人だけ『一目置く』評価をもらったんじゃないの？」

「もう、そんなわけないでしょ？　私をなんだと思ってるの？　がっかりさせたいわけ？」

「オンニが『一目置く』をもらったんなら、お祝いをしなきゃ。私たちのために隠す必要なんてないんだから」

　チソンが話に割り込み、意味ありげに言った。

「そんなんじゃなくて、まちがいなく……男でしょ」

そう聞くと、それが正解のような気もする。もしかしてつき合っている人がいるのか訊くと、オンニは豪快に笑い、違うというように手を左右に振った。でもオンニの些細《ささい》な動きの一つひとつから抑えきれずにじわりとにじみ出るポジティブな雰囲気は、そうとしか説明がつかなかった。入社してから、これほどバラ色バージョンのカン・ウンサンを見たことがないし、想像すらしたことがなかった。考えてみると、オンニが最後に彼氏と別れてからもう二年以上になる。いったい、いつ、どこで出会ったんだろう。私たちはお互いの生活パターンを把握している。昨年あたりからサーフィンに夢中になって、週末にサーフィンスポットを探し回っているチソンは別として、ウンサンオンニは会社と家の往復が生活のすべてだから、男性に出会うチャンスなんてなかったはず。味気ない環境の中でも、うまくことを運ぼうとする人間は、なんとかうまくいくものなのかな？　まさか社内恋愛？　社内にはたいした男性がいないから、やめたほうがいいって止めたい気持ちになったころ、オンニがスマホをまたのぞき込み、なにかをすばやく確認してテーブルに置いた。私は断言するかのように言った。

「ほらね、当たりじゃん！　オンニ、彼氏ができたんだ」

「ほんと、オンニ？　恋愛発展中の彼氏？　誰なの？　誰がこんなふうに連絡してくるの？」

チソンがテーブルの向かい側にいたウンサンオンニの白いスマホのはしっこを、すばやくつかみ上げた。同時にウンサンオンニが奪い返し、ケラケラ笑った。

「もう、あんたたちったら！　そんなんじゃないんだから」

それじゃいったいなにを隠しているの、と泣き声で訊くと、オンニが黙ったままスマホの液晶画面を自分の腿《もも》で、さっと拭いた。そして余裕に満ちた笑みを浮かべながら、テーブルに片肘をついた。そのすべての動作が、スローモーション再生でもしているかのように、ゆったりと、そして優雅だった。オンニは向かい側に並んで座っている私とチソンを伏し目がちに見ると、こう言った。

「なんなのか教えたら、あんたたちも一緒にやる？」

「一緒にやる」という言葉に、チソンと私は同時に顔を見合わせてから、視線をウンサンオンニへと戻した。チソンがためらいながら尋ねた。

「なにを……するの？」

ホットのアメリカーノを一口飲んだオンニが、組んだ両指の上にあごをスッとのせて、小声で言った。

「ビットコインって知ってる？」

一瞬、沈黙が流れた。予想していた答えとはまったく違う質感の単語に慌てた。ソフトでしっとりしたチーズケーキの世界から、噛《か》み切れない豆もやしの世界に突然入り込んだような気分。私は黙ったままうなずいたが、チソンが訊いた。

「サイバーマネーみたいなものでしょ？」

「そうじゃなくて暗号資産だよ」

私が面と向かって否定すると、チソンが言い返した。

「仮想通貨がサイバーマネーでしょ。サイバーは仮想、マネーは貨幣。合わせてサイバーマネー。合ってるじゃない」

言われてみると、なんとなく合っているような気もして、黙っていた。

ウンサンオンニが話をまとめた。

「そうだね、合ってる。だいたい合ってるんだけど、もう少し正確に言うと、ビットコインは暗号資産の一種なんだ」

オンニは暗号資産を理解するには、まずブロックチェーンの概念を知るべきだと言う。ブロックチェーンというシステムへ参加するには、スマホやコンピューターといったデバイスを、いわば共通の「取引台帳」として使用するらしかった。このシステムを通して取引をする人たちの台帳が、およそ十分ごとに更新されるのだ。この取引履歴をまとめたものがブロック、このブロックをまとめたものがブロックチェーンで……これはいったい……どういうこと？　まだ肝心な部分が登場していないのに、頭がこんがらがってきた。チラッと横を見ると、チソンも似たようなものだった。口を開けてあくびをするわけにもいかないから、鼻の穴が大きく広がっていた。私たちの表情に気がついたのか、ウンサンオンニは、わかりやすくもう一度説明してくれた。

「さあ、よく聞いて。思ったよりとても簡単なの。たとえば、チソンが預金口座から一万ウォンを出そうとするでしょ。銀行に行って『私の一万ウォンを引き出したいんです』って言うよね。でも銀行がすぐに一万ウォンを渡してくれるかな？　違うよね。チソンが銀行に一万ウォンを預けたのかが記録された台帳を確認するはず。そこには、キム・チソンが今年の何月何日に十万ウォンを預金したって書かれているよね？　それを確認してからじゃないと、一万ウォンを渡してくれない。そして台帳には『キム・チソンが一万ウォンを引き出し、残高九万ウォン』って書かれる。預けるときも同じだよね。そうしないとあとで引き出せないから」

私たちはうなずいた。

「でもさ、こういう中央管理型システムって、費用がすごくかかるの。銀行や銀行員も必要だし、誰かが台帳に火をつけたり、ハッキングしても困るし、自分の通帳残高が操作されても、他人の預金が盗まれても困るよね？　だから台帳を二重三重に保護しているんだ。それがすべてコストになるわけ。それともう一つの問題は、その台帳さえ手に入れたら個人の取引履歴がどうなってるか、誰がいくら持っているのかってことも、丸見えになっちゃうの」

　そんな欠点を解決するため登場したのがブロックチェーンなんだよ、と熱のこもった説明が続いた。取引台帳をブロックチェーンシステムに関わる人数分コピーして、全員で所有していると考えれば大丈夫、ということらしい。中央で一つの機関が管理するのではなく、システムの参加者が共同で管理する台帳ということだ。そうすれば世界中のコンピューターに台帳が分けられるから、維持費用もほぼかからないし、手数料もない。誰かに監視されることもない。誰かが台帳を捨てたり操作したりしても、コピーがあるから意味がない。もちろんすべての取引は定期的に暗号化されるし、自動アップデートもされるらしい。

「利益を得ようと思って参加するだけなんだけど、他の人たちの財産も守ることになるんだよ。よく聞くでしょ？」

「見えざる手？」

　肯定の意味かわからないけど、オンニが手でテーブルを叩いて言った。

「とにかく、不思議でしょ？」

　さらに言葉は続いた。ブロックチェーンシステムに直接参加することをマイニングって言うんだけど……暗号や問題を解いて……アルゴリズムを解いて……ああだこうだ……まあ、だいたいそんな感じの説明だったんだけど、正直言って、あまりよくわからなかった。とにかくマイニングへの見返りに支払われるのがコインで、よく耳にするビットコインがその代表的なものらしい。最後の部分はなんとなく理解できたけど、全体的にわかるようでわからなかった。私とチソンの疑いの目線に気づいたらしく、オンニの解説はさらに続きそうだったが、これ以上は聞きたくなかったので言葉を遮《さえぎ》った。

「オンニ、で、結論は？　ビットコインをやろうってこと？」

「あのさ、タヘ」

オンニがテーブル越しにさっと身を乗り出したかと思うと、こう言った。

「私がそんなありふれたこと、言うと思う？」

強風注意報

二〇一七年三月十三日

「Ethereum《イーサリアム》をやろう」

オンニが私たちを誘うのと同時に、カフェのドアがばたんと大きな音を立てた。客がいっせいにドアのほうに視線を向けると、大きなガラスドアがばたんばたんと不安な音を立てていた。誰が開けたわけでもないのに、まるで紙が風に舞うように、ドアがさっと開いて冷たい風が吹き込んだ。ドア近くに座っていた数人の客から短い悲鳴が上がった。強風にカップが倒れて飲み物がこぼれたようだ。私たちはお店のいちばん奥まったところにある第四車両に座っていたので大丈夫だったが、空気がひんやりと感じられた。カウンターにいた店員が走っていき、ドアを反対側に押したものの強い風にびくともせず、コーヒーを淹れていた店員たちまでが総動員でドアを閉め、ようやく店内が落ち着いた。オンニは「すごい風だね」と騒ぎのほうをちらっと見ると、気にもせずに——さっき会話に登場したビットコインとなにが違うのかもわからない——イーサリアムについて説明を続けた。

ビットコインについてなら、原理はよくわからないものの、面白いエピソードを耳にしたことがある。コーディングが趣味の米国のティーンエージャーがずっと前に遊びでマイニングしたビットコインの話や、平凡な開発者が初期にテストを兼ねて買っておいた話だ。ビットコインを持っていることすら忘れていたのに、十数年後にビットコインの口座を確認したら大金持ちになっていたといった話を、海外トピックスの記事で見たり聞いたりしたのを思い出した。それとは正反対の話も聞いたことがある。好奇心から少しのあいだビットコインをマイニングして、ビットコインで決済をしたピザを味わったが、あのときあのピザを食べなかったら、いまごろは大金持ちだったかもしれない、と痛恨の涙を流した。そんな翻訳調の文章も見たことがある。

しかし私のまわりにビットコインをやっている人がいるなんて、一度も考えたことがなかった。耳慣れない名称だけに、どこか遠い国の話のように感じられたし……なんというか、「もう決着がついている」ように感じられたせいだ。誰かが大金持ちになったっていうことは、価値が上がるところまで上がったから、驚くほど高価になったわけで、いまごろ買ったところで意味がないのでは？　ちょっと聞いたところによると、見ることも触ることもできない一枚のコインの価格が、いまでは百万ウォンを超えるらしい。なのに、ビットコインでもなく、イーサリアム？　そんな変な名前、聞いたことがない。それに名前に「コイン」ってついていない？　名前からして怪しい。そもそもなんの実体もないものが突然紙くず同然になるかもしれない「仮想」なんとかのなにを信じて買えというのだろう？

ウンサンオンニが眉間にちょっとしわを寄せて言った。

「だから、いま買わなきゃダメなんだってば、おバカさん」

ウンサンオンニによると、イーサリアムは二年前に開発された新しいブロックチェーンで、ヴィタリック・ブテリンというロシア出身の開発者が作った、いわゆる「第二世代」のブロックチェーンらしい。とても簡単に説明すると、ビットコインと同じ金融取引を行うだけでなく、あらゆる種類の取引や契約に対する信用を、ブロックチェーン形式で保障するシステム用のコイン。たとえば不動産の契約をする場合、自動で関係者全員に賃貸借契約書がコピーされ、更新されると考えればよいらしい。要するに、世の中のあらゆることが契約で成り立っているのだから、これからはビットコインよりも広い範囲で使える、安全で画期的な技術のイーサリアムの時代がやってくるんだ、と力説した。

「ふーん」

意味不明の鼻声を出したチソンが、自分のシフォンケーキを大きめに切って口に入れた。私たちの反応が薄いにもかかわらず、ウンサンオンニのイーサリアム講義はとどまるところなく続いた。韓国ではまだイーサリアムについて知っている人が少なく、北米やヨーロッパで流行《はや》っていて、イーサリアム一枚の現在の価格は、一万三千九百五十ウォン。それに対して、ビットコインの価格は百五十万ウォンだとつけ加えた。オンニの黒くぱっちりとした瞳がキラリと光ったのを、私は見逃さなかった。イーサリアムがビットコインみたいに、百万ウォン、いや、二百万ウォンになる状況を想像してみて、と言う。

「わかった？　まだ、足首までしか来ていないさざ波なの、さざ波」

たしか、最初はブロックチェーン技術の先進性と代替性について説明していたはずなのに、いまはただ株式銘柄の一つについて話しているのと同じだ。このあとに続くオンニの言葉をまとめると、こういうことだ。足首までのさざ波のときに買って、肩まで来るような大波になったとき売らないと大きな収益を上げられないので、いまこそ買いどきだ。チソンが第四車両に置かれた背もたれのクッションに、片方の肩を寄りかからせて言った。

「ひさしぶりに恋愛でもしているのかと思ったら、またこんな話だったんだ？　カン・ウンサンらしいね」

「恋愛なんていらないよ。恋愛が私にご飯を食べさせてくれるわけでもないのに」

「だったら、そのイベリコだか、イーサリアムだかがご飯を食べさせてくれるってわけ？」

その言葉にオンニが腿の上に置いていたスマホを持ち上げ、チソンの目の前に突き出した。

「ご飯どころじゃないんだから、見せようか？」

チソンがうんざりして、オンニのスマホを手のひらで強く押し返した。

ウンサンオンニがすぐに言い返した。

「それで最近は仮想通貨に投資中なわけ？　もうオンニったら、大ごとをしでかしそうだね」

「大ごとをしでかすんじゃなくて、大物になるの」

そう言って鋭い目つきでつけ加えた。

「あんたこそ、台湾ボーイに会いに行くのに無駄づかいしてないで、そのお金で投資したらいいのに」

チソンは昨夏の休暇、初めて海外でサーフィンをするんだと一人でバリに行き、現地で出会った七歳年下の台北《タイペイ》出身の男性と遠距離恋愛中だった。それを恋愛と呼んでいいのかどうかは別として。週末や祝祭日を利用して、「ウェイリン」という名の彼に会いに、すでに四度ほど台北に旅行してきている。ほぼ二か月に一度の計算だ。ウンサンオンニはそんな恋愛はまともじゃないし、つまらない行為だと思っていて、忘れたころになると話を蒸し返してケチをつけた。そんなつまらないことに無駄づかいしないで、あんたもイーサリアムをやりなよ、私は嫌、と二人が言い争っているのをうわの空で聞きながら……自分がオンニのスマホを穴が開くほど見つめているのに気がついた。

　正直言って、見てみたかった。いったいなにがスマホの中にあって、天下のカン・ウンサンをあんなに明るく微笑ませるのだろうか。気になった。でもチソンがあまりに否定的な反応を見せるものだから、これ以上は訊けない。ウンサンオンニがチソンをにらみつけた。

「嫌ならやらなければいいじゃない？　教えてって言うから、教えたのに」

　私は違った。知りたかった。でも、その一方で知りたくなかった。なぜかはよくわからない。万一、オンニが海外トピックの記事に登場した米国のティーンエージャーや幸運な開発者のように大金持ちになって、評価グレードのＩかＭか、年俸上昇率が二パーセントか三パーセントか、そんな小さな違いにこだわる必要がなくなったって知ったら、そのとき自分に湧きおこるだろう欲望を想像すると、ちょっと恐ろしかったからだ、と言っておく。

「信じられない、もう四十九分」

　ウンサンオンニの唐突な声に驚いて時計を見た。

「嘘でしょ」

「もう？　さっき座ったばっかりだと思ってたのに」

　チソンが、信じられないといった表情を見せた。いつものことなのに、毎回驚いている。会社からちょっと離れた、この車両のような空間だけ、時間の流れが二倍は速いような気がする。私たちは残ったケーキを慌てて口に押し込み、会社に向かって足早に歩きはじめた。

　うちの会社は、ランチ休憩の時間をきっちりと守る社風だった。他の会社の話を聞くと、たいてい十一時五十分くらいに食べに出るらしい。その時間に席を立って食事に向かえば、だいたい十二時には着くからだ。約束がある場合は、十一時四十分ごろに席を立つこともある、と友人から聞いたときは、ほんとうにびっくりした。会社に戻る時間も、余裕のあるところだと一時三十分まではなんだかんだ大目に見てくれるらしいが、うちの会社にはそんな雰囲気はいっさいなかった。部署を問わず、会社全体がそうだった。離席できるのは、きっちり十二時から一時までで、一時を過ぎて戻ったりしたら、うちのチーム長は明らかに不機嫌なのがわかる。だからほとんどの人が十二時五十五分には席に戻っていた。そんなに正確に席に戻るのに、ランチ休憩の開始時間、つまり十二時ジャストに席を立つと、それはそれで気まずい雰囲気だった。だからいまは気まずくても十二時三分になったら席を立つことにしている。たぶん他の人たちの目には、チームで最初に席を立つ私は、他人の視線なんて気にもしない、怖いもの知らずの「最近の子」として映るはずだ。じつは全然違っていた。私はあらゆる視線が気になってしかたない。それでも三分だけ我慢してから立ち上がるのは、お腹が空いてどうしようもないからだ。それぞれのサイクルに合わせて食事の時間を取ることができたら、どんなにいいだろう。一九八〇年でなく、二〇一七年だというのに、いまもこんなに古くさい会社があるなんて思わなかった。まして、私がこんな会社に勤めるようになるなんて。遠くまで行かずとも、このあたりの会社だけ見渡しても、ここほどではないらしい。このあたりには、国内の主要製菓企業の本社が五社集まっているが、十二時五十分からオフィスを目指してあたふたと走っているのは、首から黄色の社員証を掛けたマロン製菓の従業員だけだった。

　でも、今日は走るわけにいかない。風がひどく強く吹いているからだ。ウンサンオンニが言うには、強風注意報が発令されたらしい。ほんとうに重く、まるで体を押さえつけてくるような激しい風が、歩いている私たちの真正面から吹いていた。マフラーを鼻先まで巻きつけたチソンの巻き髪は風にあおられ、ぐちゃぐちゃだ。

「うわ、寒い！」

　私たちは風にあらがうため、そして少しでも体温を上げるために、誰からともなく互いに腕を組んだ。一列に並んで歩く構図はそのままで、腕だけ組んで歩いた。真ん中にウンサンオンニ、その右腕を私、左腕をチソンががっしりと支えた。前に一歩ずつ進むのさえ大変な強風が、また吹いてきた。道ばたにたまっていた砂やタバコの吸い殻に、なんだかよくわからないゴミが空中に舞い上がった。私たちはとっさに「うわっ！」と声を上げて、反対側に逃げた。そんな状況でもお互いの腕は離さなかった。まるで二人三脚でゲームをしているみたいだ。いや、正確に言うと、三人四脚だ。お化けのように空中に舞い上がるゴミを避けながら、あっちにふらふら、こっちにふらふらしながら、うわっ！　うわっ！　と声を上げていると、たちまち笑いがあふれた。

　ほんとうに不思議だ。声を上げると、急に笑いが込み上げてきた。たとえそれが作り笑いでも。悲鳴と笑いは、ひょっとするとセットなのかもしれない。しばらくのあいだ、強風はさらに吹いて、チソンと私が首にかけたプラスチックの社員証が、ぱたんぱたんと音を立てた。私たちは悲鳴と笑いの反復をもう一回繰り返した。ウンサンオンニが寒さに身を縮めながらぼやいた。

「もう、ちゃんと歩こうよ！　走ろうなんて言ってないのに、歩くのが、なんでこんなにたいへんなんだろう？」

チソンが手のひらで眉間を押しながら、顔をしかめて言った。

「あれみたいだよね。ゲームをやっていて、デバフ【訳注／ゲーム中でキャラクターの能力などが下がること】にかかると歩くのが遅くなるやつ。足に砂袋をつけたみたいになって、いくら前進キーを押しても、重い足取りでゆっくりとしか進めないの」

「まったく……私たちの人生そのものだね」

私の言葉に、オンニが言った。

「うんざりするようなこと言わないでよ。抜け出さないと」

「どうやって？」

尋ねると、オンニが腕をさらにぎゅっと組んできた。

「デバフ解除のスキルを使おう」

もう一度強風が吹き、もう一度悲鳴を上げ、もう一度げらげらと笑った。


私たちは十二時五十六分に、一階のロビーに着いた。

エレベーターを待つ長蛇の列ができていた。この時間帯のエレベーターは通勤時間の満員電車にそっくりだった。一時前になんとかオフィスに戻ろうとじたばたする姿が次から次へと連なっていく。定員オーバーの警告音が鳴るまで無理やり乗り込まないとならない。私たちは最後の三人になって、やっと乗り込むことができた。このままではドアに鼻がはさまると思えるくらい、エレベーターのドアがぎりぎりで閉まった。ほっとしたのもつかの間、エレベーターが止まらずに、経営支援室がある七階まで一気に上がりはじめた。ウンサンオンニとチソンが、くすくす笑った。うっかり私が降りる階のボタンを押し忘れたのだ。

全員が七階で降りると、がらんとしたエレベーターの中は私一人になった。ボタンがすべて消えていた。ようやく私が勤務する三階のボタンを押した。ドアが閉まる。誰もいなくなったエレベーターの中でスマホを出して、ふと「イーサリアム」を検索した。これといった資料は表示されず、何度かスクロールしてから検索ウインドウを閉じた。ロック画面の時計が一時三分を示している。ちょっと不安だ。

オフィスに入り、椅子を引いてそっと座ろうとしたら、予想どおり、チーム長がこちらをじろりと見て言った。

「早め早めに戻ってこないとダメだぞ」

私は明らかに十二時三分に出発して、いま一時三分ということは、よく考えてみれば労働契約書に書かれた一時間の昼食時間を正確に守っただけだ。

「はい！」

私はわざとチーム長のほうを見向きもせずに、軽快な口調で言った。心の中で、能力がない人間ほど勤怠にこだわるって考えながら。そんなことぐらいしかできないからだ、と本質を突いた推測もしながら。チーム長が私から視線をそらしながら、一言つけ加えた。

「誰よりも早く席を立った人間が、誰よりも遅く帰ってきてどうするんだ？」

思ったとおりだ。もしも私が軽い口調でなく、しょぼんとした声で答えていたら、こんなふうにパート2まで聞かずにすんだはずだ。チーム長にとっては、私が定刻に三分遅れたということが重要なのではなかった。目下《めした》の私が従順な態度を見せなかったことが、また、自分の年齢と経歴によって権威を誇示できないのが不満なのだ。

チーム長が一九九六年度入社で、職級では部長なのに無能だってことは、社内の誰もが暗黙のうちに認めている事実だ。はっきり言うと、ブランディングの「ブ」の字も知らなかった。それでもチームはメンバーたちの仕事ぶりに助けられて、なんとか機能していたが……じつはスナックはうちの会社の主力製品ではなかった。スナックチームは、会社の代表商品を作るチョコレートチームや氷菓チームに後れを取って、何年も新製品も出さず、メンテナンスだけやっている最小チームだった。会社も大きな期待を寄せていなかった。当然、チーム長のコ・デヨン部長に対しても同様だ。そもそも部長ならばチーム長ではなく、室長ぐらいはやっていてもおかしくなかった。クビにはしないから、少数のメンバーを相手にチーム長でもやっていろ、くらいの扱いのようだ。あ、もちろん、私がそう感じているだけだけど。

他の人たち、つまり他の代理【訳注／韓国の会社で最初に就く役職。日本では主任レベルに相当】や課長たちは、仕事ができず、名前だけチーム長の役立たずだって知っていても、陰で毎日のように悪口を言っていても、本人の前で面目をつぶすことはなかった。チーム長扱いをしていた。言いにくいことは婉曲《えんきょく》的に伝え、変な指示は左から右に聞き流して、自分で判断して片づける。どっちみちチーム長はなにもわかっていないから、そんな感じでも仕事はちゃんと回っていた。まさに、代理五年以上、課長十年以上という人たちの尊敬すべきテクニックだ。私ももうすぐ代理になるはずなのに、うまく立ち回れなかった。そういう対応をしたほうが楽だというのもわかっている。チーム長に頭が上がらないふりをして、はいはい、っておとなしくしていればいいのに。そうすれば「お情け」をかけてもらえる。長い目で見れば、会社生活が楽になるはずだ。でも、どうしても皮肉が言いたくなってしまうし、もう一言加えたくなる。自分が無能だってことをチーム長が理解できるように、目の前にはっきりと見せつけて、あざ笑ってやりたかった。それが無理なら、小憎らしい口でもきいて、イラッとさせてやりたかった。性格が悪い？　まさか。パート2に対しては返事さえしなかった。

いつもなら歯を磨きにいくタイミングだが、歯ブラシを持って席を立ったらパート3が始まりそうだったので、とりあえずやめておいた。デスクの上に置いてあったトロピカルフルーツ味のガムを二粒、口に入れる。湧きあがる唾《つば》とともに、果汁の甘酸っぱい味が口の中にゆっくりと広がる。席に着くとノートパソコンのスリープ画面を解除し、ブラウザーを立ち上げた。それからグーグルに「イーサリアム」と打ち込んだ。最初はハングルで、スペルがわかったら英語で検索した。さっきよりもずっと多くの検索結果が表れた。ただ英語で書かれているので、一目で把握するのは難しい。いろいろなソースの様々な記事やコンテンツが数百ページにわたっていることだけは、なんとなく確認できた。

画面を上から下へと移動しながら、タイトルだけ眺めていると、チーム長が座席から立ち上がるのがわかった。続いて、彼がこっちに向かって歩いてくるのもわかった。ＣｔｒｌキーとＷキーを同時に押して、タブを閉じた。チーム長が通路を歩くように、私の背後を通り抜けていった。私はまたすばやく指を動かす。Ｃｔｒｌ＋Ｓｈｉｆｔ＋Ｔ【訳注／閉じたタブを復活させるＷｉｎｄｏｗｓのショートカットキー】。窓の外には、楊枝《ようじ》を使いながら遠くのほうからゆっくりと会社に戻って来るハム博士の姿が見えた。

一・二ルーム

二〇一七年四月二十七日

引っ越し先を探しながら、心の中で三つの基準を立てた。私はそれをダイアリーに記した。

まず、部屋の広さはいま住んでいるところより広いか、せめて同じであること。いままで四年間働いて貯《た》めたお金があるから、保証金がちょっと高くてもある程度までは大丈夫。ただし家賃がいまより高いところは避けること。そして、最後にもっとも重要なこと。玄関と部屋のあいだ、それから部屋とシャワーつきトイレとのあいだに垂直方向の境界が存在すること。一言でいうと、段差があること。

引っ越そうと思った決定的なきっかけは、この二種類の「段差」だ。玄関と部屋のあいだの段差、そして部屋とトイレのあいだの段差。その当たり前のものが、うちにはなかった。玄関と呼べるものがなく、ドアを開けて入るとすぐにオンドルの床になっているスタイルで、どんなに気をつけて靴を脱いでも、靴底についた泥汚れがあっという間に部屋の中に入り込んだ。トイレも同じだった。もちろんタイルが敷きつめられてはいるけれど、タイルが終わったところに段差がないままオンドルの床につながっていた。ちょっとした境界線も、高さの変化もない。うっかり油断すると、汚れた水が生活空間に侵入した。

初めて契約したときはよくわかっていなかった。価格の割にいい部屋だとしか考えず、二つの段差がないせいで、こんなにも不便だとは予想もしなかった。すごくつまらないことのようで、経験してみると致命的な不便さだった。その事実にようやく気づいたのは、引っ越しから二日後だ。

ワンルームって、「一つの部屋」という意味だけど……こんなに一体型だとは、ちょっと……あんまりじゃない？

すぐに引っ越す余裕はないので、自分なりの方法を探した。玄関のドアの前にはエントランスマットを敷き、シャワーはできるだけ短くすませた。つねにほうきを出しておいて、毎日床を掃き、シャワーの水が早く流れるように、ひんぱんに排水口用の洗浄剤を買ってきては流し込んだ。だからといって問題がすべて解決するわけではない。不満を抱きながらもなんだかんだ時間が流れ、今度こそ引っ越そうと心に決めて、会社帰りに不動産会社を回っていたのだ。先週末にも訪れた不動産会社だった。その日は部屋を三つ見せてくれた。最初の部屋は、いまのところよりもずっと狭くて、入るとすぐに圧迫されるようだったが、新築なのでそれなりにきれいだった。二つ目の部屋は、地下鉄の駅に行くコミュニティバスの停留所からとても離れていて、最後の部屋は保証金も家賃も予算を超えていた。あとになって最初の部屋を契約しようか考えていたら、その間に他の不動産会社からすでに仮契約金が振り込まれてしまっていた。次は気に入ったら迷わずにすぐ決めようと思っていたところ、不動産会社から連絡がきた。三か所を見て回っていたときに、「もうじき空きそうな部屋があるんだけど、急いでいないなら待ってみたら？　すごくいい部屋よ」と言われた部屋のことだった。内心はその言葉に期待していたから、その日は簡単に部屋を決めなかったのだと思う。

六時ジャストに退勤し、大急ぎで約束の場所に到着した。飲食店街のはしに位置した小さな集合住宅だった。一階にはデリバリーを専門にするピザ店とネイルサロンが並んでいて、二階から五階に賃貸ワンルームが十世帯ほど入ったこぢんまりとした建物だった。建物の前で不動産会社の女性と待ち合わせをした。私たちが内覧する家は三〇一号で、もちろんエレベーターもあるそうだ。

「この家、すごくいい物件だから、なかなか出なかったのよ。前の女性は六年住んでいたんだから。女性の一人暮らしだったから、部屋もきれいに使っていたし」

前の入居者が引っ越しをするタイミングに合わせて、大家が古くなったキッチンと問題が生じた水道管を修理することにしたので、部屋がしばらく空いているらしい。

「正直言って、この家はもともとキッチンが欠点だったんだけど、新しいシンクに交換することにしたの。お客さん、タイミングがよかったわね」

そう言ってから、すごい秘密でも話すように声をひそめた。

「それから、この部屋なんだけど、住人にいいことがあって出て行くの。検事と結婚したから引っ越すんだって。すごく縁起がいい家なのよ」

たいへんなことになった。聞けば聞くほど……褒《ほ》めてばかりだから心配になる。いま、不動産会社の女性の目には、この部屋が完璧に映っている。ということは、この部屋の欠点は、私がこれからセルフで見つけないといけないってわけだ。すでに頭痛がする。いま住んでいる部屋は、価格の割に広いうえに、ルームエアコンとミニエアコンまで備えつけだからと、喜んで入居したのだった。玄関やトイレと部屋のあいだの段差、その数センチにもならない高さについては、たいしたことないと思っていた。でも入居後は毎日ではないものの、ひんぱんに後悔した。ドアの外でいくら靴底の汚れを落としても、ベッドの手前まで入ってくる正体不明の砂粒。ドアを閉めてもはっきりと見えるトイレ・シャワー室の紫色のタイルと、その下を流れてくる水を取りのぞくゴムワイパー。のんびりと使えないシャワー。浮き上がった壁紙と床紙……うんざりだ。

　エレベーターが三階で止まった。三〇一号室はエレベーターを降りて左に進むと最初に現れる部屋だ。空き部屋なので不動産会社の女性がドアのキーパッドに暗証番号を直接入力すると、なんとなくどきどきしはじめた。彼女が話してくれない、この部屋の欠点がこれから私の目に映らないといけない。

　玄関のドアが開いた。

　最初に思ったのは「悪くないんだけど？」だった。玄関のドアを背にして眺めると、正面に大きな窓が見え、左側には浴室へのドアが、右側には靴箱があった。靴箱の向こうにはシンクを取り払った雑然とした場所が見えた。はっきり言って、全体的に壁紙やオンドルの床の状態がきれいではなかった。とくにキッチンにはたくさんのカビが生えていたが、工事予定だと言うので様子を見ることにした。坪数はいま住んでいる部屋とまったく同じ六坪だというのに、家具がない状態だからか広く見える。玄関には無難なグレーのタイルが敷かれていて、タイルと部屋のあいだにはちょうどいい高さの段差があった。よし、とりあえず合格。

　不動産会社の女性に、靴を履いたまま入ってもかまわないと言われる。私はそっと足を踏み入れ、本格的に部屋を隅々まで見て回った。トイレも私がずっと求めていた平凡なスタイルだ。水色のドアはちょっとつらいものがあるが、少なくともドアの上と下の空間が空いていない一般的なものだった。このくらいなら悪くない。水色はミントカラーだと思うことにした。換気装置もついているし、ドアを開けるとタイルと部屋とのあいだに段差があった。よし、合格。洗面台の蛇口も一度ひねり、トイレの水も流してみる。水はちゃんと出るし、勢いよく流れる。うむ、合格。

いまのところかなり気に入っていて、致命的な欠点はなかった。でも、それがかえって不安だ。もう一度強調するけど、この部屋の欠点が目立たないということは、むしろなにか致命的だとか……さもなければ……家賃がびっくりするほど高いってことだ。工事中なのですぐには入居できないから、とりあえず見るだけ見るようにと、家賃は正確に教えてもらえなかった。心の中でかすかな疑問を盾のように抱いたまま、ゆっくりと正面の窓辺へと近づいていった。背後から不動産会社の女性が自信満々に話す声が聞こえてきた。

「窓を一度開けてみて。この部屋は窓も二重サッシなのよ」

言われるままに窓を開ける。一階のピザ店のピザのにおいがかすかに感じられ、ななめ向かいにあるカラオケ酒場の看板が目に飛び込んできた。歌声が聞こえるほど近くはなかったが、このあたりに酔っぱらいがうろうろしそうだし、看板が明るく派手すぎるような気もする。すごく気になりそうな予感がして、決められないまま右側を向いた瞬間、ほうっ、という声が思わず口をついて出た。びっくりして一度にたくさんの息を吸い込んでしまったときに出る音で、ほんとうに息が止まりそうなくらい驚いた。

そこには隠れた空間があった。

いままで四角形だと思っていた部屋は、じつは四角形ではなかった。四角形は四角形だが、しっぽがちょっとついているというか。シングルサイズのベッドが一つ入るくらいのこぢんまりとした空間が、そこにはあった。そのうえ、そこの天井だけが切妻屋根スタイルのとがったデザインになっていて、小さなハロゲンライトが屋根の片側に二個ずつついている。なんて……かわいいの！

　私は心から感嘆した。認めるしかなかった。あのせまいけれど深い空間を、どうしようもないくらい気に入ってしまった、という事実を。女性が、ほら見なさい、とでも言いたげな顔で、しかしおおげさな感じではなく、こう言った。

「ここすごくいいでしょ？」

　返事をする代わりに何度もうなずいた。予想もしていなかった風景に、頭の中のシミュレーションも忙しくなりはじめた。この部屋に入ってきた瞬間から描いていた家具配置図を、もう一度描かなければいけなかった。もともとはベッドをキッチンの対角線側、つまり左隅に配置しようとしていた。この空間を発見するまでは。頭の中でベッドをクレーンでそっと吊り上げて、この空間にグッと押し込む様子を描いてみた。そして廊下に出ると、また玄関のドアを開けた。ベッドが見えない。ご飯を食べるときも、ベッドが見えない！　もちろん部屋の面積もそのぶん広くなる。ベッドを置こうとしていた場所にはミニソファーを買って置くことにする。部屋は、食事をして、デザートを食べ、映画やドラマを観《み》る空間になるだろう。そして、もう一歩進んでから、右にすっと曲がると……そこが私の寝室、ベッドルームになるんだ。女性がこう言った。

「ここはボーナス・スペースなの。若い女性だから服がたくさんあるでしょ？　この中にハンガーとかを設置して、クローゼットとして使えばぴったりよ」

　もちろんそうやって使うこともできるけど、私はどうしてもベッドを置きたかった。どっちみち服もそんなに持っていない。玄関のドアを開けた瞬間にベッドが見えず、眠る空間からキッチンが見えず、食事をしているときにトイレが見えないというのが、より重要だった。休憩と食事と睡眠と排泄《はいせつ》の境界。生活にともなう空間の分離。あ、ちょっと待って！　アイデアが一つ、また浮かんだ。この空間の幅にピッタリ合うブラインドを入り口につければ、ブラインドを上げ下げするだけで、ドアのようにきちんと仕切ることができそうだ。両頬がキュンとした。

　手にぐっと力を入れてから開いた。そして、親指から小指までの幅でいくつぶんになるか、注意深く測りはじめた。こっちの壁から、あっちの壁まで。空中で小指と親指をくっつけては、ぐっと開く動作を繰り返した。

　一つ……二つ……三つ……四つ……五つ…全部で六個半だった。

　もう決めた。この部屋が気に入った。そのときになってやっと肩の力が抜けて、言いにくかった一言を口にすることができた。

「この部屋、いいですね」

「やっぱりそうでしょ？」

　女性が壁に取りつけられたハロゲンライトのスイッチを続けざまにカチカチさせて答えた。私のベッドルームが現れたかと思うと消え、また現れる。

　カチ、カチ。

　カチ、カチ。

　家へは走って帰った。

　気持ちが急《せ》いて、玄関のドアを開けると靴を履いたままベッドまでどかどかと歩いた。予想もしない解放感が感じられる。玄関と部屋が一体になった部屋で靴を脱ぐなんて、意味ないよね？　引っ越すまでしばらくアメリカン・スタイルで暮らそうかな？　どうせ自分の家じゃないんだし、という考えさえ浮かぶ。朝、自分が寝ていたあとがそのまま残っているベッドの前に座りこんだ。そして手を広げた大きさで何個分になるのか、ベッドの横幅を測りはじめた。

一つ……二つ……三つ……四つ……五つ……六つ。

十分だった。ベッドはあつらえたかのように、新しい部屋のベッドルームにぴったり入りそうだ。いわゆる分離型ワンルームやツールームに住みたいと思ってきた。一生懸命に生きていれば、いつかほんとうにそんな部屋に住める日がくるだろうと、希望が入り交じった期待を漠然と抱いたときもあったし、ときには、そんな日がほんとうにくるのだろうか。三十歳になるまでに実現するのは無理だろうけれど、四十歳になれば可能だろうか、と気の遠くなるような思いにとらわれることもあった。じつはそんな日のほうが多かった。

だから私はちょっと面食らっていた。もちろんさっき見たあの部屋は分離型ワンルームやツールームではない。ワンルームはワンルームだが、一般的なワンルームだとは言えなかった。不動産会社がよく使う用語の一・五ルームと言うにはなんだし……なんというか……一・二ルームって言おうかな？

私は一ではなく一・二を望んだ。

その追加ぶんの○・二が、私にはどうしても必要だった。

せまいけれど、奥まったところにある居心地のいい、あの○・二に明らかに心を奪われていた。

電子レンジでご飯パックをチンして、密閉容器の中のおかずを皿に少しずつ盛りつけ、フライパンに食用油を入れて卵一個を目玉焼きにした。すぐに部屋中に食べ物のにおいと熱気が充満する。

卵をもう一個割りながら、じっと考えた。

もしあの部屋を契約することになったら、追加で保証金二千万ウォンを払わないといけないし、家賃はいまよりも十五万ウォン上がる。保証金の貸付金の利息まで合わせると、月に三十五万ウォンほど出費が増えることになる。

ご飯を適当に食べてから片づけて、冷蔵庫の冷凍室からカップアイスクリームを一個出してきた。ミルク味のアイスクリームにキャラメルシロップとチョコレートクランブルが入った新製品。カチカチに固まりすぎて、スプーンが入らない。私はアイスクリームの表面が溶けるのを待ちながら、B03グループのチャットルームではない、個人チャットでウンサンオンニにメッセージを送った。

――オンニ、寝てる?

返信がなかった。触っていたスマホを置いて、アイスクリームをゆっくりとすくって食べた。ほどよく溶けて口の中に広がるミルクの味。ねっとりとしたキャラメルシロップとサクサクしたチョコレートクランブルの食感。ちょっと前にコンビニでやっていた二個買うと一個おまけでついてくるイベントで、六個買っておいてよかった、と考えながら、あっという間に一個が空になった。その間、オンニからの返事を待ったが、なんの連絡もなかった。スマホをベッドの上に投げて、バスルームに入った。シャワーを浴びて出てくると、泡が外に少し流れ出していた。壁に立てかけておいた窓掃除用のゴムワイパーで、泡をバスルームのほうに押しもどした。タイルとオンドルの床の境目に貼っておいたガムテープが破れてぴらぴらした。タオルでまず体を拭いてから、水気の残った床を拭き、洗濯機へと投げ入れた。

ローションをコットンに浸し、普段よりていねいに顔を拭く。その上にクリームをゆっくりと塗りながら、何度もスマホに目をやるが、まだ返事はなかった。しかたないので眠ろうと灯りを消してベッドに横になったが、なぜかすぐには眠くならなかった。じつは物件を見に行く前から、オンニに訊きたいことがあった。ほんとうに訊くべきなのか、いまもまだ決めかねている。訊こうか、どうしようか。天井だけをじっと見上げて、悩んでいたそのとき、枕元のスマホが明るく光った。ウンサンオンニから返信がやっときたのだ。

——まだだけど、どうしたの？

ポップアップ画面で内容を見たが、開いてメッセージを確認することはしなかった。もう少し考えをまとめてから、朝になったら返事を送ろう。重要な話をするには時間が遅すぎる。

いや。

考え直した。木曜日の夜の疲れた体とは違って、頭の中ははっきりとしていた。わかっていたけれど、あえて気づかないふりをしただけだ。このままオンニにあれを聞かずにいたら、なかなか寝つけないだろう事実を。スマホのロックを解除してから横向きに寝て、四角い光の中に顔を出して、ウンサンオンニにメッセージを送った。

——この前言っていたあれ、どうやってやるの？

——なんのこと？

——仮想通貨。

——まったく。

オンニのメッセージがまた届いた。

——あんなにやろうって言ったときには、やらなかったのに？

カン・ウンサン商会

二〇一七年五月四日

　ウンサンオンニは、私の友だちの中で、誰よりもお金に目がない人間だ。目がないという表現はちょっと……そうかな？　守銭奴《しゅせんど》と言ったわけじゃないし、かまわないよね？　少し別の言い方をしてみよう。ウンサンオンニは経済的な人間だ。利潤に対する欲が強い。つまり、利益を追求する。すべてにおいて金銭的に有利なほうを選択したがる……なにか物足りない気がする。そうだ、もしかしたらこの言葉がいちばん似合うかもしれない。ウンサンオンニはお金好きな人間だ。おかしく聞こえるかもしれないけれど、ほんとうに純粋にお金が好きなのだ。うちのチーム長がコーヒーを好きなのと同じだし、チソンがサーフィンを好きなのと同じで、ウンサンオンニはお金が好きなのだ。

　その事実に最初に気づいたのは、入社した年のある冬の日だった。会社に向かう地下鉄の中で偶然に顔を合わせ、会社まで一緒に歩いたあの日は、電車の中も駅の中もいつもより混んでいて、妙な雰囲気だったんだけど、駅の外に出るとびっくりするような光景が広がっていた。まちがって全然違う駅に降りてしまったのではないかと心配になるほど、見慣れない光景だった。朝早くから、とんでもない数の人が近隣の大学のほうに、まるで波が押し寄せていくように列を作って向かっている。道路を埋め尽くす車の列も同じ方向に向かっていた。交通は、ほとんど麻痺《まひ》した状況と言っていいくらいだ。

「なんなの、いったいなんの騒ぎ？」

オンニと私が、出勤途中で初めて出くわした光景に困惑していると、ざわつく人混みの中から「今日は論述試験の日だって」という言葉が聞こえてきた。その一言ですべての状況に納得ができた。つまり、この行列は近隣の私立大学に入学するために論述試験を受けに来た生徒たちと、彼らを応援する保護者たちだったというわけだ。びっくり。

「えー、ほんとうに人がいっぱいだね」

オンニが首を振った。

「大学のやつら、受験料で大儲《おおもう》けだね」

「ここまでついてきた保護者たち、試験中ずっと外で待ってるのかな？」

「そうだよね、すごく寒いのに」

受験生だったころのことを思い浮かべながら、急に切ない気持ちになっているあいだ、オンニは首を伸ばして人波を観察していたが、唐突にこんなことを言い出した。

「使い捨てカイロやブランケットとかを仕入れて、ここで売ったら、たくさん売れるんじゃないかな？」

そんなことを考える人を、そのときまで見たことがなかった。あんなにうれしそうにそんな話をする人も。オンニは手袋を外してポケットに入れると、スマホを取り出して「マイクロファイバー・ブランケット　卸売り原価」と検索しはじめた。

「五百個ほど売った場合……だいたい一枚二千五百ウォンとして……」

オンニは指を閉じたり開いたりして計算していた。

「五千ウォンで売っても純利益が百二十五万ウォン、千個売ったら二百五十万ウォンだね。いや、千個だと原価がもっと安くなるはずだから……いくらになるかな……少なくとも二百六十万ウォンは儲けられそう。ねえ、私たちのお給料よりずっと多いよ」

私たちはオフィスに向かって歩き、あのものすごい人の山から徐々に遠ざかっていったが、オンニはときどき振り向いては人混みを眺めながら、ブランケットを六千ウォンで売る場合、七千ウォンで売る場合の計算をして、使い捨てカイロの原価も検索した。オンニはあの短い時間で、使い捨てカイロよりはブランケットのほうがいいという結論を出したみたいだ。

「タヘ、来年は準備をちゃんとして、休みを取ってブランケットを売ろうか？　一緒にやる？」

当時は冗談だと思っていた。でも、オンニと仲よく過ごすようになってからは、毎冬、論述試験の日になると、もしかしたらオンニがあの人混みの中でブランケットを売っているんじゃないか、と気になって、通勤途中に会場の方向をもう一度振り向くようになった。

一緒にランチをするときも同じだ。ウンサンオンニは頼んだ食事が出てくるのを待ちながら、こんな質問をする人だ。

「あんたたち、このあたりの食堂でいちばん繁盛しているの、どこだと思う？」

私は人気店でいつも行列ができていて、コスパのいいランチセットが有名な寿司店を挙げ、チソンはどの町にも一か所はある、気軽に食べられるプデチゲ【訳注／ソーセージやハムの入った辛い鍋】のチェーン店を挙げた。オンニはけげんそうに「そうかな？」と聞き返すと、自分の考えでは私たちがいま座っているこの食堂だ、と言いながら、二本の指でテーブルを軽くトントンと叩いた。それと同時に全州式コンナムルクッパと小さなステンレス容器に入ったポーチドエッグが出てきた。私とチソンはスプーンで熱いスープをすくって温泉卵の器に入れ、ぐるぐるとかき混ぜながら舌なめずりをしていたが、オンニは同じことをしながらも、ずっと話しつづけていた。

　ほらね。ここは料理がすごく早く出てくるの。それに、クッパっていう食事の特性で、みんなすぐに食べ終えるから、こんなに回転率がいいところはないんだってば。私が考えるに、昼食時間に四回転、うまくいけば五回転まではいけると思う。それに入っている材料もなにか特別なものじゃないし。いちばん高価なものでこのポーチドエッグぐらいでしょ。豆もやしの原価なんて大したことないし、よく見ると、従業員も厨房に一人、ホールに一人しかいないし、人件費もこの辺の食堂に比べると少なそう。それと、チェーン店じゃないからロイヤリティを払うこともないし、なにより安くておいしいから。この辺の会社員たちがいちばん好きな料理の一つが、ここの全州式コンナムルクッパだと思うんだよね。酔い覚ましにもいいし、なにげに人気があって、ときどき行列ができてるし。私たちだって月に三回はここに来てない？　……オンニはまた原価の話をしはじめて、一人当たりいくら、回転率……ついには商店街の家賃まで検索しながら全州式コンナムルクッパ店の純利益を推測した。

　私はかけ算が二桁以上になると、かならずスマホの電卓を出してくるタイプだった。九九の範囲を超えるようなかけ算は、最初から暗算しようなんて思わないほうだったから、オンニがこの手の話をするときは、右から左へと聞き流した。チソンもとくに関心があるほうではなかったが、ウンサンオンニはある瞬間を過ぎると、人が聞いているかいないかは気にしなくなり、一人でぶつぶつと独り言を言っているみたいに、話に没頭することがあった。それだから、オンニがまくし立て、私とチソンはご飯を食べるという状況に慣れ切ってしまったと言ってもよく、そんなことはかなりひんぱんにあった。そういうとき私とチソンは「オンニったら、いつもこんなだよね？」って感じの視線のやり取りをしながら、こっそり笑ったりもした。

また、この話もしないわけにはいかないと思う。

ウンサンオンニを知らない人は会社にほぼいなかった。その理由は一時盛んに行われていたオンニの副業「カン・ウンサン商会」のせいだ。驚くことにオンニは二年前、約一年半にわたりオフィスで雑貨を売っていた。始まりは歯磨き粉だった。ウンサンオンニの両親は京畿道水原《スウォン》市【訳注／ソウルの南約三十五キロメートルに位置する都市】の住宅街で小さなスーパーマーケットを営んでいたが、ある日そこから歯磨き粉を一箱持ち帰り、どういうわけかオフィスの机の上に箱ごと置くようになった。急に歯磨き粉がなくなった人たちにちょっとだけ絞《しぼ》ってあげるのではなく、未使用の歯磨き粉を取り出して一個ずつ売りはじめたのだ。

歯磨き粉は、オフィスに買いおきしておくのが面倒なアイテムだ。もうすぐなくなりそうになると、「そのうち買わなきゃ」と思うものの、そう思ったことすら忘れてしまい、最後には絞り出せば何度か出てきそうなのが出てこなくなって、隣の人に借りることになる。オフィスから少し歩けばコンビニがあるにはあるが、エレベーターを待って乗り込み、階下に行き、道を渡って……さらに、すごく寒かったり、すごく暑かったり、雨や雪まで降っていたら……そんな面倒くささを乗り越えてまで手に入れようとは思えないアイテム。それが歯磨き粉だった。

　ウンサンオンニから歯磨き粉を買った人たちから、社内販売の便利さについて噂が広がり、歯磨き粉がなくなったら七階の購買チームのカン・ウンサンのところに行けばいい、とチップを渡す代わりみたいに、たくさんの人に伝えられていった。歯磨き粉はあっという間に一箱がなくなった。私だったらこの時点でやめていたと思う。しかしウンサンオンニは新しい歯磨き粉を補充しつづけ、帳簿まで別に作っていた。そして両親のスーパーからさらに何種類か運びこみはじめた。

　個人のマグカップやタンブラーを磨くときに使うベーキングソーダとスポンジを準備し、急にストッキングが伝線したときのためにコーヒー色のストッキングを、チョングクジャン【訳注／日本の納豆のようなにおいのするみそ汁】やサムギョプサルを食べたランチのあとに会議があるときにはとても役立つ消臭剤を、いったいどこから持ってきたのかわからない目薬、絆創膏《ばんそうこう》、傷薬、丸型湿布薬、タイレノールまで準備して。とくによく売れたのはカップラーメンだった。キムチラーメン、ジャジャンラーメン、ビビンラーメン、ベトナムのフォーまであった。三時から四時のあいだ、それから七時から八時のあいだに、ほんとうに飛ぶように売れた。オンニは週末に実家に寄って品物をトランクにつめてきたが、カップラーメンが売れるようになってからは、ソウルに仕入れ先を「探し当てた」らしい。

　品数が増えて、なんとなく「本格的」になってくると、オンニはデスクのパーティションの向こう側に「カン・ウンサン商会」という文字をパウチした看板を掲げた。業務に妨げられずに行う自律販売システムは、「歯磨き粉オンリー」の時期から築かれてきた。オンニの席はオフィスのいちばん奥の隅っこにあった。右側は通路、目の前は壁なので、パーティションの向こうのスペースには使わない段ボール箱などが、つねに積みあがっていた。どっちみち倉庫みたいに使われているスペースだった。オンニは、そこをきれいに片づけて、どこから持ってきたのかわからないプラスチックカートに品物を備蓄した。カートの片側には金色の豚の貯金箱が置かれ、パーティションの壁――カン・ウンサン商会の看板の下――には品物それぞれの価格表、そしてその場で振り込みが可能な口座番号と即時決済用の二次元バーコードまで書かれていた。もちろん手書きのツケ払い用のノートもあった。ノートとボールペンはちゃんとひもでぶら下げられてあって、オンニはそのノートを毎日整理して、ツケ払いへのリマインドメールを送付していた。

いつだったか残業を終えて帰るとき、やはり残業中だというウンサンオンニの席に立ち寄ったことがある。午前零時が過ぎようという時間だったので、七階にはほとんど人が残っていなかった。灯りもほとんど消えて薄暗い中、隅の席だけ煌々《こうこう》としていた。ウンサンオンニの席だった。暗闇の中でおもいきり前かがみになった肩を、スタンド照明がスポットライトのように照らしている。なにかに熱中しているオンニの後ろ姿が、なんとなく凜々《りり》しく見えた。私は足音を立てないようにそっと近づき、オンニの背後に立って、なにをしているのか、こっそりとのぞき込んだ。

デスクの上には金色の豚の貯金箱が、お腹側が開けられたままひっくり返っていた。オンニは貯金箱から出してきたらしい小銭の山を指先で探りながら、五百ウォン玉だけを選んで、二個ずつ重ねながら手にした。同時に、千、二千、三千、四千……聞こえるか聞こえないかくらいの声で、リズムに乗りながら数えていた。十個集めると、集めたものをきちんと積み上げて塔を作り、そうやって塔が一つひとつ出来上がっていくと、貯金箱の横に置かれたメモに線を一本引き、正の字を書いていった。オンニは規則的に、休むことなくその作業を繰り返している……なぜかわからないけど、硬貨がぶつかり合う冷たい音を聞きつづけていたら、やたら腕に鳥肌が立った。同じ高さで積み上げられた百ウォン、五百ウォン硬貨の塔がきちんと並べられ、縦横に増えていく。それにつれて、メモに書かれた正の字もちゃんと増殖していった。ものすごい集中力なのか、私が背後で見はじめてからかなりの時間が経っているのに、気づきもしないみたいだ。あきれ果てて笑い出すと、オンニがやっと私が来たことに気がついて振り返り、こちらを見上げた。

「あれ？　タへ、家に帰るって言ってたのに、なんでここにいるの？」

「なんとなく」って答えながら、オンニの猫背になった丸い肩をつかんで、広げるように後ろに引っ張った。僧帽筋《そうぼうきん》がかちかちに固まっていた。オンニは「痛っ、痛い」って言いながらも、もうちょっとだけ揉《も》んでほしがった。指先に力を入れて、がちがちに固まっているオンニの肩と首を押しながら訊く。

「オンニ、なんでそんなに一生懸命なの？　面倒じゃないの？」

きちんと積み上げた五百ウォン硬貨の塔のバランスを取るため、オンニは両手で拍手をするみたいに音を立てながらそろえていくと、振り返って私を見ながら、うっすらと、でもたしかに笑みを浮かべた。

「これが、意外とかなりうまくいってるんだよね」

〈かなり〉と発音しながら、胸に痛みでも感じたかのように眉間にちょっとしわを寄せて、また元に戻した。

「どのくらい利益が出るの？」

オンニはちょっとためらってから、あんただけに言うんだからね、とでも言うように、手で口を覆ったまま小声で言った。

「九」

「九万ウォン？」

「うん」

「一か月に？」

「うん」

あきれた。私だったら、九万ウォンぐらいではやらない……オンニ、ほんとうにお金が好きでしかたがないんだな、そうとしか思えなかった。きれいに並んだ硬貨の塔が、スタンドの灯りに照らされてキラキラと光っていた。

それから間もなく、カン・ウンサン商会の時代は一年六か月で好評のうちに幕を下ろすことになった。購買チームの社員、カン・ウンサンが社内で営利活動をしていると、誰かが人事チームに通報したのだ。結局、懲罰委員会が開かれ、幸いにも懲戒はなかったものの、販売活動は禁止された。多くの人が残念がった。そればかりか、ウンサンオンニを呼び出して、片づけるよう通達した人事チームの社員まで、カン・ウンサン商会のお得意さんだった。二度と社内営業をしないと署名するように、と文書を差し出しながら、その人事チームの代理はこう言ったそうだ。

「残念ですね。私が社長なら支援金をあげたのに、本心ですよ」

思い返すと、ウンサンオンニは単にお金を「稼ぐ」ことよりも、お金を「運用」したい人に近いのかもしれない。オンニはどんな状況でもつねに「レバレッジ」を考えた。それだから、お金を手に入れて終わりではなく、手の中にあるそのお金をどうしたら活用できるのか、どうすればもっと収益を上げることができるのか、複数の選択肢からどのような選択をすれば利得を得られるのか、同時にどうすれば損失を少なくできるか、そんなことを天秤《てんびん》にかける人だった。

でも、そんな人だからといって、いつもレバレッジがきくわけではない。カン・ウンサン商会も突然に営業をやめなければならなくなったし、在庫を抱え込んだあげく赤字になったはずだ。それに、マロン製菓入社前に通っていた会社の退職金をすべて株に注ぎ込んで、半分を失ってしまった経験がある。オンニはその話をするたびに、聞くほうが苦しくなるほどつらそうだった。だから、オンニが先に言い出さない限り、そのことについては訊かないことにしていた。ときどき会社近くの定食屋さんに夕飯を食べにいって、オンニが投資した会社のニュースがテレビに流れると、オンニはいつになく口汚い言葉を吐いた。「蚤《のみ》レベルでも跳ね上がるくらい好市場なのに、ひとり底を打ってうずくまってるボロ株」とか言いながら。

オンニは友だち同士でお金を集めて、弘大入口《ホンディプク》駅の近くにオフィス兼ホテルのオフィステルを購入して、オンライン民泊サービスのAirbnbを運営していたときもあった。収益は投資額に応じて分配していたが、貯金があまりなかったオンニは投資額がいちばん少なかったため、実益は一か月に十五万ウォンだったらしい。一年ほど運営していたものの、掃除当番のことで友だちと揉めて、投資額を払い戻してもらって絶交、という騒ぎで終わってしまった。オンニは、自分の投資率がいちばん低いのに、なんで掃除当番を同じようにしなきゃいけないのか納得できなかったらしい。そんな話をしながらオンニは、あのとき友だちと絶交しちゃったから、私とチソンしか友だちがいないの、と私たちの気を重くさせたかと思うと、オンニたちがやっていたオフィステルAirbnb

の営業が、じつは韓国内では違法だったと知り、その場を気まずい空気にした。

こんなことばかり言っているオンニを、真相が一つひとつわかるたびに皆を驚かせるエピソードをたいしたことなさそうに話すオンニを、こんなウンサンオンニを、信じてもいいのかな。

十八歳からアルバイトをして少しずつ貯めてきた十年物の少額貯金と、入社後に生活費の一部を削ってこつこつと貯めてきた積立の二つが、もうすぐ満期だった。私はいま、ブロックチェーンがなにか、暗号通貨がなにかもわからないけれど、オンニが言うとおり全財産をはたいてイーサリアムを購入する計画を立てていた。イーサリアムにどれほど革新的な機能があるかと言われても、直接その技術が必要なわけではなかった。仮想通貨は、手に握ることができない。コードとして存在するだけだ。もしこれを転売できないのなら、私は空中に全財産を投げ打つことになる。ゼロから再開しなければならない。いや、違う、まだ学生ローンの支払いが残っているから、どうにもならないマイナスだけの状況になる。もしかしたら、チソンが言ったように「大ごとをしでかしそう」という言葉は当たっているかもしれない。大ごとをしでかしそうなオンニの言うとおりにやったら、私も大ごとになるかもしれない。

でも、今回はウンサンオンニを信じてみることにした。

オンニが出してきたグラフが信じられないほど美しい曲線を描いていたからだ。

Jカーブ

二〇一七年五月二日

お釈迦様がお見えになる前日【訳注／二〇一七年の旧暦四月八日の花まつりは、五月三日】、連休を前にしてコーヒービーンの第三車両でウンサンオンニに会った。

テーブルの上に見たことがない品物が置かれていた。やわらかで上品に光る大きなゴールドカラーの裏面が目に入った。

「ｉＰａｄ買ったの？」

オンニがおおげさに傲慢《ごうまん》そうな表情を作り腕組みをして、うなずいた。

「最近新しく出たモデル？」

「うん」

私は立ったままｉＰａｄを持ち上げて、丸みを帯びながらもシャープな角、鏡のように光る裏面のリンゴのロゴを順番に触った。

「きれい……いつ買ったの？」

「とにかく座って」

オンニは服のすそを引っ張って私を前の席に座らせ、iPadのカバーを丸めるようにきちんとたたんで三角柱の形を作り、テーブルの上に立てた。それからスプレッドシートアプリを立ち上げた。「私のイーサリアム」というタイトルの文書に、オンニの投資の内訳が時系列で細かく記録されていた。A列は購入日、B列は購入時の価格、C列はオンニの入金額だった。オンニは1ETH《イーサ》が七千二百五十二ウォンのとき二百万ウォンを投入し、九千ウォン台になると七百万ウォンを投入した——そして、この時点で積立預金を解約した——らしい。一万ウォンを超えたとき、残った積立金三百万ウォンをさらに投入し……それ以降も少額での購入記録が少しずつ続いていた。給料が入るたびに、最低限の生活費と貸金返済用の元金と利子をのぞいて、残った現金をすべてイーサリアムの購入にあててきたわけだ。胡麻《ごま》のようにわずかな数字が記入された画面から目を離せずにいた私に、オンニが質問とも言えない質問をしてきた。

「これが、いまいくらだかわかる？」

正体不明の恐ろしさにすくんだまま、私はゆっくりと首をふった。オンニは答える代わりに、iPadのホームボタンをすばやくダブルクリックした。次にブラウザーを起動した。縦横の線が細かく入った真っ白な画面が、一瞬で暗くなり黒色に変わった。画面の中の世界が、真昼から夜に突然入れ替わったみたいだ。

ブラウザーの黒い背景色の上に、高さがばらばらでカラフルな柱が、不規則にでこぼこと立ち並んでいた。赤と緑が混じったグラフだった。赤も緑も蛍光色に近いはっきりとした色であざやかだ。オンニが画面上で指を左右に動かすたびに、各色の柱が点滅しながら移動する。その様子はまるでクリスマスツリーに吊るしたカラフルな電球がきらきらと回っているようだ。絶え間なく上下動する、複雑なグラフの赤や緑の光。その強烈な色の対比を見ていたらまぶしくて、なんとなく目が痛くなった。どこに視線を向けたらいいかわからず、うろたえていると、オンニが画面を両脇に動かしていた手を止めて、私が見るべき数字を優しく指し示した。そのくせ、ちょっと低い声でささやいた。

「九万二千三百五十ウォン。これが現在の価格だよ」

さっきオンニが見せてくれたスプレッドシートの数字と、この数字との乖離《かいり》を感じ、しばらくのあいだぼうっとしていた。オンニが今度は、赤い棒と緑の棒があちこちに立っている画面に、V字にしたままの親指と人差し指をのせた。次に、画面の上で二本の指をさっとくっつけた。二本の指の距離が狭くなると同時に、グラフも瞬時に縮みはじめた。あっという間に縦横比が小さくなり、グラフも一斉に縮小表示されると、たちまち視野が広がった。すると、ついに、画面に巨大な急カーブが一つ現れた。左側から右側に向かって、ちょっとずつ上がり下がりを繰り返しながら、わずかに下方に傾いているようでいて、誰も予測できないときに突然に激しく上昇し、切り立つように、どんなものでも突き抜けていきそうな勢いで急騰するJカーブだった。

体の中でなにかが足先にむかって、どっと下がっていく。波動が全身の細胞を震わせるような感覚が湧き上がる。

その瞬間、どこかの花火会場に誰かに連れて行かれたような気がした。花火が漆黒の夜空の真ん中でまばゆい光を放ち、上がっていく気分。頭をぐっと後ろに反らさないと見えない高いところで、火薬がパンと鳴り、黄金色の火花をまき散らすような気分。その光露の数々がふたたび輝き、落ちてくる音。なぜかチャリンチャリンという音が聞こえてきそうな気分。ただ見ているだけでも、金持ちになった気分。そんな気分にあえなく包みこまれてしまった。

そのときやっとわかった。心の奥底に望むものがあったことを。J。これだ。私が切実に必要としているものだ。だから私が待ちつづけてきたのは、まさにこの形、こんな曲線なんだと、その瞬間、閃光《せんこう》が走るように悟った。

毎日毎日、砂粒のように小さくもろいものをかき集めて、一粒ずつ積み上げていたけれど、それを高く積み上げて、どこかに到達しようなんて期待したことも、希望を抱いたこともなかった。ただ、やめずに続けていることが心の癒しになるような気がして、同じ動作を繰り返しているだけだった。いままで積み上げてきたものは、通りすがりの誰かの鼻息がかかっただけで簡単に崩れ落ちるだろうことは、あえて目を反《そ》らしているだけで、とっくに知っていた。

大学入学後、初めてソウルで暮らすようになったときは、三人で一部屋を使う寄宿舎生活だった。専攻はもちろん、いままでの人生も、性格も、性向も、生活パターンも違う、初めて会った人たちと同じ部屋を使うのが、とても気まずく、息がつまって、その部屋ではそれこそ寝るだけだったが、その寝るだけの時間ですら居心地が悪かった。なかなか慣れなかった。翌年は寄宿舎の抽選に外れたので、学校の裏門近くに下宿を探した。小さな商店街の建物の最上階を、いくつかの部屋に仕切るように改造した家だった。部屋が六つ、共用のキッチンが一つ、浴室は二つあった。そこで八人が生活していたが、女子学生用のトイレはたった一つだった。この時期に便秘になり、そのあとずっと治らないだろうとは、そのときは思ってもいなかった。トイレだけは、五人で一つを使うよりも、三人で一つを使っていた寄宿舎のほうがマシだった気がする。さらにその翌年には、プレミアム・コシウォン【訳注／コシウォンは受験生や学生用の簡易宿泊所】に移った。ちょっと無理をして、室内にトイレがある部屋で暮らすことにしたのだ。しかし、いまでも正確な理由はわからないが、部屋とトイレの境目になる二面の壁が透明なガラスでできていた。通常、便器のサイズは一定だ。多少の違いはあるかもしれないけれど大差はない。すごく背が低い人も、すごく背が高い人も、同じようなサイズの便器を使用する。つまり、部屋がせまいからって便器が小さくなるわけではないってことだ。だから、部屋が狭ければせまいほど、便器の存在感が大きくなった。四坪にもならない部屋で、ガラスの壁の中にある便器を避けることはできなかった。朝、目が覚めるとすぐに、水を飲むときも、服を着替えるときも、なにか食べるときも、課題や試験勉強をするときも、そして寝る直前まで、白くてなめらかな便器がたたずんでいるのが視界に入ってくる。私は少しでも隠そうとした。多用途の吸盤フックを買ってきて、吸盤に息を吹きかけてからガラスにぎゅっと押しつけて大きなタオルを掛けると、なんとか遮ることができた。でも、ときどき真夜中や明け方にガシャーンと大きな音を立てて落ちることがあった。就職してからは、いま住んでいる家に引っ越すことができ、いままで入居した部屋の中でいちばん広い空間に移った。窓も大きく、部屋が真四角なのも気に入っていた。この部屋に来てから、以前住んでいた下宿の部屋がかなり風変わりだったことに、ようやく気がついた。下宿の部屋はゆがんだ五角形だった。部屋にコーナーが多すぎたし、さらに壁の幅がばらばらだった。山すそへとごろごろ転がってくる醜い多角形に襲われる夢、とがった角に刺される夢に、ひんぱんにうなされた。だから、すっきりとした真四角のこの部屋が気に入っていた。でも、問題は……段差だ！　靴の裏についた砂が部屋の中に侵入してくる、なんの境目もない部屋。入り口で靴を脱いで入るシステムの寄宿舎でも、下宿でも、プレミアム・コシウォンでも起きなかった問題だ。

明らかに自分が望む方向には向かっていた。以前よりよくなった点が三つと、あまりよくない点が一つある所へ、少しずつ。プラスとマイナスで二つほどよい点がある所へ前進したわけだ。たんに居住空間だけの話じゃない。まさに人生そのものがそうだった。生まれてからいままで、時が経つにつれて、年が過ぎていくにつれて、歳《とし》を一つ重ねるにつれて、いつも、前よりもちょっとよくなったが、同時にちょっと気に入らなかった。まるで下手な針仕事みたいだ。進んだり戻ったりを繰り返しているけれど、一針進んで半針返すので、足踏みだけはしていないという気分。そうやって、ほんとうに少しずつ……ゆっくりと……徐々に……そろりそろりと……毎日毎日……一日一日……それだけだった。いったいなにをこれ以上望めっていうの？

こんな足踏みは、もううんざりだ。とにかく、ブースターかなにか取りつけて、一気に駆け上がりたかった。ジャンプしたかった。跳ね上がりたかった。破竹の勢いというのを体験してみたかった。私の人生では一度も起きたことがないし、想像の中でさえ存在したことがなかったから、もちろん期待したことも、願ったことすらなかった。ところが、いま目の前にきらめきながら広がっているのだ。

Ｊ。

向かい合った瞬間、ずっと望んできたものだと一目でわかった。

ウンサンオンニがまたｉＰａｄのホームボタンを押した。次に深紫のグラデーションの背景に白色の文字で「ＧＯ」と書かれたアプリのアイコンを押す。自分の暗号通貨用ウォレットに暗号通貨がいくら入っていて、どれほどの価値があるのかが表示されていた。

一億三千六百万ウォン。

「やばっ」

思わず口にした言葉だった。

「タヘ、そうなの。これ、いま……とんでもないことになってるんだ」

ウンサンオンニは自分でも信じられないといった感じで、声が少し震えていた。朝からグラフが上昇しつづけていて、ずっと仕事が手につかないらしい。そして、こんなことが先週は何度も繰り返し起きていた、と。急上昇を受けて、急上昇……を受けて、また急上昇。

オンニの言葉を聞いて、いまさら始めても遅いんじゃないの？　そんな気がして、気後れした。オンニが私の心を読んだのか、始めるんだったらいまだ、と力を込めた。もともとそういうもの、こんなふうに高騰するときに、もっと買わないといけないの。そもそも上昇しているときに、その勢いに乗っていかないといけないものなんだ、と。値下がりするものをつかむのが、いちばんバカだ。そんなものは、あとは下降するだけ。上昇するときに追っかけるんだ。上昇しているんだから、もっと上昇するはずだから。もっと上昇する可能性がある。まだ大丈夫だ、と……。

あとでわかったことだけど、ウンサンオンニは世界中の暗号通貨投資者が利用するコミュニティで、毎日のように暗号通貨の動向を調べていた。それだけでなく、イーサリアムの開発者であるヴィタリック・ブテリンのメールを、自動翻訳機を使ってすべて読みながら、関連技術についての知識もアップデートしていると言う。そんな自分が判断するには、イーサリアムもビットコインのように、いや、それ以上の価値になるはずだ、と主張した。私がこれといった言葉を口にしないので、突然オンニが右手をあげて、誰かを急いで呼び入れるように、ひょいひょいと手招きする動作を繰り返し、そのリズムに合わせてうなずきながら、ひそひそ声でこう言った。

「入っておいでよ。これ以上後れを取る前に」

ウンサンオンニが「入っておいで」という表現を使ったせいか、なにかに通ずる入り口に立っているような気がした。こつこつと貯める世界から右肩上がりの世界へと飛び移る境界線に足を下ろして、向こう側を自信なさそうにのぞき込みながら。

「タヘ、よく見て」

オンニが言葉を続けた。

「私、これから借金を返すんだ」

スマホを取り出して、インターネットバンキングのアプリを起動した。そして預金通帳を見せてくれた。前日、オンニはイーサリアムのウォレットから千五百万ウォンを引き出し、自分の預金通帳に入れておいたと言う。アプリのカードローンのボタンを押し、返済ボタンを押して……最後に全額返済ボタンを押した。そしてマイナス通帳【訳注／低金利で借りられる銀行のキャッシングサービスの一つ】に千四百万ウォンを入金した。メッセージが一行、表示された。


ローンが全額返済されました。


「見て、私、これで借金のない人間だよ」

オンニが続けて質問した。

「タヘも教育ローンがあるって言ってなかったっけ？」

あるよ。もちろん、あるに決まってる。どうやらオンニは学費だけ借りたみたいだけど、私は四年間の学費はもちろん、生活費まで借りていて、返済すべき金額はオンニよりはるかに多かった。

「早く始めなよ。正直言って、私たちにはもう……これしかないんだよ」

なにも答えずに考え込んでいる私に、オンニがいきなり訊いてきた。私たちの幼少時に放送されていた、タイムトラベルを素材にしたＴＶのアニメを知ってるか、と。

「ほら、変なサングラスをかけたヤカンが出てくるの、あったよね」

もちろん覚えていた。過去からやってきた天才博士の作ったトンデケマンという名のヤカンが、変なリズムの呪文を唱えると、空中に円形のトンネルみたいな入り口が開くのだ。主人公たちがトンネルにすっと吸い込まれると、時間と空間を行き来できるという設定だ。オンニは、別次元の世界につながっているタイムトンネルが、どこで、どうやって開かれたのか、よく思い出して、と言う。

「ほんとうにとんでもない場所に、突然現れるよね。想像もしなかった所に」

そう言うと、ｉＰａｄの画面に出しておいたイーサリアムのグラフをもう一度指しながら、これがそのトンネルだと言った。とんでもない場所に現れるだけに、いつまでも同じ場所にあるわけじゃない。奇妙で不思議なピョンピョンという音を出しながらゆらめく青い光を、なんとなく不快な波長を繰り返し発生させながら、こっちの世界からあっちの世界へと続くトンネルを開くけれど、何人か入っていくと、丸いトンネルは徐々に小さくなり、縫《ぬ》い合わせたみたいにシャシャシャッと閉じられてしまう。それは一瞬の幸運と同じで、開いているときにすぐに入らないと逃してしまう、と言うのだ。

「私はこれが、うちらみたいな若者の前にほんの一瞬だけ開かれる、唯一のチャンスだって思っている」

〈うちら〉という三音節が、頭の中で山びこみたいに繰り返し響いた。

ウンサンオンニ、チソン、そして私。私たちがすぐに親しくなれたのは、暗黙のうちにお互いを同じ部類だと思ったからだ。この何年かのあいだにわかったことの一つは、同じ会社にいても、大差ない給料をもらっていても、同じ世界を生きてるわけじゃないってことだ。お互いのあいだに透明な線と見えない階段があった。職場で仕事の話ばかりというわけにはいかない。通勤電車でばったり会って一緒に出社するときや、毎日ランチを食べるとき、夕飯を食べるとき、ランチに出かけて戻るときに、エレベーターの前やロビーで、飲み会やワークショップの酒の席で、そしてそんな席に向かうバスの中で……嫌でも私的で個人的な話をしないわけにいかなかった。私は通りすがりの人たちの会話を一つひとつキャッチし推測し、並べ替えて、その下に自分の居場所を作った。わざとそうしてるわけじゃないが、気づかないうちにそうしていた。雑談の中でそれとなく漏れ出てくる情報。どこの町で大学生活を過ごしたのか、元日や中秋などの祝祭日にはどこに行くのか、両親がどんな人か、みたいなこと。高級住宅街の江南の住民、留学組、教授の娘、医者の息子。そんな情報を知ってしまったら、会うたびに自分の中で、不思議なことになにかが小さくなっていった。うらやましさ、嫉妬、そんなお決まりの恥ずかしい感情が湧くよりも先に、ほんとうに五臓六腑《ごぞうろっぷ》が物理的に縮むような感覚に襲われた。知ると同時に萎縮《いしゅく》してしまう。誰かの情報について話すこと自体、好きではなかったが、しかたなかった。コントロールできるようなものではなかった。まったく同じ会社に通っていても、同じような給料をもらっていたとしても、はたから見ると私と同じ立場のように見えても、あの人と私は違う。別の世界に生きていて、これからもずっと変わらないだろう……突然、相手と自分のあいだの距離が果てしなく大きくなるように感じられた。

もちろん、そんな話をする人たちに悪意はない。ただ自分のまわりの日常的な題材で、ありきたりの会話をしただけだ。私を萎縮させようなどという意図は、少しもないに違いない。そんなことで人を萎縮させてしまうとは考えたこともないだろう。他人を、居住地や両親の職業、財力で評価することはないだろう。もしそんな人がいるならば、教養のある市民ではないと思うはずだ。浅薄だと考えるだろう。人をその人柄だけで見るはずだ。ところが私は、それができなかった。そんな態度は最低だということを知りながら、彼らの通りすがりの一言、一言を逃さずに聞き、線を引いてから、自分自身を下のほうに置き、距離を置いた。

あ……それだから、これだけしか給料をくれない会社なのに、あんなに表情が明るかったんだ。楽しそうに仕事もしてるし、残業もやりがいがあるって感じだし、情熱にあふれているし。ああいう若者は、この会社で薄給をもらっていても、結婚するときに両親に家や車を買ってもらうんだよね？　買ってくれないとしても、一部を出してもらうんじゃないかな。すごく気楽そうだよ……ね……まったく……心配事がないんだろうな……あんなふうに暮らせたら……すごく心強いよね……あの人たちは私がこんなに心がせまい人間だなんて知らないよね。もしかしたら、私のことを好きになるかも……ここまで考えてくると、経済的に余裕がある家で育ったことがうらやましいのではなく、人間をその存在のみで見ることができる健全な心がうらやましかった。反対に、私は心の中ではせこい考え方をしながら、簡単に人のことが好きになれなかった。

でも、ウンサンオンニ、チソンと話しているときは、そんなことがなかった。初日から私たちが同じ「部類」だということを感じ取った。その直感がベースになって生まれた好感から、ひんぱんに集まって話をしていくうちに、直感が正しかったことが確信できた。父母が大卒だとか、さらには公務員や専門職だとか、経済的に支援を受けられる状況だなんて情報は、どうがんばっても私たちの日常からは出てこない。その代わり、さまざまな理由で家に借金があり、まだ完済できてなくて、家の価格が安く人気がない地域に住んでいて、賃貸の五坪、六坪、九坪のワンルームに住んでいるという共通の情報が出てきた。私はこの二人を気兼ねなしに好きでいられた。一緒にいると、とりわけ自分の人生だけがぱっとしていないような気にならなかった。むしろ、お互いが自分の立ち位置で、このくらいなら誠実にしっかり生きているほうだと思えた。いままではそうだった。

ところが、いま、ふと空中に開いた、へんてこな光を出しながらゆらめくトンネルの前で、ウンサンオンニだけが自分の足首に絡みついた鎖《くさり》のようなものを、目の前で断ち切り、さっと中に入ってしまったのだ。トンネルの入り口に立って、手を振っている。オンニはこれから別の世界に入っていこうとしていた。私もできることなら入っていきたかった。両足につながれた重いものを断ち切って、私もひらりと入っていきたい。そのとき目の前に……ちらっ……ちらっ……と、ささやかな屋根のあるベッドルームがちらつきはじめた。

ウンサンオンニと別れて帰る途中、不動産会社に電話をした。

「この前見た家ですけど、工事が終わったら入居します。いますぐ契約金をお支払いするので」

インターネットバンキングを立ち上げ、手付金を入金した。電話を切ってからすぐにオンニが教えてくれたアプリ「ビットＧＯ」をダウンロードした。アプリをインストールするあいだ、もう一度銀行口座を確認する。積立預金は先週満期になり自動解約になっていて、私の預金通帳に入金されていた。

さらに二日間悩んでから、三百万ウォンぶんのイーサリアムを購入した。

二部

To the Moon

二〇一七年五月五日

１ＥＴＨが十四万九千九百八十ウォンになった。「いまがＪカーブの頂点だったら、どうしよう？」と心配していた地点が、ふたたびＪの先端になり上昇しつづけていた。私の暗号通貨総資産は、一晩で三百万ウォンから四百万ウォンになった。うれしさも長く続かなかった。なんで三百万ウォンしか投資しなかったんだろう、という後悔に襲われた。満期解約された積立金がまだ残っている。私は四百万ウォン分を追加購入した。

二〇一七年五月十九日

1ETHが十六万四千八百五十ウォンになった。私の暗号通貨総資産は、八百八十九万ウォンになった。

「どうかしてた」

後悔したときに使うこんな言葉は、投資でひどい目にあってから口にするものだと思っていた。なにかに夢中になって無一文になってから、すべてを反省して言うものだと思っていた。だからウンサンオンニが強く勧めた「オールイン」ができなかった。現実は正反対だった。私はいまや別の意味で、その言葉を使っていた。

どうかしてた、もっと買っておくべきだった。最初にもっと賭けるべきだったのに。全財産をつぎ込むべきだったのに……なんでそうしなかったんだろう？　なんであんなに臆病だったんだろう？

毎晩、ろくに寝られなかった。後悔の念を晴らす方法は一つしかなかった。残った積立預金、通帳に入っている現金のすべてを、今月の最低限の生活費を残し、持ち金すべてを使って追加購入をした。

二〇一七年五月二十一日

1ETHが二十万四千三百ウォンになった。私の暗号通貨総資産は、千九百六十九万ウォンになった。利潤が増えれば増えるほど、妙なことにちょっとうれしく、ちょっと腹が立った。度胸がなかった自分自身に腹が立つし、やりきれなかった。もうこれ以上投資するお金もないのに、買っておけなかったことがくやしい。1ETHが十万ウォンのとき、私に三千万ウォンがあったら、いまごろは六千万ウォンになっていただろうし、一億あったらいまごろは二億になっていたはずだ、と、しょっちゅう意味のない仮定をするようになった。いまもかなり収益を上げているほうだけれど、これまで儲けたお金のことはあまり浮かばなかった。お金がもう少しあったら、もっと稼げたのにという思いしかなかった。

二〇一七年五月二十二日

1ETHが二十六万九千四百ウォンになった。私の暗号通貨総資産は、二千五百九十七万ウォンになった。焦った。いまがまさにオンニが言う「高騰の勢い」のようだ。明らかにあとは上がるだけだ。上がる前にもっと買っておきたかった。五万ウォンずつ積み立てていた住宅請約通帳【訳注／政府が行う新築マンション購入用の積立通帳で、積立期間が長いほど抽選の優先順位が上がる】も解約した。現金がもっとあればいいのに、としか思えなかった。

普段なら気にもしないだろう社内掲示板の告示まで、いつもと違って見えた。会社が退職金を管理する証券会社を替えることになり、希望者にのみ退職金の中間清算をしてくれることになったという知らせが掲載されたのだ。その日の午後、ウンサンオンニから連絡がきて、大きなお金をまとめて準備できるチャンスだから、できれば申請して受け取るようにと言ってきた。

――もう申し込んだよ。

――よかった。

退職金の中間清算金が入金されたら、そのお金で追加購入をするつもりだ。

二〇一七年五月二十三日

1ETHが二十四万六千四百ウォンになった。私の暗号通貨総資産は、二千五百五十八万ウォンになった。

二〇一七年五月二十四日

1ETHが二十七万二百ウォンになった。私の暗号通貨総資産は、二千八百万ウォンになった。

二〇一七年五月二十七日

1ETHが二十万四百ウォンになった。私の暗号通貨総資産は、二千百万ウォンになり、退職金中間清算金が入金された。大金というほどではないけれど、私には大金だ。私はそのお金をそっくり追加購入に使った。

二〇一七年六月一日

1ETHが三十万四千ウォンになった。私の暗号通貨総資産は、四千九百七十万ウォンになった。ウンサンオンニの総資産は……三億九千万ウォンになったと言う。お金を儲けたのに、お金がもっと必要だとしか思えなかった。取引銀行から信用貸付が可能なマイナス通帳を作ろうかと思ったけれど、すでに貸付金額が多すぎてこれ以上は借りられない状況だった。貯蓄銀行【訳注／正式名称は相互貯蓄銀行。信用金庫のような存在で、都市銀行よりも簡単に貸付が受けられる】で三百万ウォンの貸付を受け、すべてイーサリアムを購入するのに使った。

二〇一七年六月二日

これまで苦しいときがなかったわけじゃない。価格が下がるときもあった。それこそ身が細るような思いだった。短いときだと二日、長いときは十日連続して下落したことがある。そのたびに、このくらい稼いだら十分じゃない？　もう現金化しないといけない時期かも？　こうしているうちに突然に暴落してすべて失うのでは？　そんな心配が浮かび、ウンサンオンニにアドバイスを求めた。オンニはいつも落ち着いて答えた。

――昨年末に一か月下がりつづけたときがあったんだ。そういうのを「調整」って言うの。コントロールできるものじゃなかった。ほぼ元金まで下がったんだよ。そのときに私がどう思ったかわかる？　タへと同じことを思ってた。全部売り払ってやめようって。「売り」のボタンを押す直前までいったんだ。

　そのとき、ちょうどポップアップしたヴィタリックからのメールを一生懸命に読んで、ここで終わりのはずがないって考えて、踏みとどまったそうだ。そして、私に訊いた。

――あのとき踏みとどまらなかったら、全部売ってやめてたら、いまごろどうなっていたかな？

　答えは一つだった。地団駄を踏んで後悔しているはず。

――耐えて。「めっちゃ粘る」だけが、生き残る道だから。

　結果はウンサンオンニの言葉どおりだった。不安な状態でも、いらだつ気持ちを抑えて耐えると、何日もしないうちにまた価格が上がった。変わり身が早く変化無双だった。少しだけじっと我慢すれば、ひやひやした地点から新たなJカーブがふたたび描かれる。最高価格からさらに最高価格を更新した。しばらくのあいだ、緑色の柱だけが描かれていった。私たちは、緑色の棒がグラフのy軸を伸ばしていき、これまでなかった高さへ、ぐんぐんと上がっていくたびに、グラフを画面キャプチャーしてB03チャットルームで共有した。朝、目覚めるとまずスマホを確認し、出社してPC

を起動させるとすぐにメッセンジャーを立ち上げた。私から先に送るときもあれば、ウンサンオンニが先のときもあった。私たちは抑えきれない喜びに包まれたまま、毎日声を上げた。

――行こう!

――行っけぇぇぇ!

――百万ウォン、行っけぇぇぇ!

1ETHが四十万ウォンを超えたときから、私はオンニを将軍と呼びはじめた。

――カン将軍! 将軍だけを頼りにしています!

――十億、行っけぇぇぇ!

――将軍!

チソンはずっと静かだった。返信さえしなかった。これまでなにも言わなかったチソンがこれ以上我慢できないという感じで、話を切り出した。

――いつまでやるつもりなの? そろそろやめたらどう?

そしてこんなメッセージを送ってきた。

――【お知らせ】B03グループのチャットルームの禁止用語:コイン、イーサリアム、将軍、行こう、行っけぇぇぇ、めっちゃ粘る。ビットGOの画面キャプチャーの共有禁止。

この内容をチャットルームの上部に固定してから、こう言葉をつけ加えた。

――最後通告。今後、このうち一つでも見つけたら、このチャットルームから出てくから。

私はまたウンサンオンニを呼んだ。

――ジェネラル・カン! 信じてます。

——私たち、どこまで行くんだっけ？

——月まで！　To the Moon!

チソンが本格的に怒り出した。

——みんなおかしくなったの？　本気なの？

——チソン。怒ってないで、あんたもジョインしなよ！

ウンサンオンニの言葉に、チソンがチャットルームから出ていってしまった。慌てて、すぐにチソンをまた招待した。ウンサンオンニは謝りそうになかったから、私が先に謝って、なだめて、約束をした。

——わかったから、ごめん。チソンの前ではもうイーサリアムの話は……しないから。

チソンはいままで我慢して言えなかったことがたくさんあると言って、私とウンサンオンニに続けざまに言葉をぶつけてきた。オンニたちが、いくら稼いだとかどうとか言いながら大騒ぎしてるのって、第三者の立場から見てるとすごく滑稽だ、と。

——それで、いまはどこにあるの？　仮・想・ウォ・レッ・トってやつ！

音節ごとにていねいに中黒まで打って皮肉っていた。スマホに書かれているだけの数字なのに、その数字が実際に現金になったわけでもないのに、突然紙切れになってもおかしくもないものを毎日のぞきこみながら、自分の手の中にあると信じるのが愚かにみえる、と言うのだ。最初はオンニたちが遊び半分でやっていると思っていたけど、毎日、何週間も繰り返されているのをみると、遊び半分ではないな、って。オンニたちは、仮想ウォレットを自分の財布のように信じているみたいで、そうなるともうおかしくもないし、心配だ。オンニたちが「仮想」でいくら金を動かそうと稼ごうと、仮想ウォレットにいくら入っているかとか、まったく関心がないし、これからも知りたくないから、もうやめてほしいという話だった。

　そしてなによりも、二人の話を聞いていると妙な喪失感に襲われるから不愉快だというのだ。毎日、ありえないような大金を稼いでいる話を聞いていると、自分は普段と変わらない日常を送っているだけなのに、突然なにか大きなものを失った気がする、と。仮想通貨に関心がない自分がまぬけなのか？　なにもしないうちに損をしているのだろうか？　そんな思いがふと浮かんでくるのだと言った。

――ついそんなふうに考えている自分が嫌になるの。不愉快だし、むかつく。なんで私がオンニたちのせいで、こんな嫌な思いをしなきゃいけないの？

――チソン、さっき私たちがいくら稼いでいるか関心がない、って言ったよね？

　ウンサンオンニが訊いた。チソンは返事をしなかった。オンニが言葉を続けた。

――私もチソンは関心がないんだと思ってた。でもいまの言葉を聞いて……そうじゃないんだと思う。そういう感情、つまり喪失感があるってことは……興味があるってことだよ。チソンも私たちみたいに稼ぎたいんだよ。否定しないで。それから、なにか誤解してるみたいだけど、仮想ウォレットに入っているものは、いますぐにでも現金化できるお金なんだよ。もっと儲けよう、もっと殖やそうとしているだけ……このお金、ほんとうに私たちのお金なの。

　オンニがウェブサイトのリンクと一緒にメッセージをまた送った。

――チソンも私たちと一緒にやればいいよ。遅くないよ。このリンクに一度行ってみて。ヴィタリックが数日前に掲載した文章があるから……。

――あ、いらない！　私は嫌だってば！　私はそんなのやらないって、何度言えばわかるの。

チソンが数年前の話を持ち出した。以前、オンニたちが株をやるって大騒ぎだったの覚えてないの？　あのときも毎日株を売買して、お金を出し入れしてたのに、どれだけお金を稼いだっていうの？　損してなければ幸いじゃないの、と。自分は毎日チェックをしてストレスを受けるのも嫌だし、オンニたちみたいに余裕もないと言ってから、急に警告をしてきた。

――もう十時だよ。仕事しないの？　私はやることが山ほどあるから、話しかけないで。

それからは誰もメッセージの送信をしなかった。しばらくしてからチソンが一言つけ加えてきた。

――オンニたち、正直言うと……すごく……危なげだよ。

私は右上の×ボタンを押して、B03のチャットルームを閉じた。業務に集中しようとしていると、画面下のステータスバーが点滅した。ウンサンオンニだった。B03のグループチャットルームではなく、私たち二人だけの個人チャットルームだった。

――これからここで話すことにしない？

その後も、ウンサンオンニと私は変わらなかった。刻々と変わるグラフをキャプチャーして共有し、将軍！　行こう！　行っけぇぇぇ！　と言い合っていた。オンニが二人だけのチャットルームの名前を、「To the Moon」に変更した。自分が購入した暗号通貨の価格が急騰するのを期待する、世界中の投資家たちが使うスラングだ。私たちは月まで行くことを誓い、その時までがんばろうと約束した。

私の生活はグラフを中心に回っていた。

赤と青の柱の頂点を結んだオレンジ色の線。その細長い線に私の全財産が、十八歳のときからいろいろなアルバイトで少しずつ貯めてきた、私の財産がすべてつぎこまれていた。その線に、いままでの私の人生が、私の人生の命運が一つ残らずかかっていた。

二か月のあいだ、グラフは一日のうちに何度も値動きし、私の気持ちもそのたびに乱高下した。1ETHの価格が最高で四十八万ウォンを記録し、最安で十三万ウォンまで下がった。値動きするたびに私の全財産は九千万ウォンになったかと思うと、二千万ウォンになった。

ただの一度も触ったことがないような大金が目の前で行ったり来たり。まったく、魂がそっくり揺さぶられるような日々だった。

一日の大半を「四十八万ウォンを記録したときに売るべきだったのに……」といった後悔をしながら過ごした。他の仕事、他の行動のさなかでも、他のことを考えているときでも、垂れこめる雲のように、頭の中で後悔の言葉が背景になっていた。もちろんそのころは五十万ウォンになるまで粘ってみようと考えてはいたけれど……ほら、また同じことを考えている！　ほんとうに変だ。考えてみると、元手を失ったわけでもないのに、突然誰かに七千万ウォンを奪われた気分なのだ。行き場のない怒りがこみあげてきて、自分自身がしきりに情けなく思えた。

幸いにも今週はグラフが上昇傾向になっていた。今日の価格は三十万ウォンあたりを推移しているところだ。私はグラフの上のマイナスボタンをダブルクリックした。画面がさっと小さくなった。危機に瀕したときの心拍数のように上下に激しく変動していた線が、一瞬で小さくなると、大きく上昇カーブを描いた。小さな変動は見えず、上がり下がりの繰り返しを表す右肩上がりの巨大なカーブのみが目に入ってきた。

これではっきりした。

グラフは明らかに一区間ジャンプしていた。いくら底をついても、自分が最初に参入したときの価格十万ウォンより下がることはなさそうだと確信した。

一言でいうと、上昇トレンドに入っていた。

たぶんそのときからだったと思う。企画書を書いても、報告書を作成しても、取引先に礼儀正しくも卑屈なメールを送っても、「退職」というなめらかで心騒ぐ単語が、一日に何回も私の心をくすぐりながら、むずむずと這いまわりはじめたのは。

うんざりだ。代理という役職に就いてもいないくせに、こんなことを言うのが滑稽だってことはわかっているけど、もう飽き飽きだ。保守的な組織に、まぬけなリーダー、しょぼい給料、出世をあと押ししたり引き上げたりしてくれる人脈もないし、学ぶことも発展もなく、そのときそのときに個人技でやっつける仕事、これといって目新しいことも刺激もないまま、この状態を細々と維持するだけの停滞した業界……ここではとうてい未来が見えない。

作業中の中間報告用エクセルシートを閉じた。そして新しいドキュメントを開く。真っ白なファイルに、イーサリアムの現在の価値を元に、自分が投資した金額に対して何倍の利益になっていて、韓国ウォンでどれほどの価値なのかがすぐにわかるように、数式を作った。同時に大きな夢を描いた。「１ＥＴＨが五十万ウォンに達したら、そのときは絶対にすべて売り払おう」という計画を立てたものの、「もしそうなったとして、会社を辞められるだろうか？」という疑問が湧いてきた。

１ＥＴＨが五十万ウォンになったときに全部売って会社を辞めたら約一億ウォン。一億で会社を辞めたら、なにをしよう？　部屋が二つあるところに引っ越せるかな？　キッチンと居間が別々で、寝室が別の……ああ、そんな部屋だったら、どれだけいいか！　居間にはミニソファーじゃなくて、ちゃんとしたソファーとテレビが置けるはずだ。

　でも、家にあのお金を使ってしまったら、どうやって生活するわけ？

　そこから行きづまった。ともかく目標をもう少し高く設定しないといけなさそうだ。１ＥＴＨが百万ウォンになれば大丈夫かな？　その場合、私の資産は総額でいくらになるのかな？　でも……、そんな日がほんとうに来るのかな？

　私がこういう質問をすると、ウンサンオンニはおかしいくらい強く信じていた。

――そんな日は必ず来るよ。

――ほんとうに？

――来るってば。最後まで我慢すれば、来るよ。

　オンニから画像ファイルが一つ送られてきた。スティーブン・スピルバーグの映画「Ｅ．Ｔ．」のポスターに自転車ではなくスポーツカーを合成したものだった。その下にハングルと英語で、こう書いてあった。

　プリウスをランボルギーニに変える方法

一、プリウスを売る

二、イーサリアムを買う

三、粘る

四、イーサリアムを売る

群青色の空に煌々《こうこう》と輝く、大きな満月。その向こうにTo the Moonという文字が筆記体で書かれていた。その画像ファイルをダウンロードして、オンニと私のチャットルームの背景画像にした。それから仕事を少ししようと思って、作業中だったエクセルシートを開き……すると……また……うんざりだって気がした。うんざりだって思いにうんざりするほどだ。日を追うごとに仕事をする意欲がじわじわと失われていく。Ｃｔｒｌ＋ＷとＣｔｒｌ＋Ｓｈｉｆｔ＋Ｔは、業務時間のあいだずっと繰り返された。もともと情熱を傾けて働くタイプではなかったが、とくにこの二か月間は、一日に何百回も上下動するグラフを見るのに忙しく、仕事がなおざりになっていた。おそらくそれが原因だったと思う。普段だったら絶対に手を出さないようなことに、手を出したのは。

二〇一七年七月十八日

ひさしぶりにチームのメンバーが一人も欠席せずに集まり、会社近くのとんかつ店でランチを食べた日のことだった。チーム長が唐突に、占いについて話し出した。

「もしかして今週会社の近くで占いをしたい人いる？」

「なんでまた占いなんですか？」

「煙月《ヨンウォル》道《ド》士《サ》っていう、よく当たる道士がいるんだけど、出張占いもするんだよ。最近、チーム別によくやってるんだって。訪ねていって見てもらうと一人六万ウォンなんだけど、出張占いだと三万ウォンなんだ。その代わり、最低でも三人以上で申し込まないといけないんだよ。一緒にやる人いるか?」

　出張四柱推命占いについては、私も聞いたことがあった。いつだったかコーヒービーンの第一車両で怪しい光景を見たときのことだ。かなり年配の女性が一人、ノートになにかずっと書きつづけていた。ここまではとくに風変わりだとは思わなかったけれど、向かい側に座った人が十五分単位で入れ替わりつづけたのが、ちょっと変だった。一人が座っていたかと思うと出て行き、また新しい人がやってきて同じ席に座った。女性はそのままだったけど、話し相手だけが次々と代わった。彼らの共通点は、首に社員証をかけていることだけだ。性別も、年齢も、首にかけた社員証の色も、そのときごとに違った。

　それがいわゆる「出張四柱推命占い」だと教えてくれたのは、ウンサンオンニだった。オンニは「占い師」と表現したが、出張占い師は会社員が多い地域を中心に活動しているそうだ。うちの会社だけでなく、さまざまな業務が密集する地域で盛んに行われているらしい。上岩洞《サンアムドン》あたりでは放送局の社員たちのあいだで有名な道士がいて、汝矣島《ヨイド》には金融業界で有名な道士が、またＩＴ企業が集まっている板橋洞《パンギョドン》にはその方面で活動する道士がいるということだ。いつ結婚できるか、今度は昇進できるかといった平凡でありふれた質問はもちろん、来期に気合を入れてリリースする新製品の名前を「スイートムーン・パイ」にするか「ハーフムーン・パイ」にするのか、血しぶきが飛びそうな社内政争を繰り広げているＡ理事ラインかＢ理事ラインのどちらにつけば望みがあるのか、この会社にビジョンなんてものがあるのか、このまま勤めていてもよいのかどうか、離職をするならいつがよいか、退職して個人事業を始めても大丈夫か、などなど、会社員ならば誰も心のなかに秘めていそうな質問に、明快に答えてくれるらしい。必要なことだけ手短に訊くことができるうえに、職場近くで占ってくれるので、あらためて時間を作る必要がないのがよかった。基本的に四柱推命を使った占いだったが、タロットカードでも占ってくれるのが最近のトレンドだと言う。四柱推命は現状分析を、タロットは解決策を出してくれて、当たる人はすごく当たるらしい。一度決定的なにかを当てると、すぐに噂が立って、その業界をがっちり手中に収めるというのが普通だそうだ。

「そこそこの占い店は予約なしだと、最低でも五万ウォン超えなの。でも、ああいうふうに出張で占ってもらうと二、三万ウォンでやってくれるんだ」

「ここまで来てもらうのに、どうして安くなるの？」

ウンサンオンニが親指と人差し指をくっつけて円を作った。

「あの人たちもこれになるから、やらないわけないでしょ？」

そしてつけ加えた。

「薄利多売ってこと」

ほとんど同じ会話が、今度はチーム長の口から流れだしていた。よりによって私の真向かいに座っているチーム長が、口の中のとんかつを噛み終えていない状態で、つまり口の中のぐちゃぐちゃした食べ物がはっきり見える状態で、しゃべりまくっていた。

「基本的には四柱推命を使うんだけど、タロットもやってくれるそうなんだ。一緒に占いに行く人、いるか？」

驚くことにほとんどの人が手を挙げた。みんな意外だった。私が知る限りでは敬虔《けいけん》なクリスチャンのパク代理まで合流すると聞いたときは、ほんとうに驚いた。占いなんて見てもらったことも、信じたこともない私が手を挙げることになるとは、思いもよらなかったし……みんな見た目には、なに一つ悩みがなさそうでいて、あれこれ悩みがあるんだな、と思い……みんな、いったいなにを占ってほしいんだろう、って気になったものの……私はなにを占ってもらえばいいかな。いろいろと考えてみた。なんとなくもどかしい感じはあるけれど、いったいどう説明したらいいのかわからなかった。小銭をこつこつと貯めた全財産を暗号通貨に投じて退職を夢見ながら、占い師に未来を見てもらおうとする私の人生……そもそも実体のあるものが一つもなくない？　われながらでたらめすぎて苦笑いしてしまった。こんなふうに生きていていいのかな？　とんかつソースだかサラダのソースだかわからない、べたつく液体でうっすら汚れているテーブルの下で、スマホのロックを解除した。ビットGOのアプリが開いていた。グラフをこっそりと見た。午前までは三十万ウォン台だったグラフが、また二十万ウォン台に落ち込んでいた。不安感に胸が締めつけられた。吐き気がして、なにかが逆流してきそうだ。初めてチーズとんかつを少し食べ残した。

　煙月道士の占いサービスをランチの時間に合わせて予約しておいた日、行くと言っていた人たちが次々と約束を取り消してきた。予期しないノロウィルス腸炎にかかったとか、急遽お得意先で会議をすることになったとか、どうしても宗教的な信念に合わないから、と誰もが行けない理由を挙げはじめたのだ。残ったのは、うちのチーム長、晩婚での結婚式を控えたユン課長、そして私だけだった。なんとなく気まずかった。この組み合わせで、ましてや紅一点で、会社の外でなにかしたいとは思えなかったが、私が抜ければ最低人数の三人を割ってしまい、残りの二人に迷惑をかけてしまうので、行かないわけにいかなかった。いま振り返ると、こんなふうに思える。やはり嫌な予感がしたときは、やめたほうがいい。

　十一時五十分、チーム長のところに行って訊いた。

「あとで、何時くらいに、どこに行けばいいですか？」

チーム長がモニターから視線を動かさずに答えた。

「十二時にベルが鳴ったら、一緒に行く予定だ」

「一緒にですか？」

「うん、みんな一緒に。まさか別々に行くつもりだったのか？」

「あの……普通は時間を決めておいて、一人ずつ行くみたいですよ？」

「俺たち三人しかいないのに、なんでそんなことするんだい。俺一人で行ったら退屈しちゃうよ」

続けて、声をちょっとひそめて、ささやくようにこう言った。

「じつはこの道士にはちょっと不思議な力もあるらしいんだ。一人で行ったら、びびりそうだから、一緒に行こう。ちょっと怖いんだよ」

　そのときまで、「みんな一緒に」の意味をきちんと理解していなかった。三人で一緒にカフェに行っても、一人ずつ道士の前に座ればいいんだと思っていた。だから、それ以上は訊かなかった。私の中の常識では当然そうすべきだと思えたから。でも見落としていたことがあった。常識的な人は、思っているよりずっと少ない、ということを。私が考える常識というものの基準が高すぎるのかもしれない、ということを。

　不幸なことにチーム長の「みんな一緒に」は、思っていた意味とは違った。一つのテーブルにみんなで座り、文字どおり「みんな一緒に」占ってもらうのだった。お互いの占い結果を一緒に聞こうというのだ。各自が占い師にこっそり尋ねる悩みごとを、会社の人たちの前で打ち明けろ、というのだ。困った。こんなことになるとわかっていたら、最初から複数割引で占ってもらおうなんて思わなかったのに。自分のお金で別々に行くよね。そうじゃなければ、ウンサンオンニやチソンと行くとか。

私は絶対に知りたくなかったユン課長の結婚準備過程と婚約破棄の危機、両家間の葛藤などを聞きながら、ほんとうに泣きたい気持ちになった。そして、私みたいに泣きたいのは、ほんとうはユン課長自身なのだと考えた。いったいどこの誰が、同じチームの後輩とチーム長を前に、自慢にもならない私生活を晒《さら》したい？　それでも、ユン課長は使った時間と費用の元を取りたいのか、まじめに気になることを尋ね、悩みを打ち明け、泣きそうな表情すら浮かべて、煙月道士が言うとおりにタロットを慎重に選び、解決策を熱心に聞いていた。

次は私の番だった。

煙月道士がノートの新しいページをめくりながら、私の両目をじっと見つめた。後ろでまとめた髪。どことなく不気味なくらい真ん中でまっすぐに分けられた真っ白な髪、それと対照的に真っ黒な刺青を入れた眉。鋭い眼光。あまりに強烈な印象に、目が合っただけで気後れした。

「生年月日と出生時刻は？」

もぞもぞと数字を言うと、道士がそれを黒色の水性ペンで無地のノートに書き留めはじめた。同時に左手の指を開いたり閉じたりして、なにか計算をしていたが、その下にすばやくいくつか漢字を書いていった。次に真っ白なシャツのポケットに挿してあった赤の水性ペンを取り出して、よくわからないポイントできゅっきゅっと音を立ててチェックを入れていった。

「お嬢さんは頭の回転が速いよね？　でも、頭がいいのに大学受験はうまくいかなかったよね？」

　ぎくりとした。いったい何者？　最初から襟首をつかまれ、無理やりにひざまずかされた状態で、始まった気分。驚きを顔に出さないように、わざとなんの反応もしなかった。

「大学共通試験のあった年、病気をしただろ？」

　大きな病気をしたわけではないけれど、試験当日に悪寒がして最悪のコンディションだった。高熱がある状態で試験場に行ったのだから。私はそのときになってやっとゆっくりうなずいた。

「そんなことだと思った。その年はときの巡り合わせがよくなかったからだよ。さあ、いまからちゃんと聞くんだよ。お嬢さんは火だ。見てごらん。四柱に火の玉が二つもあるだろ？　火が多いって意味だ。なのに大学共通試験を受けた年を見てごらん。ほら、まるで大河が流れるような状態なんだ。火の玉が河の水に飛び込んだら、どうなる？」

　一気にまくし立てた。瞳を動かさず、瞬いてもいないようだった。この人、人間だよね？　疑う気持ちすら湧いてきた。微動だにしない道士の目を見ていると、なんとなくこっちが瞬きをしたくなったが、すぐにノートのほうに目をそらした。道士は質問を浴びせながら、ノートに正体不明の文字を書きつづけた。水性ペンが紙をこする音は、蛇が動き回るようなゾッとする音を立て、道士は急《せ》かすような口調で話した。私はきゅっきゅっという音と共に、彼女から発せられる強いオーラに圧倒された。あっけないほど迫力に呑まれてしまった。私はとまどいながら答えた。

「……消えますよね？」

「そうだとも、運気の流れが悪かったからチャンスが消えてしまったんだ。だから、どういうことかって一言でいうと、お嬢さんのせいじゃない、ってこと。自分がどんなに一生懸命にがんばっても、こんな大河が目の前に広がれば、火は消えるしかないんだ。その代わり、翌年は運気の流れがよかったから、浪人していたらおそらく予想以上にいい大学に入れたはずだよ。ちょっと欲張れば、このくらいは行けたはず」

そう言いながら、道士はノートに「E」とアルファベットの大文字を書いて、下線をすっすっと二本引いた。

「だけど、浪人をする性格じゃない、だろ？　気を強く持って状況を変えようとするタイプじゃない。もう、あっちへふらふら……こっちへふらふら……気の向くままに生きてきたよね？　自分の人生になんだかんだ不満がないわけじゃないけど、流れを大きく変えようにも生活していくのすら大変だし、そんな気力もないし、内心は流されるように生きるのが楽なんだよね？」

足先から鳥肌が立ちはじめた。自分でもよくわかっていなかった人生に対する全般的な態度を、こんなに具体的な言葉で、明確に表現してくれた人は初めてだった。そのとき、チーム長が話に割り込んできた。

「会社運も見てください、道士。うちのチームの中心的な働き手なんですよ」

チーム長が私をおだてるふりをしながら言った。

「どれどれ、会社！　ううん」

煙月道士がまたノートをのぞき込んだ。私の生年月日と出生時刻の下に書かれた漢字のまとまりの上に、丸い円をくるくると描きながら、いきなりこう言った。

「このお嬢さんは、そんな熱心に仕事をしてないんだけど？」

「え？」

「自分が持つ能力の七十パーセントだけ使って働いているね。もともと頭の回転が早いタイプだから。でも、七十パーセントだけ働いて百パーセントやってるように、すごく一生懸命に働いているふりをしてるよね？」

どうしてわかったんだろう？　心臓がどきどきしはじめた。もういやだ、ほんとに。私の側頭部に刺さるチーム長の視線を鋭く感じながら、大きな声を上げた。

「なにをおっしゃってるんですか！」

「ん？」

「私、そんな人間じゃありません」

「いや、なんで怒るんだい？　私はただ見えるものをそのまま話しただけだよ。ここにみんな出てるんだけど？　こんなふうに全部。一生懸命に仕事をしないから小賢しいってわけでも、悪いわけでもない。頭が切れて、仕事も速いから、仕事をぱっと片づけてもちゃんと成果を出すタイプなんだ。でも、一生懸命にやれば、もっとできる余力があるって話さ。そうだろ？　違うかい？」

ああ、おかしくなりそう。道士が話せば話すほど、さらに痛いところを突いてくるから、ぎょっとした。チーム長の視線を必死に避けようとしたけれど、まるで彼の目が私のこめかみの上を走っているみたいに、刺すような視線を感じた。なんで来たんだろう。来なきゃよかった。こんなことのために来たんじゃないのに。私が慌てていると、道士がタロットを一束つかみ、テーブルの上でカードの底辺をトントンとそろえると、あらかじめ敷いてあった紺色のクロスの上で、半円形にさっと広げた。

「カードを三枚選んで。自分の担当業務を考えながら」

いやだ、こんなのいやだ。カードまで選んじゃったら、大ごとになりそうな気しかしない。

「あ、いいです。私はもう大丈夫です」

私は慌てて財布から一万ウォン札を三枚取り出して、道士の手に握らせた。金を受け取ると、すぐさま手際よく赤いエナメルの長財布に入れた。そして自分の証明写真が印刷された名刺を一枚取り出し、人差し指と中指ではさんでななめに差し出しながら言った。

「アフターサービスもあるから、今度はカカオトークでね」

すると、「次はあんたかい？」とでも言うようなまなざしでチーム長のほうを見た。その場で席を蹴って出て行きたかったけれど、すぐに気持ちが変わった。私だけやられるわけにはいかない。チーム長の占い結果も聞いていかないと気持ちがすっきりしないし、くやしいから、残らず聞いていくことにした。ユン課長も私と同じ思いだったのか、チーム長の口に注視していた。チーム長は私とユン課長のほうに目線を向けると、断固とした表情でこう言った。

「君たちはもう行っていいよ。私は個人的に訊きたいことがあるから」

あきれた。もう、自分だけが個人なの？　私も個人なんだけど？　ほんとうにこの人、普通じゃない。相手の隙をついてくる、ずる賢くて、狡猾《こうかつ》な奴《やつ》。ユン課長と私は困惑した視線を交わすと、もぞもぞと持ち物をまとめ、席を立った。先にユン課長がガラスドアを開けて外に出ていき、私がそのあとから出ようとした瞬間、チーム長の甲高い声が聞こえてきた。

「チョン・タへ！」

びっくりして振り返った。

「え？」

「俺は、おまえが、仕事ができるってことは、わかってる。わかってるんだけど」

言葉は続いた。

「もっとできるってことも、わかってるんだ」

「………」

「もっと一生懸命にやれよ、な？」

「……はい」


カフェのドアを開けて外に出ると、息がつまりそうなほど熱い空気が一気に押し寄せてきた。ユン課長も不愉快なのか、一服してから行くからと、私を先に行かせた。お昼ご飯を抜いたせいで空腹なのをこらえながら、ゆっくりとオフィスに向かって歩きはじめた。夏真っ盛りの正午、強い日差しが照りつけていた。刺すようなそれに頭のてっぺんが熱くなったので、手のひらで頭を覆って歩いた。ついには手のひらまで熱くなったが、しかたなく我慢した。

私がしくじったわけじゃない。でも、なぜだか顔がほてった。一生懸命働いてないことが、チームで最年少社員のくせに仕事に打ち込んでないことが、ばれたからだと思ったけれど、歩きつづけているうちに、必ずしもそのせいだけじゃないって思えてきた。

いままで、チーム長は実務者が面倒を見ないと、なに一つわからない案山子《かかし》だと思っていた。入社しやすい時代に入社して、運のよさで現在のポジションに就いただけだと。すごくまぬけで、怠け者だと。そう思っていた。私はそんなチーム長のすべてを見抜いていると思っていた。

そうじゃないのかもしれない、ふとそんな思いが浮かんだ。私がチーム長のことをお見とおしだと思っていることすら、チーム長は見抜いていたのではないだろうか？　だから、よくわかっていないふりをして、あらゆる責任と実務を目下の人間に押しつけているのでは？　だから、実際に自分はなにもせずに、気楽な会社生活を送っているのでは？　悪知恵を働かせているのは、私じゃなくてチーム長なのでは？　ほんとうにそうなのかな？

　歩いているうちにお腹が空いて力が入らなくなった。昼の休憩時間は十三分しか残っていない。チーム長は占い師との会話のせいで、ちょっと遅れそうな気がしたが、今日の占い結果もあることだし、あまり遅れるとまた目をつけられそうだ。全州式コンナムルクッパを十分で食べてこようかな？　急いで食べてくれば、十二時前には戻れるんじゃない？　そう思ったとき、ハットグ【訳注／日本のアメリカンドッグに似ているが、中身はソーセージ、チーズなどがあり、バリエーションが豊富】店の前で足が止まった。クッパよりハットグのほうがよいかもしれない。三個買って、二個はここに座って食べて、残りの一個は歩きながら食べよう。そんなことを考えているうちに元気が出てきた。ハットグ店のガラスドアを開けて中に入りながら、急いで叫んだ。

「ポテトチーズハットグと、チェダーチーズハットグと、さつまいもチーズハットグを一つずつください」

　次は、耳にするのが待ち遠しい言葉が聞こえてくる番だ。

「三つとも砂糖はまぶしますか？」

　大きくうなずいた。

「はい、たっぷりとつけてください」

新製品の味

二〇一七年七月三十一日

いつか仕事を辞めるつもりで、就職ポータルサイトに加入したことがある。他の人のレビューを閲覧するには、まず自分の勤め先のレビューを書かなければいけないシステムだ。ギブアンドテイク。この世にただのものはない。情報をもらうには、情報を提供しなければならないのだ。

「うちの会社のいいところ」欄を空白にしたまま、しばらく考え込んだ。悪いところについては記入欄がいっぱいになるほど書いたから、いいところの一つ二つは書いておかないと良心が痛む。ああ……難しい。難題だ、難題……ちょっと待って……ああ……なんでこんなに浮かんでこないんだろう？　一つぐらい、あるはずなのに……そうだ！　やっと一つ思いついた。

お菓子の無料提供

次の段階に進むボタンを押すと、「いいところは、少なくとも十字以上で入力してください」と書かれたウインドウが表示された。単語を一つ、追加した。

お菓子の無料提供（無制限）

お菓子を一パック気兼ねなく食べられるということ。マロン製菓のもっともいいところだった。チームごとに備えつけられた円形テーブルの上に、各自のデスクの下に、キャビネットの内と外に、オフィスの奥の壁際に、みなが行き来する通路に……いたるところにお菓子の箱が積みあがっていて、おおげさでなく文字どおり、いたるところにあふれていた。

一緒に残業をするスタッフたちが、一人、二人と私に仕上げを押しつけて帰宅してから十五分ほど経つと、口寂しくなった。夕食をしっかり食べたので空腹なわけではないのに……そうだ、これが昨日ネットニュースで見たストレスによる嘘の空腹だ。わかってはいるけれど、なにか口に入れたくなって周囲を見回すと、日中に食べ飽きてしまったお菓子しかなかった。マロン製菓のお菓子。おいしいけれど、なじみの味だ。その瞬間、無性に家に帰りたくなった。引っ越してから二か月ほど経った我が家には、自分だけの小さくて居心地のいいベッドルームがあった。エアコンを除湿モードにしておき、新たに購入したリネン素材の夏用カバーをかけたふかふかの布団の中で、ゆったりと横になりたかった。モニターに浮かんだプレゼンテーションファイルのタイトルを見た。夏季休暇のシーズンに全国の主要海水浴場で行うコンビニ・プロモーションの企画案。毎年この時期になると、氷菓チームが大々的に推進するバカンス・プロモーションイベントに、うちのチームがそれとなく便乗した企画だった。どっちみち氷菓チームがメインの企画だったが……実際、私はまだ休暇も取ってないのに……この便乗戦略プロモーションは二年前に私が出したアイデアで、売上増加に少なからず寄与したのに、いざ評価となると〈まあまあ〉しかもらえなかった……なのに、どうして私がこんなに一生懸命にやらないといけないんだろう？　そんな考えが浮かび、突然やる気が失せた。出張占い師の一件のせいか、最近はなんとなくまじめに働きすぎている気がする。

　Ｂ03グループのチャットルームにメッセージを送った。ウンサンオンニとチソンも残業している確率が高かった。経営支援室購買チームは月末がいちばん忙しいのだ。

――まだ残っている人、いる？

　返信してきたのはチソンだった。

――私たちご飯を食べて、これから戻るところ。

――こっちは一人。退屈だから三階に寄っていきなよ。

　数分もたたないうちに、ウンサンオンニとチソンがぽっこりと出たお腹を叩きながら、うちのチームのパーティションに向かって歩いてきた。ウンサンオンニの手に小さなお菓子の箱が握られていた。

「これ食べたことある？　うちの階にはなかったんだけど」

　隣のビスケットチームで少し前に販売を始めた新製品のようだった。

「ううん、私も実物は初めて見た。どこにあったの？」

「三階のいたるところにあったよ。あんたの足元にもあるけど？」

　私はびっくりして、頭をかがめて左側のパーティションの下をのぞき込んだ。ほんとうに新製品が箱ごと積まれていた。チソンがその前にかがみこみ、舌なめずりしながら、色別にお菓子の箱を取り出した。赤色、緑色、黄色の箱はそれぞれ味が違っていた。

　チソンが包装紙を確認しながらつぶやいた。

「プルダック【訳注／「火の鶏」を意味する辛い鶏料理。スパイシーチキン】味、青のり味、ハニーピーナッツ味」

　それから、プルダック味の箱を開けて中身を取り出し、破いたパッケージからつまみあげたビスケットをじっと見つめた。ビスケットは二本の指を合わせたくらいの長方形に濃い茶色で、表面につやを出すためのコーティングがされていた。プルダック味のせいか、コーティングから辛そうなにおいがする。決め手は表面にぐるりと巻かれた焼きのりだ。

　ウンサンオンニが半分だけ包装を開けた菓子を口に入れた。層になったビスケットがサクサクと砕けるおいしそうな音がした。オンニの眼が真ん丸になった。

「おいしい！」

　残りの半分も口の中に入れると、こう言った。

「これ、お酒のおつまみだよね？」

　その言葉を聞いて、チソンも私も順番に一つずつ食べた。

　サクッ。

　また、サクッ。

「おつまみだね」

「おつまみに最高」

　今度の新製品がとてもおいしいということで意見が一致し、お酒、とくにビールなんかに合いそうだという点でも異論はなかった。チソンが言葉尻を濁しながらこう言った。

「クッパ店の隣にパブができたらしいよ……」

「もともとマンドゥ【訳注／餃子《ギョーザ》のような食べ物】店だった場所でしょ？」

「ちょっと前まで工事をしてたけど、開店したの？」

「うん、開店してたよ。エールビールがすごくおいしいんだって」

　チソンがつけ加えた。

「テイクアウトすると三十パーセント割引だって」

　それからあとは、どんな言葉がやり取りされたのか、誰がその場の空気を盛り上げたのか、誰の言葉が決め手になったのか、はっきりと思い出せない。いつの間にか私たちは、二年前の創立記念日にもらった会社のロゴ入りエコバッグを持って、開店したパブに向かっていた。生ビール専用キャップつきのペットボトルにエールビールをテイクアウト。一リットルのボトルを三本入れるとエコバッグがいっぱい。満タンだった。

　オフィスに戻ると小会議室を一つ確保した。みんな、まだやることが残っていたからだ。私たちはときどきこんなふうに空き会議室を取って共同業務区域を作り、それぞれ残務処理をすることがある。でも、今日はいつもと違ってちょっと特別だった。重く、満タンのエコバッグがあったからだ。オフィスに戻るとすぐに給湯室に行き、エコバッグごと冷凍室にしまった。各自のマグカップとタンブラーをきれいに洗ってから、ビールを二本取り出し、一本は残したまま小会議室に戻った。

　それぞれノートパソコンを持ってきて、電源コードを仲よく一つのテーブルタップに挿した。それから、正三角形の形をしたテーブルの各コーナーに座った。ウンサンオンニがパソコンバッグのフロントポケットから、小袋入りのバター焼き風いかの珍味を次から次へと出してきた。まるでビ

ニール包装を糸でつなぎ合わせたみたいに、数珠つなぎになったまま。私がぽかんとしていると、オンニがなぜか気まずそうに、

「以前売っていた製品に在庫ができたから」といって、包装紙の裏を見てつけ加えた。

「賞味期限はちょっとしか過ぎてないよ」

　私たちはマグカップとタンブラーにビールをたっぷりと注ぎ、新製品のビスケットとバター焼き風いかの珍味を交互に食べながら仕事をした。テーブルを囲んで仕事をすると効率が悪くなりがちだ。それをわかっていながら、私たちはときどき集まった。一人で働いていると、ため息は手のひらの上にこぼれ落ちてしまうけれど、みんなで集まっていると、誰かが「どうしたの？」と反応してくれる。すると私は、なぜ不機嫌なのか、誰の尻拭《ぬぐ》いのために残業しているのか、どこの取引先がまたパワハラをしているのかを、せきを切ったように話しだす。私が口にした人物についてすでにいろいろと知っている仲間たちが、私が聞きたかった悪口を、すぐに私の代わりに言ってくれた。私たちはお互いのため息、独り言、曇った表情を、適当にあしらわずに、一つひとつに関わり、一言ずつ気づかった。そんなふうに、おしゃべりを一言、仕事を一行、だと進捗はよくないが、知らず知らずのうちにストレスが解消されて、帰宅後はよく眠れた。いつの間にかノートパソコンのキーボードがビスケットの粉とバターで油光りしていた。私はノートパソコンをひっくり返して粉を落としてから、ティッシュを探そうと顔を上げた。そのとき、ウンサンオンニがビールを一口飲みながら、スマホを見ているのが目に入った。私の席からスマホの画面は見えなかったけれど、オンニが毎日数百回ずつはチェックをしている、あの画面――ビットＧＯのグラフ――を、習慣的にまた見ているのがわかった。オンニがなんでもないような表情を見せながらスマホをしまうと、唐突

に訊いてきた。

「来月みんなで済州島《チェジュド》に行かない？」

「なんで突然？」

「うん、休暇シーズンじゃない。来月中旬に日程を決めて行くのはどう？　向こうでドライブしたり泳いだり、おいしいものも食べて」

「私、そのころにウェイリンに会いに台湾に行こうと思ってたんだ。スケジュールが重なっちゃったら、済州島は行けないかも」

　オンニが眉間にさっとしわを寄せた。

「まだあの人に会ってるの？」

　そう言ってから、つけ加えた。

「いったいどうするつもりなの？」

「なにが？」

　ウンサンオンニがまた口を開いた。

「ううん……タヘや私はあまり結婚願望がないけど、チソン、あんたはなんというか……とにかくちょっと独特じゃない。結婚も必ずするつもりだし、子どもも早く産んで三人ぐらいほしいんでしょ。それが人生の大きな夢なんだよね？　良妻賢母になるんだよね？　でも、若いときに早く子どもを産むメリットがある年齢って、もう過ぎちゃったよ。台湾ボーイの大学卒業を待ってから、貯金をして結婚をするって言うの？　結婚後はどこに住むの？　ソウル？　台北？　それに、彼のことよくわかっているの？　二人が顔を突き合わせて過ごした時間って、ひと月にもならないんじゃない？　少し、いや、計画性がなさすぎるよ。若い外国人と遠距離恋愛することについてあれこれ言ってるんじゃなくて、チソンが口ぐせのように言っているドリームライフとは、全然違う方向に進んでいるような気がしてるから言ってるの。二つのうち一つだけにしようよ、一つだけに」

　チソンは目を見開いて天井を見上げてから、ウンサンオンニを正面から見つめた。

「オンニ、私が彼にしがみついているように見える？」

「うん」

　チソンがのけぞって大笑いした。

「違うけど？　ウェイリンとはちょっとのあいだだけ楽しむつもり。どうせ結婚は安定した人とするんだし」

　まったく説得力がなかった。私が見ても、いまチソンは二十歳の初恋レベルで、イケメンの台湾男性に夢中だった。彼の名前を口にするときに輝く瞳を見れば、誰の目にも疑いの余地がなかった。

　チソンが反撃しはじめた。

「じゃあ、オンニは綿密に壮大な計画を立てて、ドンジュンを歯科大学に行かせて幸せになったの？」

「もう、なんで突然ドンジュンの話を出してくるわけ？」

　ドンジュンは、オンニが二十一歳のときにつき合っていた同い年の元カレだ。私がオンニに初めて会ったときは化学の中・高教員採用試験に落ちて四浪中だったけど、この試験にこんなに落ちるんだから適性がないのを認めるべきじゃないのか、ほんとうにこの選択で合っているのか考えるべきだと、オンニは何か月も彼を説得していた。

オンニの論理はこうだった。二次試験でもなく一次試験で三回も落ちたんだから考え直すべきだ、人はそれぞれ能力や素質にあった勉強法があるのだから、能力不足なんじゃなくて試験自体が合っていないんだ、教師が安定した職業だと漠然と思っているのかもしれないけど、この少子化時代に教師の採用人数はだんだんと減っていくだろうし、実際にすでに狭き門になっているのだから、国数英でもなく化学みたいな科目は、任用されても何年か待たされることになるはずだ、あなたの二十代を捧げる価値があるのか考え直すべきだと、ドンジュンを説得した。たしかに正論だった。

　オンニが示した代案はＭＥＥＴ（Medical［Dental］Education Eligibility Test：メディカルスクール入学者選抜試験）だった。思うにドンジュンは頭が悪いわけではなく、こんなつまらない試験向けの頭脳がないだけだと言った。いっそのこと医学・歯医学専門大学院の入学試験ＭＥＥＴを受けてみたら、意外とあんたみたいな頭脳がＭＥＥＴに合っているかもしれない、一年だけがんばってみてよ、私が理系だったらすぐにＭＥＥＴに乗り換えるのに、なんで自分が持っている能力を活かさないのかと、繰り返し丸め込んだ。オンニの徹底した市場分析とコンサルティングを真に受けたドンジュンは、その年のＭＥＥＴを受験し、驚くことに一発合格して、すぐに慶尚北道《キョンサンプクド》に所在するある医学・歯医学専門大学院に入学した。すると、その年に一緒に入学した新入生と目が合って浮気をし、六年にもわたる恋愛が終わりを告げた。オンニはドンジュンの話が出るたびに同じことを言い、今日も例外ではなかった。

「あいつに良心があるなら、私に進路コンサルティング料を払うべきだよ。最近はそんな相談に乗ってもらうには、一時間に数百万ウォンだって言うのに。恩知らずな奴」

　チソンが頬杖をついて、対角線に座っているオンニを斜《はす》に見上げながら訊いた。

「恋愛なんかいらないって言ってたのに。オンニ、最近寂しいんでしょ？」

「いや、ぜんぜん。なんで？」

「私が年下のイケメンとラブラブだから、なんとなくうらやましくてけちをつけてるんじゃないの？」

「ちなみにご参考までに、私はあんなふうにガリガリなスタイルは好きじゃないの」

ウンサンオンニが真顔でつけ加えた。

「あのさ、ちっともうらやましくないよ」

「なによ！　むかつく」

チソンが唐突にスマホのアルバムを開き、すばやくスクロールしはじめた。そして一枚の写真を選んで、画面いっぱいに拡大して見せてきた。海辺でボーイフレンドと二人、抱き合って写した写真だった。二人のサーフィン用ウェットスーツが腰まで下げられていて、上半身が露わになっていた。絵のようなヤシの樹とエメラルド色の海を背景に立っている若い男女の小麦色に焼けたがっちりとした体。二人とも水着モデルのようだった。チソンが腕をぐっと伸ばしてスマホの画面をウンサンオンニのほうに差し出して、なにやら毅然《きぜん》と言った。

「オンニの目にはこれが、ガリガリに見えるの？」

ウンサンオンニが親指と人差し指であごの下をそっと触ったまま、チソンが突きつけてきた液晶画面をまじまじとのぞき込んだ。

「おお、思ってたよりいい体をしてるんだ？」

「でしょ」

「うん！」

二人は、とげとげしいやり取りをしていたのが嘘みたいに、握り合った手を振りながら、げらげらと笑っていた。二人とも酒好きだったが酒には弱く、ある程度酔うと決まってこんな感じで、お互いの気に食わないところにあれこれ文句を言うんだけれど、拍子抜けするようなタイミングで雰囲気が変わって、あるときなんかは何度もお互いの手のひらをパチンと打ち合わせながら笑っていた。私は、二人ともかなり酔っぱらったな、残りのビールは私が全部飲まなきゃ、なんて考えていた。まさにそのときだった。

「びっくりした。明かりがついているから消しにきたら……」

私たち三人は慌てながらも、口をそろえてあいさつをした。

「こんばんは」

「まだ帰らなかったのか？　三人で……なにしてる？　集まって残業してるのか？」

「はい」

経理チーム長が疑うまなざしで、首をかしげた。

「三人……仲がいいのか？」

そうだと言ってうなずくと、もう一度、でもためらいがちに訊いた。

「タヘさんまで？　ううん……かなり意外だな。なんで？」

「私たち三人は同じ日に入社したんです」

どことなくまだ疑っているようなまなざしで、ゆっくりと私たち一人ひとりに視線を投げかけた。

「同じ日の入社……うん、そうなのか……とにかくたいしたもんだ。体を壊さないように休みながらやれよ」

「はい」

経理チーム長が人差し指でなにかを指した。

「ところで、それはなんだ？」

指先にあるのが、五分の一ほど残ったエールビールの入ったペットボトルだとすぐにわかった。その瞬間、頭皮から汗がにじみ出てくるのを感じた。

「あ、これですか？」

チソンだった。乾杯のあいさつでもするみたいに、ステンレスのストローがささったタンブラーを高く掲げて、どうってことないという感じにチーム長の目をまっすぐに見つめた。

「リンゴジュースです」

ウンサンオンニと私は、どちらからともなく互いを見たが、視線が合うと笑いをこらえるのがたいへんだった。ウンサンオンニの鼻の穴がひくひくと震えているのに気づいてしまったので、前歯でぐっと舌を噛んで、視線をさっと上に向けなければならなかった。

「ああ、そうか。仲がいいから微笑ましいね。がんばれよ！」

経理チーム長が、持ち前の人がよさそうな笑顔を見せながら、やたらに拳を振ってみせてドアを閉めた。

私たちは十秒ほど息をひそめて静かにしていたが、一斉に爆笑した。ついにはテーブルに突っ伏して肩を震わせた。ほろ酔い気分なので、さらに勢いづいたみたいだ。ちょっと笑い声が止まっても、また誰かが笑いはじめると爆笑になって、とどまることなく輪唱みたいにずっと続いた。しばらくそうやって我を忘れて笑っていると、ウンサンオンニが両手をばたつかせて笑うのをやめさせた。そして、いきなりシッと人差し指を口に当てた。足音がふたたびだんだんと大きくなるようだった。まさか……と思ったその瞬間、またドアがぱっと開いた。私たち三人の顔は反射的にドアのほうに向けられた。

「みんな、あのさ」

　またもや経理チーム長だった。

「終わったら、電気をちゃんと消していくんだよ」

　照明のスイッチの上に貼られている色あせたステッカーを指さしながら、念押しした。

「エネルギー節約、わかってるよな？」

　チソンが元気いっぱいに答えた。

「もちろんわかってますとも。お気をつけて」

　ドアが閉まり、経理チーム長の足音が徐々に遠ざかり、ついに聞こえなくなると、私たちは抑えていた笑いを、わっと爆発させた。軽いせきをしていたチソンはむせたのか、リンゴジュースみたいな色のビールをストローで急いで飲み、ウンサンオンニは椅子を四十五度ほど後ろに傾け天井を見ながら、小指で涙すら拭いていた。そんな姿がくだらなくて、おかしくて、いま目にしているこの場面を写真を撮るように残し、どこかにしまっておきたいと思ったが、すぐにすでにそうしてあると感じた。ちょっと妙な感じだった。すでにすべて知っている感覚。未来から自分自身を過去のことのように見下ろしているような、奇妙な感覚が起こった。いつになるかはわからないけれど、この会社に通わなくなるときが来たら、そのとき会社を懐かしく思うことがあれば、まちがいなくこの場面を懐かしく思うだろうという予感。私はいまこの瞬間の真っただ中に立ちながら、この瞬間を懐かしく思っていた。

最終搭乗案内

二〇一七年八月二十九日

約束の時間よりちょっと早く金浦《キンポ》空港に着いた。いちばん早く来たと思っていたのに、ウンサンオンニが私より早く来ていた。バックルがついたペタンコのサンダル、真っ白なショートパンツにルーズなTシャツを身に着けた、普段あまり見たことがない格好のオンニが、自動払い戻し機の前でスーツケースの上に腰を乗せて座っていた。顔の半分が隠れるほど大きなレイバンのアビエーター・サングラスをかけたオンニは、スマホを見るのに忙しく、私が到着したのに気がついていないようだ。「オンニ！」と大声で呼ぶと、やっとサングラスを外して頭の上に載せて、顔を上げた。私に気がついたオンニが、うららかな天気に負けないくらい明るい笑みを見せた。その笑みにはいろいろな意味が含まれていそうだったが、オフィスではフォーマルな服装のおとなしい姿しか見たことがなかったので、旅へのときめきが表れたお互いの服装を空港で目にして、どぎまぎしながらもうれしい気持ちはオンニも同じはずだった。

ウンサンオンニが座っていたスーツケースの取っ手をつかんで立ち上がった。うっすらと銀色の光を放つボディー、頑丈そうに見える丸みのあるコーナー……遠目に見たときは、まさかと思ったけれど、近くでよく見るとやはり、まちがいなさそうだ。スーツケースに目をむけなくても、どことなく「気配」と言えそうなものを周囲に放っていた。派手さのない、ブランド物だけがもつ静的な美しさだ。ほんとうに正規品なのかな？　露骨に見ないように気をつかうものの、自分の気持ちとは裏腹に視線がしきりにスーツケースのほうにいってしまうのはどうにもならず、ついに接続部のリモワ正規品ロゴを私の目で確認した。私が引いてきたスーツケースも銀色だったけれどリモワを真似た「スタイル」に過ぎなかった。いままで見てきた大部分の銀色のキャリアーは「リモワ・スタイル」だったので、初めてお目にかかったリモワのオリジナリティに、思わずひれ伏してしまいそうだった。違いがはっきりとわかる。そして、こう思った。オンニ、たくさん儲けたんだな。

　ちょっとした紆余曲折《うよきょくせつ》はあったものの済州島に行くことにしたのは、ウンサンオンニの大胆な提案によるものが大きかった。小会議室に集まって一緒に残業をしたあの日の帰り道でオンニからこんな提案があった。

「タヘ、飛行機のチケットだけ取ってくれたら、ホテルとか残りの費用は全部私が出すから」

　チソンが目をまん丸にして訊いた。

「じゃ、私は？」

　オンニが片手をぐっと伸ばし、チソンの肩に手を回した。

「チソンは来るだけでいいよ」

「ほんとう？」

「もちろん」

その瞬間、笑みが顔じゅうに広がったが、すぐにそれを隠そうとしてかギュッと唇を結んで、チソンが言った。

「でも……ただついていくだけじゃ悪いから、私もなにかさせてよ」

「大丈夫。一緒に楽しく遊んでこられれば、それでいいよ。私たち三人、一度もまともに旅行したことがないじゃない。いつもこんなふうに、犬の首輪をつけて会うだけだったから」

ウンサンオンニは首にかけている社員証をつかんで、引きちぎりそうな勢いで振った。「なんでまだかけてるんだろう！」と、行き場のない怒りを表したかと思うと、ストラップを頭上に持ち上げて社員証を外した。それから、首の汚れで色あせた、一部がほぼ灰色になったストラップを、長方形の社員証にぐるぐると巻きつけはじめた。入社時にオンニが提出した証明写真が印刷された社員証。社内イントラネットの組織図とメッセンジャーにも一括使用される、あの写真だ。うちの会社はその写真を絶対に差し替えてくれない。退職して再入社でもしない限り、入社時に提出した写真が永遠につきまとった。それだから、他の部署の社員たちと社内メッセンジャーだけで話していると、写真と全然違ってしまった顔のせいで、実際会ったときに誰だかわからないことも多かった。約束したかのようにほとんどの人は太るし、履歴書用写真は実物よりもよく写ったものを提出するものだから、さらに変化が大きかった。しかし、単に体重が増えて顔のラインが崩れるだけではない説明しがたいなにかが、写真と実物の顔のあいだに存在した。そのギャップをなんと呼べばいいのだろう？　なんとなく、よく知っている空間イメージの輪郭をそのまま表している顔。それは少し太っている私も、もうちょっと太っているユン課長も、太らずに年をとっただけのチーム長、人がよさそうに見える経理チーム長も避けることができないものだ。自分にもともとあるのかもわからない、わかりえないなにかが抜けていったあと。痕跡だけが残った顔。給料をもらって生活する人たちの顔。

あのときのカン・ウンサンは、五年後の自分がどんな姿になっていると想像したんだろう？　手首をぐるぐると回して、社員証にストラップを巻きつけていくたびに、ひと巻き、またひと巻き、気まずそうに笑みを浮かべたウンサンオンニのあどけない表情が覆われていった。まるで自分の運命を知ることなく、目を開けたまま死んでいたミイラのように。オンニの首とあご、くちびる、鼻の下、鼻、両目が、包帯が巻かれるように次々と隠れていき、最後は額を二巻きして終わった。オンニはぎゅうぎゅう巻きにしたストラップの隙間にはしをねじ込んでから、社員証をショルダーバッグの中に投げ入れた。それから、ちらっと私を横目で見てから、チソンに秘密を打ち明けるようにささやいた。

「旅行費は心配しなくていいから。いままであまり話してないから知らないと思うけど……うちら、たくさん稼いだんだよ。ちょっと金持ちになったから」

金持ち？　私が、金持ちなの？　あまりに聞きなれない言葉なので一瞬ぎくりとしたけれど、よくよく考えてみると、まるっきり外れているわけでもない気がしてきた。私の仮想ウォレットの総資産は約四千万ウォン台を記録していた。暗号通貨の世界に入るまでは、一度も手にしたことがない金額だ。かといって、実際に手にしたと言えるのかな？　ほんとうに自分のお金なんだろうか？　そんな思いが脳裏をかすめた……けれど、すぐに、私のお金に決まってるじゃない！　いったい誰のお金だっていうの？　と思いながら、なんとなく意地を張りたくなった。すぐに、ちょっと待って……私が四千万になったのなら、ウンサンオンニはいったいどれくらい稼いだんだろう？　そんな思いが浮かんで……電卓はないけれど、働かない頭をフル回転させはじめると……私の計算が合っているなら……おそらくだけど、たぶん……オンニの仮想ウォレットは四億ウォン近くになっているはずだ。なんてこった。よくわからないけれど、ともかくウンサンオンニが、我らのカン将軍が、金持ちになったのはまちがいない。

今回の済州島行き航空券を購入するときまで、私は暗号通貨を一度も現金化したことがなかった。暗号通貨には手をつけていなかった。同時に、毎月入金される給料は変わりがなかったから、その範囲内だけで消費をしていた。実際に私が使える資金が増えたわけではなかった。なのに、生活が豊かになったと感じていた。そこに存在しているという事実だけで、つまり、数千万ウォンほどの数字が自分のスマホに表示されているという事実だけで、ほんとうに、オンニの言葉どおりだと、「ちょっと金持ち」になった気分だった。仮想の財布に過ぎなかったけれど、私には銀行残高のように思えたから。なにかあったときに、いつでも引き出せるお金が四千万ウォンあると考えると、基本的に心の持ち方が変わった。そうした姿勢は生活全般に影響をおよぼした。

私はいまもワンルーム暮らしだが、ベッドルームが別になっているところに住めるようになった。以前住んでいたところに比べて、保証金が二千万ウォン、毎月の家賃が十五万ウォンも高い住まいだ。不動産の再契約が迫っていた三か月前に、もしもイーサリアムを知らなかったら、つまり、今後も残高の増える速度は、過去の五年間と大きく変わらないだろうという固定観念しかなかったら、あえてこれだけのお金を使って、このアパートへの引っ越しを決心できなかっただろう。スーパーの果物コーナーで糖度が高いメロンを悩まずに買えたし、普通の洗剤とプレミアム洗剤ならプレミアムのほうを選ぶことができた。値札を見るとき、十の位の数字までは見ずに買えるようになった。

有機酪農の牛乳を買って飲みはじめた。それまでは、そのつど、その日にいちばん安い牛乳を買っていた。ときには、モラルに問題の多い企業の製品を買うときもあった。同じ食品業界だから、そうした噂がすべて事実だということを、誰よりも知っているのに。なんというか、それが基本の消費スタイルだった。最低価格を選ばなければいけないというコードがプログラミングされているように、つねにいちばん安いものだけを選んだ。いまは違う。有機酪農の牛乳を味わってみると、おいしいのはもちろんだが、そういう製品を選んだ自分がついに健全な市民になったという満ち足りた気分が味わえた。派手ではないが品のあるロゴが描かれたオーガニック牛乳を、悠々とつかみ上げて買い物かごに入れるあいだ、私の頭の中では悪徳企業の社長が経営悪化の責任をとって権力の座から退き、どういうわけか手錠をはめたまま間隔のせまい檻《おり》に入っていて、その上には、檻に入れられずに広い草原で自由に動き回る乳牛たちと、麦わら帽子をかぶった純朴な農夫の汗と笑みがオーバーラップした。それは、予想していたよりもずっと満足できる消費体験だった。

　積立貯金を解約してイーサリアムに投資してからは、新たに積立金を払ったことはない。以前は毎月決められた金額が自動的に引き落とされる定期積立だったので、給料のかなりの部分が積立に取られていた。そのせいで月末になると、いつも現金がなくて困っていた。お給料日の三、四日前から、コーヒー一杯、パン一個も、ぐっと我慢しなければならなかった。同じ給料でも、いまは縛られた金額がないので、使える金額がずっと増えて、余裕があるように感じられるし、月によっては給与を全部使っても不安ではなかった。残った生活費はおもにイーサリアムを追加購入するのに使った。実家のある牙山《アサン》【訳注／忠清南道《チュンチョンナムド》北部にある都市】で一人暮らしをしている母には、初めてお小づかいと呼べそうな額のお金も送った。そんなやり取りのなかで、市内にたった一つしかない循環コミュニティバスの〇九番バスを十二年間も運転してきた母が、右足にギプスをはめたのをきっかけに仕事を休んでいる事実を知り、ちょっと前に実家に帰ると言ったときに、めずらしく強い口調で来るなと言っていた理由も、そのときやっとわかった。家から市場までの下り坂で足を滑らした拍子に、右の股関節と足首にひびがはいったらしい。

私は、母が運転しない〇九番バスを想像したことがなかった。コミュニティバスといっても、ボンネットとドアにコミュニティバスのステッカーが貼られただけのミニバンで、たった一台しかなかった。運行は一時間に一度だけで、一つしかない路線の、たった一人の運転手の母は、朝から晩まで同じコースをぐるぐると回っていた。地元を通りかかったときに〇九番バスに出くわすと、車内にはいつも母がいた。立て札もないが、町内の人なら誰もが知っている〇九番の停留所に立って、手を振って目で合図をすれば、ちゃんと乗せてくれるし、ブザーを押さなくても、降りたいと言えば降ろしてくれる。だから、コミュニティバスがまるで母の車であるかのように思っていた。

「じゃ、〇九番はこれから誰が運転するの？」

こう質問をしたとき、受話器の向こうの母があっさりと答えた。

「誰かしらが運転するでしょ」

完治したら、お母さんにまた運転させてくれるって？　そう訊きたかったけれど、口にできなかった。もしそうじゃなかったら、つまり、母がまた自分の仕事に戻ってハンドルを握ることができなかったら、そして、もう給料を受け取ることができなかったら……その次に起こるだろう出来事を考えたくなかったからだ。母が骨折の治療をしているあいだの生活費と治療費を送金することにした。母はいつも、お前になにもしてやれなかったのに受け取れない、と言うばかりだった。漢方薬を一包み調剤しようとしても、自分にそのお金を使えと、寂しく思えるくらい断固として拒否をしていた母が、今度はなにも言わずに受け取るよ、あんたからの送金を毎月受け取るから、そう言った。もしも暗号通貨に投資していなかったら、所持金が積立金の一千万ウォンちょっとに、負債はそれより多いマイナス状態で、こんな出来事が起きていたら……そんなふうに考えると、めまいがしそうだった。

　ちょっと前に、初めて仮想ウォレットのコインの一部を現金化した。イーサリアム三十八個をウォン貨に換金すると、千五百万ほどが私の口座に入った。そのお金で最初にしたのは、学資金を途中返済することだった。

［Ｗｅｂ発信］
韓国奨学財団――二〇△△　一学期　元金（利息含む）お支払い日　08月09日、ＵＢ銀行です。
［Ｗｅｂ発信］
韓国奨学財団――二〇△△　二学期　元金（利息含む）お支払い日　08月10日、ＵＢ銀行です。
［Ｗｅｂ発信］
韓国奨学財団――二〇□□　一学期　元金（利息含む）お支払い日　08月11日、ＵＢ銀行です。
［Ｗｅｂ発信］

韓国奨学財団――二〇□□　二学期　元金（利息含む）お支払い日　08月12日、UB銀行です。

この文字が一か月に四回届くたびに、私に債務があるという事実を、一か月に四回ずつ思い浮かべなければならなかった。毎月返済する金額に比べて、残額完済までの道のりが果てしなく思えた私の借金。あれほど完済のめどが立たなかった多額の借金を一度に返すと、いったいあれはなんだったんだろう、とさえ思えた。毎月、矢のように催促される問題もなくなり、繰り返されていたこと、たび重なる負担がいっぺんに消えると、なんとなく隠しコマンドを使ったような気分になった。でも、むなしく感じたり、罪悪感を抱いたりしているわけじゃない。いまさらだけど、こんな隠しコマンドを教えてもらってよかったって思いしかない。

学資ローン残額（学費＋生活費）
総0ウォン
ローン総額：2＊，＊＊＊，00ウォン
・・・・貸付残額：0ウォン
返済率：100％

私は0という数字をしばらく眺めた。

この丸が、新たな世界へと飛び込む入り口《ポータル》のように思えた。がっちりと閉められていた扉が大きな音を立てて一気に開け放たれるような気分、扉の外へと軽やかに足を踏み出すような気持ちがした。比喩じゃなく、ほんとうに体が軽くなった気さえした。そして、最初からこんな気分で、こんな軽い足取りが当たり前のように暮らしている、ある種の人たちについて考えた。いったいどんな暮らしをしているんだろう。あまりにあいまいとしていて、想像がつかなかった。学資ローンを全額返済して、母に今月の生活費と通院費を送り、残りのお金で三人分の済州島行き往復チケットを決済した。そうやって使ってみて、やっと自分のお金だという感覚、札束を握りしめているという感覚がはっきりと伝わってきた。今回の済州島旅行は、私にそんな確信を与えてくれる一種のセレモニーだった。

私が交通費を、ウンサンオンニが宿泊費とそれ以外の経費をすべて出すと言うと、チソンが申し訳なく思ったのか、なにかしらをずっと支払いたがった。

「じゃ、帰りの飛行機のチケットは私が購入しようか？」

チソンが訊いてきたので、しかたなしに答えた。

「ううん、大丈夫だよ。じゃ、レンタカーの予約でもして」

そう言うと、ようやくチソンが晴れやかな笑顔を見せた。

「わかった。私が予約するから。屋根が開くタイプで！」

でも、チソンは自分で予約したオープンカーに乗れないかもしれない窮地に立たされていて、ウンサンオンニはレンタカーの屋根を開ける前に、怒りの蓋を開けそうだった。もうすぐ出発時間になるというのに、チソンが現れなかったからだ。

　出発三十分前、チソンに電話をかけると、泣き声で電話に出た。一号線の急行で鷺梁津《ノリャンジン》に行き、九号線に乗り換えてふたたび急行で空港に向かうつもりで時間の計算までしていたのに、一号線の急行に乗り遅れたので、すべてが狂ってしまったらしい。そもそも、なんで急行を基準に時間を計算していたのかが理解できなかったが、いちばんくやしいのは本人のはずだから、そんなことは口にせず、できるだけ早く来るように、と落ち着いてなぐさめた。チソンとの通話内容を横で聞いていたウンサンオンニが大きなため息をついた。電話を切ってからは、五分ごとにメッセージを送って位置を確認していたが、ある瞬間からメッセージすら読まなくなった。もちろん返信も来ない。いつの間にか、出発十分前になっていた。

　私たちは出発ゲート前に立つ最後の乗客になっていた。思いきり不機嫌な顔をしたウンサンオンニがため息をしきりに漏らしながら、スマホで次の飛行機が何時なのか確認していた。そのとき、アナウンス放送が空港内に響いた。

「アシアナ航空から最終のご搭乗案内でございます。一時五分発の済州島行きの便にご搭乗されるキム、チ、ソン様、キム、チ、ソン様、当便はまもなく出発いたしますので、お急ぎ二十一番、二十一番ゲートよりご搭乗ください。もう一度ご案内申し上げます……」

　もしも、チソンがいま空港に着いたとしても、手続きをしてゲートまで来るのにはまだまだ時間がかかる。正直言って、私たちは半分あきらめていた。チソンからはいまだに返事が来ていない。

十中八九、必死になって走っているはずだから、返事を送る余裕なんてないはずだ。

いま飛行機に乗らないと、私たちまで行けなくなりそうだったので、結局二人だけで飛行機に搭乗した。ウンサンオンニが調べたところによると、ハイシーズンのせいか今日の済州島行きの搭乗券は売り切れらしい。明日なら来られるかな？　なんとなく気持ちが沈んだ。

「もう……」

黙っていたウンサンオンニが、一気に言葉をあふれさせた。機内なので普段のように大きな声は出さなかったが、ささやくでも、叫ぶでもなく、その中間の変なトーンでしゃべりはじめた。

「よくよく考えると、チソンっていつもこうだよね。前に私たちが一緒にレイトショーの映画を観にいったときも、去年会社からもらった招待券でミュージカルを観にいったときも、かならずこんなふうに遅れたじゃない」

オンニは首を横に振りながら、さらにつぶやいた。

「私、ほんとに……理解できない。こんな日ぐらい、もうちょっと時間に余裕をもって出発すべきじゃないの？　いったい、なんで自分が急行に乗車できるって確信できるんだろう？　一号線の急行はしょっちゅう来るわけじゃなくて、一時間に二、三本しか来ないのに。それを知らないわけないでしょ？　自分が急行に絶対乗り遅れないっていう自信は、いったいどこから生まれるんだろう？　可能性が低いうえに、計画を一つしか準備してなかったら、うまくいかなかったとき一体どうなるのか、なんでなんの対策も考えていないのか、まったく理解できない」

冷たく聞こえるけれど、実際のところまちがっていないし、正直に言わなかったものの私も同じ考えだったので、静かにうなずいた。私たちの最初の旅行が、わくわくする気持ちを楽しむ暇もないまま、なにか食い違った状態で始まったような気がして、心が弾まなかった。そのときだった。か細く息苦しそうな呼吸がどこからか聞こえてきた。

通路のずっと向こうに、落ち着いた花柄のワンピースのすそをはためかせながら立つチソンが見えた。無事に到着したんだ、結局乗り遅れなかったんだ、と胸をなでおろすひまもなく、私たちはもう一度、腰を抜かした。チソンは大きなひさしのついた麦わら帽子をかぶっていた。ウンサンオンニが信じられないといった様子で、目をぱちくりさせながら言った。

「あの子、私たちとハネムーンにでも行くつもり？」

機内持ち込み用のキャリーバッグを引っ張りながら、どたばたと走って乗り込んできたので、通路に入った瞬間に帽子がふわりと飛んでしまったが、帽子内側につけられたアイボリー色のレース・リボンがあごの下で結ばれているので、床に落ちずに、首の後ろにぶら下がっていた。あごの下にレースのリボンが結ばれたチソンは、亀の甲羅のように背中に帽子を背負ったまま、通路をそろりそろりと歩きはじめた。片手でV字を作ってみせ、それを肩の高さで堂々と振りながら。

パチ……パチ……パチ……パチパチパチパチ……

なぜだかわからないが、着席している人たちが一斉に拍手しはじめた。誰かが後ろで「滑り込みセーフ」と叫ぶ声も聞こえた。なんとなくビリの人をはげます雰囲気になり、私も思わず皆の拍手に合わせて、ゆっくりと拍手をしはじめた。そして思った。うん、とにかく搭乗できたんだから、それでいいよ。横を見ると、ウンサンオンニも渋々ゆっくりと拍手をしていた。

チソンがキャリーバッグを棚に上げて、私たちの膝と前の座席のあいだをカニ歩きで通り、やっと席に着きながら言った。

「地下鉄がこんなに遅れると思わなかったの、ごめん」

「私たちに謝る必要なんてないよ。チソンが乗れないんじゃないかって心配してただけだから。乗れたんならいいよ。お疲れさま。よくやったね」

ウンサンオンニの話し方が、さっきまでの態度と全然違うので、私は心の中でびっくりした。脱いだ帽子のリボンを手に巻きつけて握ったチソンが、大きなひさしでほてった顔を仰ぎながら、軽く息を弾ませて、へへと笑った。

インフィニティ

二〇一七年八月二十九日

空港の建物から外に出ると、目の前にヤシの木が立ち並ぶ光景が広がった。大ぶりでエキゾチックな葉を目にして、甘美な休暇の喜びが湧きあがったが、すぐに灼熱の日差しが肌に照りつけてきた。嫌な感じではないので、しばらく目を閉じて深呼吸をしながら、旅先でのワクワク感を満喫しようとした瞬間のことだった。

突然、背後でばたっ！　という音と悲鳴が聞こえた。驚いて、とっさに声がしたほうを振り返った。チソンが両手で地面をつかんだ姿勢で倒れていて、まわりにはチソンのキャリーバッグから外れたと思われるキャスターがあちらこちらに転がっていた。ウンサンオンニと私は、驚いて同時に叫んだ。

「大丈夫？」

ウンサンオンニが自分の荷物を放り出したまま、先にチソンが座りこんでいるほうに駆け寄ったせいで、オンニが置いていったスーツケースと自分のスーツケースを、両手で取っ手をつかみ、引っ張っていかなければならなかった。そうやって一歩踏み出した瞬間、ほんとうに驚いた。つかの間のことなのに、「オリジナル」のスーツケースと「スタイル」とで、違いがはっきりと感じられたからだ。オンニのスーツケースはフィギュアスケート選手が氷上に立つときのように、やわらかく優雅に、滑るように進んだ。キャスターは三百六十度回転し、ちょっと力を入れるだけで、進みたいほうへ流れるように向きを変え、動作のつなぎ目がまったく感じられなかった。まるで重力に逆らいでもするように、氷の上に置かれた氷片のように。具体的にどこが、とは言えないほど、全体的に丈夫で、それでいてなめらかだった。力を使わなくても簡単に動かすことができた。それにくらべて、私のスーツケースはキャスターが前後にしか動かないので、方向を変えるたびにガタガタして、引いている手首に負担をかけないわけにはいかなかった。

私がオリジナルのスーツケースの作りに感心しているあいだに、チソンがのそのそと立ち上がってスカートのすその汚れをはたいた。次に、スカートをさっとたくし上げ、怪我《けが》をしたところを確認した。片方の膝が丸く腫れあがっている。

「血は出てない。すごくひりひりするから出血しているかと思った……」

「不幸中の幸いだね、チソン」

二人が傷を確認しているあいだ、私はあちこち散らばったキャスターを一つずつ拾ってきた。全部で四個あったから、簡単に言うと、一つもキャスターが残っていないわけだ。どれだけひどく転倒したら、キャスターが全部取れるんだろう？　不思議に思えた。いや、転んだからってキャスターが取れる？　もしかしたら、キャスターが取れたから、転んだのでは？　どっちが先なんだろう？　前後関係はわかるわけもなく、すぐにわかったところでなんの意味もない。因果関係がどうでも、すべてがいっぺんに起こるしかなかったのだ。座りこんでいるチソンと、その向かい側にうずくまっているウンサンオンニに近づいて、片手に二個ずつ握ったキャスターを見せて、訊いた。

「はめ直してみようか？」

言葉が口をついて出た瞬間、不可能だとわかった。キャリーバッグの底とキャスターを連結している部分が、すっかり壊れていたからだ。ウンサンオンニも私と同じことを確認したようだった。目が合うと顔をしかめて首を振った。チソンががっかりした声で言った。

「新しく買わないと。とりあえず、このまま抱えていこう」

「あんたがどうやってこれを引っ張っていくの？　そんな細い手首で」

まずウンサンオンニが、自分のスーツケースに余裕があるからチソンの荷物を入れると言ったので、それでも入りきらなければ、私のスーツケースに入れることにした。オンニが自分でオリジナルのスーツケースを引いてきた。オンニの動作すべてから、なめらかな動きが聞こえてきそうだった。スーツケースを引き寄せるときも、するするっ。地面に置くときも、するするっ。数字キーを上下に動かして暗証番号を合わせる手の動きも、番号を合わせてから両側のレバーを外して、スーツケースを大きく開くときも、するするっ、するするっ。すべてが流れるように優雅だった。するするっ、それは清々しさを表す音、なめらかさを表す音、飾らないことを表す音だった。ありのまま生きるのになにが必要なのか、少しだけわかったような気がした。

真ん中から割くようにスーツケースのジッパーを開く。中の荷物はきちんと整理されていた。片側が少し深くなっていて、両側のスペースにそれぞれ薄い仕切り版があり、荷物が混ざらないように分けられている。その上からバックルを締めて、動かないように固定できた。それらすべてが洗練されていた。きめ細かで、念入りに作られたディテールを見ているだけで、幸せな気持ちになるほどだった。

　私たちは地べたに座り、二つのスーツケースを全開にして荷物を移しはじめた。通りすがりの人々がちらちらと私たちのほうに視線を落としていく。一連の騒動に、チソンが申し訳なさそうな顔を見せると、ウンサンオンニがチソンの服を移し替えながら、わざと冗談っぽく訊いた。

「チソン、こんなときに、なんでこんなにたくさんの服を持ってきたの？　グラビア撮影にでも行くつもり？」

　それから、太いコードがぐるぐると巻かれた筒状で、ずっしりとした重い鉄の塊を取り出した。

「コテなんて持ってきたの？」

　たちまち表情を崩したチソンが、

「あとでヘアアイロンを貸してなんて言わないでよ」と言い返した。

「使ってみたいと思ってたんだ。あとで、一度だけ使わせて」

　チソンが気取って答えながら、笑った。

「カバンを提供してくれたから、そのくらいは使ってもいいわ」

　荷物が多いので、深くなっている側にチソンの荷をつめこみ、浅い側にオンニの荷を移した。服をたたむ代わりにぐるぐると巻くとかさばらず、二人の荷がすべて入り、ジッパーを閉めるときも余裕があった。

「まったく、このおんぼろバッグ！」

　ついに空っぽになったキャリーバッグを、チソンがいきなり蹴った。キャスターがなくなったキャリーバッグが、ずっ、ずずっ、とみじめな音を立てながら離れていった。ボロボロのバッグを、私がまた拾ってきた。

「ここに捨てていくわけにはいかないでしょ。ゴミ箱にも入らないし」

「とりあえず持っていこう。ホテルに持っていって、どうやって捨てればいいか訊かないと」

チソンがうなずきながら、空っぽのキャリーバッグを受け取った。色はあざやかなホットピンクだったけれど、布製なので全体的に古ぼけて薄汚れていた。チソンがキャリーバッグを横にして持ち、先に歩いていった。背中には大きなひさしの帽子をかけ、片方の脇には自撮り棒をはさんだまま、空っぽのバッグを持った腕を前後に振りながら。とても軽やかそうな足取りだった。

ウンサンオンニが予約してあった宿は、西帰浦《ソグィポ》に新しくオープンした特級ホテルだった。来たことも、来るだろうと考えたこともない最高級ホテルなので、建物に入ってすぐに、なんとなく気後れした。すっきりとした身なりの職員が、入り口から何人か近づいてきて、私たちの荷物を受け取ってくれた。ウンサンオンニがチェックインしているあいだ、案内係がチソンと私に近づいてきて、優しい笑みを浮かべながら訊いてきた。

「しばらくこちらのソファーにおかけください。ウェルカムシャンパンをお持ちいたしますので」

肩を小さくすぼめたチソンが、キャスターが一つもない空っぽのスーツケースを持ち上げながら、口ごもった。

「あの……このバッグを捨てたいんですが……」

「こちらにお渡しください。私どものほうで捨てておくようにします、お客様」

黒ずんで汚れたバッグを受け取ったスタッフが去っていくと、チソンと私は無言でサインを送りあった。過分なもてなしに気まずさを覚えているまなざし、興奮を隠しきれないといったまなざしだった。しばらくして、他のスタッフが小さなシルバーのワゴンを押して近づいてきた。キューブアイスがたくさん入った透明で大きなガラスのボウルに、深緑色のボトルがななめに入っていた。ワゴンのキャスターが動くたびに、氷がぶつかり合って音を立てる。ついにワゴンが私たちの前に止まり、スタッフが小さな飲み口に長い胴のシャンパングラスを一つずつテーブルの上に置いた。全部で三杯。コルク栓が開けられる軽快な音、ボトルネックからグラスへとシャンパンがとくとくと注がれる音、抜けていく炭酸が立てる波のような音が合わさり、音楽のようだ。

私は長めのグラスの細い脚の部分をつかみ、ゆっくりと持ち上げた。せまい飲み口からは豊潤でさわやかなブドウの香りが立ちのぼった。あ、なんて爽快。グラスをさらに傾けて、少し口に含んだ。キンキンに冷えていて、甘い。炭酸の泡が、舌先から口を通り抜け、喉へとパチパチとはじけていくのが気持ちよい。甘くさわやかでパチッとする感覚がたちまち口の中からなくなると、今度は本格的に喉が渇いてきた。もう一口、また一口……我慢できずに、ごくごくと飲み干してしまった。私と同じく一気飲みでグラスを空にして、さらに顔つきが明るくなったチソンが、浮かれた表情でこう言った。

「みんなすごく親切。すごくいいね」

ほんとうにそうだ。「すごく」という言葉がぴったりだった。ここは私がなにを期待していたとしても、すべて期待以上に快適だった。まだ客室には行かずに、ロビーに座ってウェルカムドリンクを飲んでいるだけなのに、すでにはっきりと確信していた。このホテルのすべてを好きになるだろうという確信。ここで経験するあらゆることが、私が持っている基準を超えるだろうという予感。すべてがあまりにすばらしく、同時になんとなく怖かった。とてもいいものを経験するには若すぎるのではないか、このままでは理想だけが高くなってしまわないか、そんな心配が襲ってきた。ウンサンオンニが宿を選んで予約してくれたので、確認もしてなかったけれど、こんなに高級なホテルだとは思いもしなかった。チソンも同じようだ。高い天井から様々な長さで下げられ、銀河のように光っているシャンデリアと大理石の優雅なインテリアを隅々まで見て回り、「すごく」と「いい」の二単語だけ何度も連発した。

客室に上がっていくエレベーターの中でウンサンオンニが、ここが七つ星ホテルだと話してくれた。七つ星なんて初めて聞く言葉だ。

「七つ星ホテル？　そんなのがあるの？　五つ星が最高だと思ってたけど」

「そうだよね。本来、公式的な等級だと五つ星までなんだけど、自分たちで七つ星って言ってるの」

「なんで？」

ウンサンオンニが手に持った角型のルームキーを触りながら言った。

「まあ、明らかに五つ星より手入れが行き届いていて、ずっと高級だから料金も高いのに、同じ五つ星って書いておいたら区別できないから、七つ星って言ってるんじゃないかな？　実際、高級ってキリがないよね。もっとよくしようとしたら、いくらでもよくなるし、世の中にいいものなんて無限にあるから。五つ星より二倍高級っていうのも可能だよね。そうしたら、ほんとうは星が十個だよ。そういうのも全部五つ星って言っていたら、なんかくやしくない？　ホテル側も利用者も」

エレベーターが十階で止まった。まるで自分がもともと住んでいる所みたいに、ウンサンオンニが先に立っていき、私たちは導かれるようにあとをついていった。ついに最上階スイートルームのドアが開いた。カーテンが自動で開きはじめた。目の前がだんだんと明るくなる。

この瞬間を、いつまでも忘れないだろう。

こんなながめ、いままで見たことがない。

ドアが開くとすぐに視界に入る客室の正面に、つなぎ目一つない大きな窓があった。海の一部分を横長に切り出して、壁に掛けてあるみたいなながめだった。目の前に広がるエメラルド色の海。海の上できらきら反射する光の波。視野を妨げるものはなにもなかった。まるで海のいちばん美しい部分だけを部屋に持ち込んだみたいだ。このホテルは五つ星では足りないし、七つ星でないとダメだ、星が二つ多いのは当然だ、と思えた。星を増やすのに十分な理由があるし、むしろ十分すぎるほどだ。そんな思いさえ浮かんできた。

私たちは真っ白なリネン類がていねいにきちんと整えられたベッドの上に、ダイブするように体を投げ出した。気持ちよい石鹸《せっけん》の香りがするベッドカバーがさらさらと音を立てた。とろけるような眠気が襲ってきた。ふかふかにやわらかくて、いつまでも埋もれていたかったが……どれほどベッドの上にいたのだろうか？　「こんなことしてる場合じゃない」というウンサンオンニの言葉に、起き上がった。私たちはそれぞれ色の違う水着に着替えて、厚手のタオル地で作られたガウンを羽織り、部屋からつながっているスイートルーム客専用の階段を上って、ルーフトップ・プールに向かった。

ホテル最上階のプールは、横に広い屋上の屋外部分にあった。ふちにある手すりが見えないように設計されているため、まるでプールの向こうに見える海とつながっているような錯覚を引き起こした。海の青色も、一点の雲もない空と自然につながっている。プールの水平線と海の水平線ははっきりとした境界線がなく、接し合っていた。噂には聞いていたインフィニティプールだ。ガウンを脱いでサンベッドに投げ、プールサイドに腰を下ろして、まず脚だけ水に浸《つ》けた。

ソーダ水のように青く輝く水にふくらはぎを入れた。水温は冷たくもぬるくもなく適温だ。快適で気持ちがいい。誰かが長期間にわたり研究をして、天気に適した水温を細かに合わせたのではないだろうか？ そんな思いが浮かぶくらいちょうどよかった。最適で快適という単語は、まさにこんな瞬間のためにあるにちがいない。立っているときよりもずっと低い目線で見るインフィニティプールは、さらに非現実的だった。プール、海、そして空が一つのグラデーションを作っているように見えた。海の方向に向かって泳ぎはじめれば、すぐにでも到達しそうな感じだ。その開始点に、私が両脚をこうやって浸しているのだ。

こんなスタイルのプールがあるのを知らなかったわけではない。海とつながって見えるプールを背景にした、洒落《しゃれ》たシルエットの写真は、インスタグラムで何度か見たことがある。いままでは手のひらの中で何気なくスクロールしながら、こんな場面は自分には当てはまらないと思ってきた。でも実際に同じながめが目の前に広がると、私もこういうことを当たり前のことのように、もっと前から楽しむべきだったと思えた。

同時に、心のどこかで居心地の悪さを感じていたが、なぜなのか少しわかる気がした。建ったばかりの七つ星ホテルのすべてが気に入れば気に入るほど、満足感が大きくなればなるほど、他に対する気持ちも同時に大きくなった。つまり、地上の茎が伸びれば伸びるほど、地下の根もそれだけ深く伸びていくのに似ていた。一度七つ星に泊まってしまうと、もう一つ星や二つ星のホテルには行けそうにない。でも、私はちょっとリッチになったウンサンオンニにくっついてきただけで、まだ七つ星ホテルにくる余裕なんてなかった。なのに、私はもうこの快適さと高級感が気に入ってしまっていた。いったいどうすればいいんだろう？

遠くでは、髪を高い位置で結んだチソンと、後ろで束ねてシニョンにしたウンサンオンニが水の外に腕を出して、スマホを水没させないように注意しながら揺れ動いているのが見えた。私がインスタグラムで見たような写真を撮ろうとしているみたいだ。インフィニティプールの手すりによりかかり、プール、海、空のうっとりするようなグラデーションを背景に、上半身が半分ほど水に浸かった後ろ姿を、交代で撮り合っているチソンとウンサンオンニを見ながら、私はインフィニティという単語について考えていた。

インフィニティは無限という意味で、同時に決してたどり着くことができないはるか彼方という意味もあった。決してたどり着けないと思っていた遠い世界。そんな場所に運よく、ちょっとだけ足を踏み入れたが、これで終わりではない気がした。人の欲には終わりがない。ひとつなにかをすれば、別のことがしたくなり、その次はさらに違うこともしたくなる。終わりのない欲望、次から次へと望む心が、なぜか恥ずかしかった。さまざまな思いが交錯した。遠くからウンサンオンニの声が聞こえてきた。

「タヘ！」

ターコイズグリーンの水着を着たオンニが、平泳ぎで悠々と水をかき分けながらやってきた。そしてまだ濡れていない私の膝に濡れた手をのせながら訊いた。

「なに考えているの？」

「ううん、なにも」

答え終わる前にオンニが足首をつかんだので、私は笑っているのか泣いているのかわからない悲鳴を上げながら、ボチャンと水の中に落ちた。

ああ、気持ちいい。

プールは深くなかったが、あっという間に首まで水に浸かった。蒸し暑さにほてった全身にさわやかな感覚が伝わってきた。私は水しぶきを上げながら逃げたウンサンオンニを追いかけて泳ぎ、ついにはプールのふちに到達した。おもわず肘をついて手すりの上によりかかった。ここに立つと無意識にそういうポーズになった。そして肘をついた手にあごをのせたまま、波立つ海のうねりを眺めた。その瞬間だけは、さざ波を立てていた心が静まり、目にしている光景が美しく完璧だという思いしか浮かばなかった。立っている脚の力を抜くと、体が水の上にぷかんと浮き上がった。目の前の風景がいつの間にか引き潮になり、赤く染まっていた。

周囲が暗くなると、さっきまで見かけなかった人たちが行き来するようになり、なにか新たにセッティングが始まった。周囲が慌ただしくなる。ガラスの壁の向こうにあるルーフトップバーに明かりがつき、テラスが開け放たれた。プールの片側にはどういうわけか大砲のような機械も設置された。私たちがとまどっていると、ウンサンオンニは着てきたガウンのポケットから細長く薄い紙を六枚取り出し、ぴらぴらと振ってみせた。あらかじめ購入してあったプールパーティーの入場チケットになるリストバンド三枚と、成人認証用リストバンドの三枚だ。私たちはつなぎ目のステッカーをはがして、両腕に一枚ずつ巻いた。

プールパーティーが始まった。

プールにずっといるだけなのに、まったく違う空間に移動したようだ。水底に整然と並んだ空色のタイルをゆらめかせていた青いプールは、もはやそこにはなかった。タイルのあいだに設置された照明が一斉に点灯し、照明が切り替わるたびにプールの水が変化した。青から黄色になったかと思うとオレンジに、さわやかなピンクになり、ディープブルーからまたあざやかなキウイ色へと、刻一刻と変わった。まるで大きなカクテルの中に入っているようだ。なにかが稼働する機械音が聞こえてきた。音がするほうを見ると、大砲のような形をした機械から泡がふき出してきた。空中高くふき出されたトロピカルフルーツの香りがする泡が、雪のように舞ったかと思うとふわりと水面に落ちてくる。みんなが喜びの声を上げた。片側ではＤＪがノンストップで次々と音楽を流していた。ルーフトップバーからプールまでつなげられたアンプの振動が体の中にまで響く。よく冷えたシャンパンとワイン、生ビール、さまざまなカクテルが、バーから制限なしに提供された。テラスに置かれたテーブルの上には、次々とフィンガーフードが置かれ、ころころしたマシュマロを三個ずつ串に刺したものがぎっしり入ったガラス瓶もそのうちの一つだった。テーブルの真ん中に置かれた固形燃料から絶え間なく炎がでていて、その横には五段タワーのチョコレートファウンテンが置かれていた。液状で光沢のあるチョコレートがてっぺんから噴水のように湧きだし、段をつたって流れ落ちていく。私たちはマシュマロ串をつかんでから炎でほどよくあぶり、噴水の下でぐるぐる回してチョコレートをたっぷりつけて、さっと口の中に入れた。温かいチョコレートとやわらかいマシュマロが舌の上で絡まり合い、たちまち信じられないくらいクリーミーで味わいのある甘みで、口の中がいっぱいになった。

いったい誰がくれたのか思い出せないが、気がつくとみんなの手にはカラフルなケミカルライトがあった。私たちは手にした蛍光色に光るケミカルライトを、丸めて手首に巻き、結った髪のあいだにも二本ずつ挿した。カクテルのような色彩を見せる水へと飛び込み、ケミカルライトを振りながら踊り、ビーチボールを抱えて浮かび、泡の合間をバタ足で進んだ。あとから気がついたのだが、夜は水位が少し下げられ、水温もちょうどいい温度に上げられていた。それでも夜風が少し肌寒ければ、もう一度火の前に集まってマシュマロをあぶり、三人のグラスにお酒を注いでもらって、ルーフトップの一角にあるジャグジーに入った。熱い湯が心地よい水圧でふき出しつづけているので、体が温まり、疲れがとれた。疲労が回復すると、また初めて飲む人みたいに新しいお酒とフィンガーフードを口に入れてプールに入る。一緒にふざけていたチソンが、お酒がもうなくなったと水から上がった。なにをそんなに急いでいるのか、プールラダーを使わずに、フロアーに手をついてそのままプールサイドに上がったかと思うと、水がたまったフロアーをぱちゃぱちゃと音を立てて走っていった。高い位置で結んだポニーテールの先からぽたぽたと水が落ちた。ウンサンオンニが私になにか話しかけてきた。音楽の音が大きすぎるせいか、寒いからなのか、よく聞こえないので、お互いの耳元で叫ぶように話さなければならなかった。

「タヘ、寒いの？」

「ううん、なんで？」

「どこか具合が悪いみたいだから。ジャグジーに入る？」

「大丈夫。具合悪いわけじゃないから、ちょっとおかしな気分になっただけ」

「どうしたの？」

「オンニがこういうところに連れてきてくれて、すごくうれしいんだ。うれしいんだけど……こんなふうに遊んでいていいのかな、って気がするの。わかんない。心の片隅ではずっとそんな思いがしてるんだ。『肉を食べたことがある奴がたくさん食べる』【訳注／「経験がものを言う」に似た言葉で、経験がある人が上手だという意味の韓国のことわざ】って言うけど、当たってるみたい。私がこういうことを楽しむ資格があるのかなって。ほんとのこと言うと……さっきから恥ずかしいけど、お母さんのことまで考えちゃって」

「わかるよ、その気持ち」

ウンサンオンニが片腕を回して私の肩を抱き、大笑いした。

「もう、私がそんなふうに考えないとでも思ったの？　うちのお母さんやお父さんなんて、生まれてこのかたホテルどころか海辺で水着姿になったこともないよ」

オンニがつけ加えた。

「うちらみたいなのは、しかたないんだよ」

うちら、みたいな、なの。私はウンサンオンニが「うちらみたいなの」という三文節を口にしたとき、おかしいことに胸が痛みながらもうれしかった。なんとなく、青あざになった部分をぎゅっと押すときに似ていた。痛むけれど、妙に気持ちがすっきりする。いじわるなんだけれど、ほかならぬ自分にだけ向けられたいじわるな気持ち。だからすべて許せそうな気がする。

ウンサンオンニが、催眠術をかけるように握っていた長いケミカルライトの真ん中を親指と人差し指でつかんで、私の目の前でゆっくりと上下させながら振った。錯視効果だと思うけど、オンニの指を中心にして真っ黄色の蛍光色を放つケミカルライトが、曲がっているようにゆらめいた。そうやって目の前でゆらゆらしていたケミカルライトが、気がつくと、私の額をこつんと叩いた。

「まったく。ここまで来て、やぼったいことばかり言ってないで、楽しもうよ、楽しもう」

ろれつが回らないオンニが、さらに大きな声を上げた。

「ちょっと！　なんであんたに楽しむ資格がないっていうの？　あるよ。誰だっていいものを、もっといいものを楽しむ資格があるんだってば。この世には資格がない人なんていない。あんたも、私も、うちのお母さんも。みんな同じ。世界中にいいものが、もっといいものが、もっと、もっと、もっといいものが存在するのを知ってしまったんだから、しかたないよ！」

ウンサンオンニがケミカルライトを握ったほうの手をぐっと空中に伸ばすと、私の耳元でささやいた。

「心配しないで。私たち、あそこまで行くんでしょ？」

黄色い光を放つケミカルライトの先端が、夜空の月を指していた。半分を漆黒の闇に沈ませ、もう半分をさわやかに輝かせている、完璧な半月だった。

ゴールデンウェイブ

二〇一七年八月三十日

二日目は、かなりのんびり起床した。アラーム音を鳴らさずに、朝が訪れた気配だけで、起きる時間になったという気分だけで目を覚ますのは、ほんとうにひさしぶりだった。海が正面に見える窓と、そこにかかった薄いシフォンカーテンをとおして和《やわ》らいだ夏の光が、部屋の奥深くまで射《さ》し込んでいた。あえて眠気を覚まさずに横向きに寝そべったまま、視線だけをゆっくりと移動させた。あたたかみのあるホワイトの天井と壁、すっきりとした木目の家具。バランスよく配置された家具の角すべてに降り注ぐ光を、目でたどっていった。しばらくそうやって観察していたら気がついた。朝、自然に目が覚めたのは、この光のおかげだということに。そして、こうした朝の陽光を体験しているのが、今回初めてだという事実に。幼いころ、母と住んでいた家をはじめ、いままで暮らしたことのある部屋は、朝はまったく光が射し込まない北向きや北西向きだったし、いま住んでいる部屋は南向きだけど向かい側の建物が窓を正面からふさいでいて、ほんとうに微妙な角度でないと太陽にお目にかかれない。「朝日を浴びて目覚める」という言葉。自然でありふれた言葉だけど、決して簡単に手に入るものではなかった。

視線を下に移していくと、まぶしいくらい真っ白な布団カバーが目に入った。清潔な香りでいっぱいで、昨日飛行機から見えた雲のようにふかふかにふくらんでいる。寝返りを何度も打って寝たのに、変わらずふんわりとしていた。さらに向こうに視線を動かすと、それぞれいちばん楽な体勢でぐっすりと眠るウンサンオンニとチソンが目に入った。三つのベッドが並んだ部屋なのに、目線が低くなると、まるで大きな一つのベッドに並んで寝ているように見えた。

腕をぐっと伸ばして、さらさらと音がするカバーが掛けられた布団を抱き寄せた。ふっくらとした厚みに、体からまた力が抜けていく。体を動かすたびにさらさらと音がした。一晩じゅう、弱くつけておいたエアコンの風で、部屋の空気だけでなく布団までひんやり、ぱりっとしたみたいだ。気だるく眠い上に、ふっくらしているのにひんやり気持ちいい感触。心地よく、うっとりとした気分だけど、同時に心がときめいていた。これからはもっとひんぱんにこんな気分を味わいたいし、たとえ一人でも四半期ごとに一度はこんな高級ホテルに滞在しなきゃ、と具体的な計画へと考えが移っていった。誰だって楽しむ資格がある、っていうウンサンオンニの言葉を、何回も繰り返し口にした。

天井を向いたまま、ありったけの力で伸びをした。ううう、と野太いうなり声が漏れでた。今度は頭の上のほうに腕をぐっと伸ばし、さっきよりも大きめの声で、うああ、と言いながら起き上がって、ベッドの上に座った。もやもやと残っていた眠気が、ようやく吹き飛んだ気がする。その声にウンサンオンニとチソンが寝返りを打って目を覚ました。

「タヘ、オンニの顔を見て。ぐっすり寝た顔だよね」

チソンの言うとおりだった。気分爽快で、とても体が軽かった。

私たちは顔も洗わずにラウンジに行き、ゆっくりとホテルの朝食を食べた。それぞれ最初の皿はヨーロッパ風、二皿目は米国風、最後の皿は韓国料理をたいらげ、仕上げにはケーキを種類別にすべて皿にのせてきて、少しずつ分けあって食べた。生まれて初めて食べるマンゴームースはとても甘かった。

長い時間をかけて朝食を食べ終えてから部屋に戻り、シャワーを浴びた。体を洗っているあいだ、シャワーブースのガラスドアの向こうに並べられた、色とりどりの三枚の水着から、ぽとりぽとりと水が落ちるのをぼんやりと眺めると、昨晩のインフィニティプールが思い出され、つい顔がほころぶ。

正午になろうというころ、お互いに選んだ服に着替えて、駐車場へと降りた。三人とも免許は持っているものの、車がないため運転には不慣れなので、一日交代でハンドルを握ることにした。初日はウンサンオンニの運転だったので、今日は私の番だ。カーナビに目的地を入力しているとき、ウンサンオンニの声が聞こえてきた。

「知ってた？　済州島では、うちらみたいのがいろんな事故を起こすんだってさ」

「うちらみたいのって？」

「免許はあるけど自動車がないから、運転する機会があまりなかった人たち。なのに、済州島だから運転しやすいだろう、って思って、怖がりもせずにレンタカーを借りる人たち」

「もう、不吉なこと言って」

「だから、しっかり運転してよ、って話」

「オンニ、私、バス運転手の娘だよ」

その間、助手席に座っていたチソンがカーオーディオにスマホをつなぐと、アリアナ・グランデの音楽が流れだす。チソンが裏声で、「グリーディー」と歌いはじめ、きっちり三拍置いてから三人が同時に声を上げ、上体と腕を動かしまくった。オープンカーを借りると言っていたチソンだが、予約でいっぱいだったと軽自動車を借りていた。最初にウンサンオンニがとまどいながらこう言った。

「済州島って風の強い島なんだよ。その車じゃ、強風で倒れちゃうんじゃない？」

オンニの言うとおりだった。車が小さすぎて、三人が同時に騒ぐと車体まで揺れるようだ。でも、ひたすら楽しかった。この揺れは風のせいなんかじゃなくて、ノリノリな踊りのせいなのだから。

海のながめが有名なカフェに向かう途中、チソンがずっと音楽をかけ替え、ときどきウンサンオンニが自分の聴きたい曲をリクエストした。前日、済州空港に降りたら会社の話をしないと約束し合ったのに、おしゃべりをしていると会社の話題がいちばん面白い。チソンは、マーケティング予算のせいでブランド室のチーム長二人が、どんなふうにケンカしたのか見せるためにＶＰＮ接続までして、メール内容を読んでくれた。それぞれのチーム長の声まねまでしながら。そうやってしばらくのあいだ、笑って盛り上がっていたのに、いつの間にか静かになったので見ると、二人とも首をがっくりとうなだれて眠っていた。ちょっとのあいだ、そうやって寝ていたかと思うと、すぐに起きて騒いだ。そのうちにチソンが、後部座席のウンサンオンニのほうを振り返りながら言った。

「オンニ、スマホ見るのやめなよ」

「わかった」

私はオンニがなにを見ているのかなんとなくわかったけど、しらばっくれていた。

「なにも見てないよ」

オンニがそう言ったとき、運転席と助手席のあいだにあるカップホルダーに置かれた私のスマホが震えた。その短いバイブレーションだけで、それがウンサンオンニからのメッセージだってことを直感した。それがイーサリアムに関係した内容だってことも。いい知らせか悪い知らせか、どちらかのはず。期待と不安が入り混じって心臓がどきどきした。私の気持ちを知ってか知らずか、緊迫した音がさらに数回鳴り響いた。ちょっと信号で止まったタイミングでスマホを取り出して確認した。オンニが送ってきた画面キャプチャーが一枚見えた。大きく右肩上がりをしているグラフだった。そのあとすぐに短いメッセージが送られてきた。

——やばい。

——急騰中。

——四十万ウォンを記録。上昇の勢いがついたよ！

——百万ウォン、行っけぇぇぇ！

信号はまだ変わりそうになかったので、ビットGOのウェブにアクセスし、仮想ウォレットを確認した。

——一、十、百、千、万……十万……百万……千万……億。

億？

信じられないので、最初から数えなおした。明らかに一桁増えていた。九桁。一億だった。思わずハンドルをつかんでいた片手を離して、口元に持っていった。横目で助手席に目をやると、チソンは窓枠に両手をかけ、あごをのせるようにして風景を眺めていた。そのあいだに信号が変わった。落ち着いてスマホをドリンクホルダーに戻して、しきりに上がる口角を無理に下げながら、アクセルを踏んだ。うまく表情が保てない。ルームミラーに目をやると、ウンサンオンニが奥歯で頬の内側をぎゅっと噛んでいるのが見えた。そのとき、チソンが突然声を上げた。

「オンニ、ちょっと右側を見て！」

チソンの声に、言われた方向に視線を動かす。低く青々とした丘の向こうに、あたり一面オレンジ色に近い濃い黄色が波打っているのが見えた。種類もわからない黄色の花でどこまでも埋めつくされている。進めば進むほど黄色い風景が大きく広がっていき、視野いっぱいに迫ってきた。ちょうどそのとき、低く垂れこめていた薄雲が、早い速度で移動していくのが感じられた。雲が姿を消すと、まっすぐに光を受けた黄色の野はますますあざやかになっていく。黄色に染まった野に向かって、心奪われたようにハンドルを切りながら訊いた。

「あそこの前で車を停めようか？」

「そうしよう」

カーナビが遅れて警告音を鳴らした。

「指定されたルートから外れました。新しいルートを探します」

私は視線を黄色の野に落としたまま、手だけ伸ばして適当なボタンを押しカーナビを終了した。

近くの路肩に適当に停めて、車から降りた。目の前に波打つ黄色の野は、まさにひとつの波のようだ。そのとき、吹いてきた風に花々がやわらかく体を丸めた。風の吹く方向が変わるたび花の波も方向を変え、美しくゆらめき、心地よく波打つ。ウンサンオンニがかがみ込んで、一本の花を指のあいだにはさみまじまじと見つめた。

「これ、なんの花だろう？」

「菜の花じゃない？」

　私を見上げたオンニがあきれたといった表情で笑った。

「タヘはほんとうになにも知らないんだね」

「オンニも知らないじゃない」

「でも、これが菜の花じゃないことぐらいはわかるよ」

　肩に掛けていたショルダーバッグからスマホを取り出したウンサンオンニが、花が画面いっぱいになるようにして写真を撮った。花びらの形を分析して、花の名称を調べてくれる検索サービスみたいだ。

「キンケイギクだって。キク科の一、二年草。英語ではゴールデンウェイブ（golden wave）」

「いい名前。なんとなく惹《ひ》かれたわけだよね。近寄ってみたいって思ったもの」

「私も！」

　オンニと私、そしてチソンが先を争って言った。ハイシーズンなので、他の観光ポイントはどこも人でいっぱいなのに、ここは通り過ぎる人もほとんどいなかった。写真を撮らなくちゃ。私たちは光に輝く黄金色のキンケイギクの野原を背景に、二人ずつ交代で写真を撮ることにした。最初は私がチソンとウンサンオンニを撮り、その次はオンニがチソンと私を撮った。最後にチソンが、ウンサンオンニと私を撮ると言い出した。離れたところにぴょこぴょこと走っていくチソンの後ろ姿を見ながら、ウンサンオンニがぼそりとつぶやいた。

「四十三万ウォンになったよ」

そのとき、チソンが走っていた足を止めた。わけもなくビクッとしたが、私たちの会話を聞いたわけではなかった。振り返ってスマホの画面をのぞきながらふざけているだけだった。

「うわぁ、オンニ、すごくきれい」

はしゃぐチソンの声が、風になびく花の音に一つずつ重なる。

「いまの明るさ、ちょうどいいね」

「すごくきれいに写ってる」

「あ、きれい！」

「二人ともすごくいい表情」

その言葉に、チソンのほうを向いてポーズを取っていたウンサンオンニと私が向かい合った。目が合うと同時に笑みがこぼれる。チソンの言葉どおり、ウンサンオンニの表情がすごくよかったからだ。よいに決まってる、よくないわけがない、心の中でそう思った。オンニの目に映った私もこんなによい表情だったのかな？　私の気持ちを読んだのか、ウンサンオンニが声を出して笑い出した。すぐに左手をそっと後ろに回し、私の右の手のひらに重ねて指を絡めてくる。私もその手をぎゅっと握りしめた。どうしよう、こらえきれず笑いが漏れちゃう。カシャッというシャッター音が止まることなく響いた。

「笑ってるから、すごく自然な感じ！　そうそう、そんなふうに笑っていて」

　チソンの注文に安心して、私たちは大笑いした。かなり強い風が吹き、サイドの髪が頬に貼りついた。私は頬の髪をつかんで耳の後ろに掛けながら、組んだ指にもう一度力を込めた。オンニもつられてもっと強く手を握ってきた。力が強すぎて、一瞬痛みが走り、あっと声が出たくらいだ。私たちは向かい合って、お互いの喉彦《のどびこ》が見えるくらい大笑いをした。遠くから「ちょっとこっちを見てよ！」と叫ぶ声が聞こえた。顔を向けると、きれいに見えるアングルに合わせようと、腰を落として前かがみの姿勢を取っているチソンが見えた。視線をスマホの画面に落としたまま、片手だけ頭の上に伸ばしてオーケーサインを作っていた。

オーオー

二〇一七年八月三十日

もともとの目的地だったオーシャンビューのカフェにはちょっと遅れて到着した。カフェというより邸宅に見えるほど大規模だ。駐車場を通り過ぎ、裏門を通って建物の中に入ると、感嘆の声とため息を同時に漏らさずにいられなかった。正面に広がるパノラマビューにまず驚き、そのながめに沿ってぎっしりと座っている人の多さに、もう一度驚いたから。

「うわ……ちょっと見て、すごい人」

広々とした空間が人であふれかえっているのに圧倒されて、一歩ずつゆっくりと入っていく。窓辺のテーブルはすでに満席だし、室内の席も空きがなさそうだった。もっと早く来ればよかったかもと後悔していると、隣にいたウンサンオンニの姿が見えないのに気がつき、振り返った。まだ裏門のところに立ったままだった。なんで入ってこないの、という視線を送って手招きまですると、やっとオンニがゆっくりとした歩調で動きはじめた。人でいっぱいのカフェの中をゆっくりと見渡しながら。

「やっぱり場所がいいから、繁盛してるね。儲かって笑いが止まらないんじゃないかな？」

そう言うだろうと思った、とばかりにチソンが私にだけうなずいてみせてから、率先して周囲を見回して、空いている席を探しだした。海がいちばんよく見える窓辺にいちばん人が多い。窓の外にはショルダーバッグとアウトドアチェアーがあちこちに置かれた芝生が広がっていて、その向こうは海だった。いっそのこと芝生に座ろうかと外に出たが、暑すぎてすぐに中に戻ってきた。ラッキーなことにちょうど人が席を立とうとしているテーブルがあり、窓辺の右はしの席を取ることができた。

席を取って座ると、オンニが言ったとおり、カフェがとてもいい場所にあることが、あらためて実感できた。いちばんはしに座っているのに広大な海を一望できるのだ。視野には景色を妨げるものがなく、広々とした芝生と海を同時に見渡せる。チソンと私が風景に感嘆しているあいだ、ウンサンオンニがコーヒーを買ってきていた。チソンはその中から自分のアイスコーヒーを取って、芝生と海を背景に写真を撮りながら歓声を上げた。

「済州島の海がこんなにきれいだと思わなかった」

「ほんとにきれいだね」

チソンの言葉にあいづちを打った。

「こんなふうに目の前で見ると、世界一きれいな海だって言ってもいいくらい。私、バリ島に行ってたじゃない？　バリのビーチもきれいだけど、こうやって見ると済州島がもっときれいだと思う。前に親しい友だちが済州島出身だって話したよね？　その友だちも、ヨーロッパ旅行に行ったんだけど、どの有名なビーチに行っても済州島みたいな色の海はなかったって」

「あの大学の同期だっていう友だち？」

「うん……」

チソンがなんとなく言葉を濁した。ウンサンオンニはその間も我慢できずに、またスマホをのぞいていた。ちらりと見ただけで、それがビットGOだってことがわかる。メッセージの着信音が鳴り、私もスマホを取り出してロック画面を解除した。ウンサンオンニだった。

——四十五万ウォンになったよ。

——ほんとうに勢いがついたみたい。

チソンのことが気になって返信せずに画面をさっと閉じたものの、心の奥底から湧きあがってくる喜びはどうしようもなかった。チソンがウンサンオンニと私を交互に見た。

「オンニたち、さっきからなにしているの？　なんでしきりにスマホを見てるの？」

「いや、それが……」

私が弁明する時間を稼いでいると、チソンが冷たいトーンでふたたび訊いてきた。

「まさか、いま私の前で、二人だけでメッセージを送りあってるんじゃないよね？」

「ううん、そうじゃなくて……」

私の言葉をさえぎって、ウンサンオンニが先に答えた。

「そうだよ。じつは私たちが投資しているイーサリアムの価格が急騰してるの。見るたびに上がりつづけてるんだ。たまらないくらいに。どうしても見ずにいられなくって、ごめん」

ウンサンオンニがこんなふうに正直に言いだすとは思わなかったので、びっくりした。ここ数か月のあいだ、暗号通貨の話を口にでもしたら、チソンは反射的に拒否反応を示したし、面と向かって嫌みを言ったり、B03のチャットルームから出ていったりすることも何度かあった。最後にチソンをふたたびチャットルームに招待したとき、ウンサンオンニと私は二度とイーサリアムの話をしないことにした。私たちの約束だった。

初めて私がイーサリアムを買ったときは、まだビットコインがなにかは知っていても、イーサリアムについて知っている人は、周囲にはウンサンオンニしかいなかった。検索してもなんの資料も見つからなかった。でも、最近何週間かのあいだにマスコミをとおして多くの人に知られるようになり、イーサリアムだけでなく、リップルやクアンタムなど、形態が似ている暗号通貨のブームが全国的に起きている。関連記事が続けざまに掲載され、ポータルサイトの経済ニュース欄が埋めつくされている。軽はずみで無計画な投資について指摘する分析記事と映像、後先考えない一発狙いを憂慮するコラムが、毎日投稿された。そうした寄稿文の論調はチソンの言葉とぴったり一致する。チソンがそんな文章を読んで、同じ言葉を繰り返しているのかもしれない。

チソンは、いつも私とオンニにこんなふうに言っていた。そんなのやるんだったら、むしろ株をまたやったほうがいい。株式は実体もある会社に対して価値をつけるものだけど、暗号通貨はほんとうに価値がない。オンニたちが投資したお金が突然0ウォンになって、紙切れになってしまうこともある。そんな怪しげなものに、なんの対策もせずに全額投資しないで。自分にも勧めないで。私より賢いオンニたちが、なんでそんなことやってるの、と……。そんなことを言われるたびに、ウンサンオンニは「価値がないわけじゃない。価値はあるよ。ブロックチェーンが保障する取引のシステムこそが、私たちが将来的に目指す取引の方法で……」と機械のように唱えても、チソンはいつもこう答えた。

「ああ、もうなに言ってるんだか、もう知らない！　とにかく私はやらないから、もうやめてよ！」

　あのときと同じ表情を浮かべているチソンが、済州島の青い海を背景に、アイスコーヒーのストローをカラカラと回しながら、目の前に座っている。強い軽蔑の色を浮かべたまなざしで。なにか汚いものを見るように眉間にしわを寄せたまま。首をかしげながら。

「おかしいんじゃないの……まったく、イーサリアムなんかにはまって……二人とも正気じゃない」

　それから強くつけ加えた。

「まるで頭のおかしい人たちみたい」

　ウンサンオンニが、スマホを投げるようにテーブルに置いた。

「なにが悪いの？　自分のイーサリアムを自分で見てるだけなのに」

「休暇を取って済州島まで来て、海を前にしてもスマホばかり見ているのが正常だって思うの？」

「それがなんだっていうの？　やれって強制してるわけじゃないでしょ。あんたは海を見てればいいじゃない」

「せっかく三人で遊びにきたのに、二人ともスマホばっかり見ていて、私の気分は？　そのうえ、私の目の前で内緒のメッセージを送りあって。私をなんだと思ってるの？」

　大きく一度ため息をついたチソンが、続けて言い放った。

「昨日からずっとやってたでしょ？　気づいてないとでも思ってるの？　こんなことなら、なんで私を旅行に誘ったの？」

どうにも私たちが悪かったという気がして、私は手にしていたスマホをこっそり戻した。ウンサンオンニも折れたみたいで、やわらかい口調でなぐさめた。

「そんなふうに感じさせたのは悪かったけど、私たちこれに全財産を賭けているから、見ないわけにいかないの。いま、とんでもなく価格が上がっているから、ずっと見てないといけなくて。どうやって説明したらいいかわからないけど……チソンもやってみたらわかってくれると思う」

あ……お願いだから……オンニ、そこでやめておいて……なんか不安だった。心配したとおり、オンニは言わなくてもいい言葉をつけ加えはじめた。

「だからチソンも、やろうって言ったときに一緒に始めてればよかったのに。私の言うことを聞いたタへがどれほど儲かったか知ったら、そんなことは言わないはず……」

「もうやめてよ！」

チソンが鋭い声を上げた。まわりのテーブルに座っていた人たち全員がこっちを見た。

「私はやらないって言ったでしょ」

真っ赤な顔で、感情を高ぶらせた。頼むから、もうやめなよ。オンニたち、自分たちがどう見えてるのかわかってないみたいだけど、どうみたってイカレちゃってるし、イーサリアムに血迷ってるみたいだってば。そんなにお金が好きなら、一生懸命に働いて、汗を流しながら自分で稼ぐことを考えなよ。そんなふうにお金を賭けて儲けるようなものは本物のお金じゃない。ギャンブルと同じ。……そう言ったかと思うと、腕をぐっと伸ばして、窓の外の海を指さした。

「お金、お金、言うのやめてよ。あのさ、オンニ。世の中にはお金より大切なもののほうがずっと多いんだよ。あそこに見えるエメラルド色の美しい海に対して申し訳なくないの？」

チソンが言葉を続けた。

「みっともないよ。見苦しい」

ウンサンオンニが笑いはじめた。低い笑い声がだんだんと大きくなっていった。思いがけない反応だったし、いつ終わるともしれない笑い声は、少し怖く感じるほどだ。ひとしきりそうやって笑っていたが、唐突にオンニの顔から笑みが消えた。

「チソン、他の人ならまだしも、あんたはそんなこと言っちゃダメなんじゃないの？　違う？」

ウンサンオンニが、同意を求めるような視線で私を見た。私はなんのことかわからず、黙っているだけだった。

「私たちがイーサリアムをやってなかったら、この美しい海辺に来ることもできなかったんだよ。この旅行の費用がどんなお金だったのか、一日で忘れちゃったの？」

やっと思い出したかのように、チソンが窓の外の海へと視線をそらした。

「タへと私が費用を全部出したから来たんじゃない。チソンは一ウォンも出さずに、ついてきただけでしょ」

そう言うと、親指を後ろに向けて駐車場のほうを指した。

「あ、そうだ。ちっぽけな軽乗用車、スパークを借りておいてくれたっけ？　ありがとね」

そんなこと言っちゃダメだって。オンニの暴言を止めなきゃ。でも、いい方法が浮かばないし、オンニはやめるつもりがないみたいだ。

「あんたのせいで乗りそこないそうになった飛行機のチケット、初日にあんたがいちばんたくさん食べた魚のアラ、インフィニティプールのある七つ星ホテル、こんなにおしゃれなカフェ、すごく高いハンドドリップコーヒー。これ、みんな」

そこまで言ったオンニがスマホを持ち、ビットGOのアプリを実行して、チソンの目の前に突きつけた。その瞬間もリアルタイムで上がりつづけているグラフだった。

「あんたが見苦しいって言ったこれで稼いで買ったんだよ、どうするの？」

これ以上我慢できなくなって、オンニの言葉をさえぎった。

「オンニ、なんでそんなけちくさいこと言うの？　私たちが好きでやったことじゃない」

「そうだね」

オンニが視線を落としてうなずいたけど、また厳しい目つきになって顔を上げた。

「だけど私も最初からこんなこと言っていたわけじゃないよね？　チソンが先に私たちのことをおかしな人間扱いしたんだってば。人をゴミみたいに思ってるじゃない」

いったいどの時点からまちがっちゃったんだろう。なんで私たちの初めての旅行が、たった一日でこんなめちゃめちゃになっちゃったんだろう。私はすべて巻き戻したい痛切な思いから、スマホを握っているオンニの手を両手でつかみ、テーブルの下に無理やり下ろした。それからオンニの手を両手で包み込むようにして、手の甲をとんとんしながら、なぐさめるように上下に揺らした。

「もうやめようよ。チソンが最初にきつい言い方をしたから、オンニがむかついたのかもしれない。わかるよ。でも、それはオンニがイーサリアムをやろうって、チソンにまた言ったから怒ったんだよ。私たちがやるのはかまわないけど、自分には勧めないでくれって、ずっと言ってたし、私たちも前から約束していたよね」

相変わらずチソンは窓の外の海を眺めているだけで、まったく動かなかったが、私の言葉に同意するような表情を浮かべていた。ウンサンオンニがくやしそうにきっぱりと言った。

「一緒にやろうって言っただけでしょ？　ねずみ講でもないんだから、チソンが始めたから私が儲かるってわけでもないのに。ただ、私とタヘだけが儲けているのが申し訳ない気がして、チソンも私たちみたいにイーサリアムで儲けられればいいなって、チソンのことを思って一緒にやろうって言ったのに。私はたくさん情報も持ってるし……」

「ううん、私は必要ないから」

チソンが話の腰を折ると、オンニがすぐに言い返した。

「え、逆じゃないの？　私たちの中であんたがいちばん必要でしょ」

どういう意味なのかと訊くように、チソンがオンニをにらみつけた。

「正直に言おうか？　私たち三人ともパッとしない人生なのは認めるよね？　でも、三人の中で誰よりも先が見えないのは、あんたの人生じゃないの？　違う？」

そんなこと自分がいちばんわかってると言わんばかりの目つきをしたチソンが、下唇を嚙んだ。

「あんたは『オーオー』なんだから、そして私がそれを知っているってこと、あんたも知ってるでしょ」

おお？　「オーオー」ってなに？　初めて聞く言葉だった。いったい二人がなんの話をしているのか、理解できなかった。

「あんたとタヘと私。いまは同じように稼いで、同じように会社に通っているよね。でも、いつまでこんなふうに一緒にげらげら笑って過ごせるのかな？　いずれにせよ、タヘと私はなにごともなければ、来年は代理になるはずだし、少しずつだけど、いまより重要な仕事を任されるようになって、年俸表もそのぶん上がっていくはず。私たちが、代理、課長、って呼ばれながら一段階ずつ昇進していくあいだ、あんたはずっと昇給もなく、チソンさん、チソンさんと呼ばれながら、毎日同じ業務だけ繰り返して、ひたすらそうやって同じ場所にとどまるんだよ」

私だけが知らないなにかが、ウンサンオンニとチソン二人のあいだにあった。

「私たち三人とも、頼りにできるものがなに一つないし、垢ぬけない人間だってこと、お互いによく知っているのに。ここで抜け出そうって意志がないんなら、お願いだから、いっそのこと彼氏を作るとか、文句のつけようのない男性に出会うとかすればいいのに。よりによって大学生を……もう、それも就活生でもなく新入生だって。そのうえ、外国の学生でしょ。まったく……現地と行き来する飛行機のチケット代に有り金をはたいて……それでも足りずに、週末ごとに襄陽《ヤンヤン》の海に行ってサーフィンをするのに散財。そんなふうに地に足がつかなくて、これからの人生、どうやって生きるつもりなの？　あんた、貯蓄はしてるの？　そんな状態なのに、毎日のように私に、結婚したい、誰か男性を紹介してと言うんだから。頭が痛いよ。でしょ？」

海だけずっと見つめていたチソンのぼんやりと力のない目から、大粒の涙がぽたぽたとテーブルの上に落ちた。

「オンニ」

私はウンサンオンニの肩をぐっとつかんだ。

「謝りなよ、チソンに」

振り返ったウンサンオンニが、そのときようやくチソンのあごに流れる涙と、丸く濡れているワンピースのすそに気がついたようだった。オンニも最低限の良心はあったみたいで、申し訳なさそうな様子だったけど、腕組みをしてそっぽをむいた。と同時にむせび泣く声が聞こえてきた。チソンがあごの下のつららのような涙をすばやく指で弾いてから、まぶたをこすった。遊びに行くからと、ばっちり決めたアイメイクがにじんで、手の甲がところどころ黒くなった。窓辺の棚に置かれたつばの大きい麦わら帽子を二つ折りにしてから立ち上がると振り返り、そのままカフェの外に向かってゆっくり歩き出した。

その後ろ姿を見ながら、激しく胸が痛かった。

なんの音もしなかった。人々のざわめきが一瞬静まり、ぺたんこのビーチサンダルをはいて寂しげに歩くチソンの足音だけが聞こえてくるようだ。黄色のワンピースがはためきながら、少しずつ遠ざかっていき、少しずつ小さくなっていく。

思わず大きな音を立てて椅子を引き、立ち上がった。あとを追って店を出ようとする私の手首を、ウンサンオンニがつかんで引き寄せた。私はその手を払いのけるように振り払った。

「オンニ、ひどすぎるよ」

「わかってる、最低最悪だって」

いつのまにかチソンの姿は視野から消えていた。私はチソンが椅子の上に置いていった籐《とう》かごバッグを肩に掛けて、去った方向に向かって走った。

あんたと私の年俸表

二〇一七年八月三十日

すぐにあとを追ったはずなのに、いくら見渡してもチソンの姿が見えなかった。名前を呼びつづけながら、停められている車という車のあいだを、まるで迷路を歩くように探し回っていると、胸が痛んで涙がにじんだ。ウンサンオンニがいじわるで、最低最悪な言葉を口にしているあいだ、すぐ横にいた私はろくに止められなかった。なんでだろう？　私も内心は同意していたのだろうか、言ってることはまちがってないと思ったのだろうか。オーオーっていったいなんだろう……頭がきりきりと痛む。

駐車場を横切って出てくると、歩いているチソンの後ろ姿が小さく見えた。幸いなことに背中につば広の帽子をかけていたので、すぐにチソンだとわかった。もう一度大きな声で名前を呼ぼうとして、ぐっと我慢した。ゆっくりと間隔を保ち、離れたままあとをついていった。道で猫に出会ったときに、焦って近づかないのと同じ気持ちで。もしそんなことをしたら、猫はさっと逃げてしまう。なんとなく猫のようでいて、甲羅みたいな帽子のせいでカメのようにも見えるチソンを、距離を置いてそろそろと追いつづけた。

日差しの強い日だった。どこまでも続く道路脇にあるせまい歩道をとめどもなく歩いた。チソンの姿がかろうじて見える間隔を保ったまま。晩夏の午後、木陰ひとつない、照りつける日差しの中をひたすら歩きつづけていると、背中が汗でじっとりしてきた。手首に掛けておいたゴムを外して、首にまとわりつく髪の毛をひとつにまとめる。涼しくなるわけでもないのにほてる顔を手であおぎながら、はるか遠くに豆粒ほどの大きさにしか見えないチソンの後ろ姿を目で追いながら、チソンの背中にかかっている帽子をちゃんとかぶせたいと思う。そうすればちょっとは暑さをしのげるんじゃないかな。非情なほどに照りつける、この焼きつけるような日差しを遮ってあげたかった。チソンがいまよりもずっと近くにいたとしたら、どうだろう？　想像の中のチソンは、すぐ目の前を歩いている。手を伸ばせば、チクチクする麦わら帽子に指が触れる。ひさしのはしを両手でそっとつかんで、チソンの頭にすっぽりかぶせると、帽子をかぶったチソンが振り返る。

　そのとき、現実のチソンが突然方向を変えた。ブロックが敷きつめられた歩道ではなく、左側にある草地を歩きはじめ、しばらく歩きつづけたかと思うと、草と木が密集したやぶのほうにすっと入ってしまった。ここからはあまりよく見えないが、やぶの中に続く道があるみたいだ。かろうじて見えていたチソンの姿が、かなり高く伸びた草木のせいで、ふたたび視野から消えてしまったので、チソンが歩いていった道を慌てて走らなければならなかった。

　草むらにできた細い土の道を歩き、やぶの中に入った。草いきれが鼻を突き、広がっていく。奥に入っていけばいくほど、まわりの樹木がうっそうとしていく。一歩進むごとに新しい木々が現れ、頭上にはそれぞれ違う形の葉が垂れてきた。

小さいけれど草木が密集したこの樹林は、いったいなんだろう？　誰かが人為的に造成した林ではなさそうだし、自然そのままの印象のほうが強いけれど、確信を持てなかった。はっきりしないまま、道に沿って進みつづける。奥深く入っていくほど、木々がせまい間隔で植えられていて、幹が太く背の高い木々が増えていった。ときどき木の根元に種類と簡単な説明が書かれた札がつけられているので、少なくとも誰かが管理している場所のようだ。しかし、「原型」と言う言葉が似合うほど、どこか自然のままの原始的な風景だった。

カッコウの鳴き声とカラスの鳴き声がかわるがわる聞こえてきたかと思うと、ぴゅっと聞いたことのない声でさえずる、種類もわからない鳥の声も聞こえる。草むらの虫の鳴き声、風が木々の葉をすり抜ける音、ときどき背の低い木立の向こうから聞こえる海の波が砕ける音。そうした音にパタパタと、私たちが土を踏む音が重なった。真っ白なストリングのフラットなビーチサンダルを履いたチソンの歩みがだんだんと遅くなった。チソンも私のように、まわりのあらゆる音を感じ取りながら歩いているのかもしれない。私はもう少し歩みを早めた。気づかれないように、私たちのあいだの距離も少しずつ縮めていった。いつのまにか、チソンが自然な感じで振り返って、私を見た。

「ここすごくきれいだよね、タヘオンニ」

私があとをついてきていたのを知っていたみたいだ。いつから気がついていたのだろう。ちょっと驚いたが、いつもと変わりなく答えた。

「うん、ほんとうにきれいだね」

チソンがなにごともなかったかのように訊いてきた。

「オンニは、私がオーオーだって知らなかったでしょ？」

「知らなかった。じつはいまもオーオーがなんのことかわからないし」

チソンがまた振り返り、私に背を向けた。私たちのあいだには相変わらず、人が三人立てるくらいの距離があった。チソンが頭を少しそらして、空を見上げながら先に歩いた。そして、すぐに淡々と、さらには親切と言っていいほどの口調で説明を続けた。

チソンの言葉によると「オーオー」とは、なんというか、私が経験したインターン制度のような正社員採用への機会があるわけでもなく、かといって、契約社員のように最大二年といった勤務年数の制限もない、二種類の中間にあたる別の雇用形態で、一種の無期契約職員のようだった。正社員よりは単純で制限的なルーチン業務を行うものの、契約社員の業務より少し高いスキルが必要で、その業務が一時的なものでなく今後も必要なものの場合、こうした形態で雇用するのだと言う。正確な名称は「オフィス・オペレーター（Office Operator）職」。チソンは高校で会計を専攻し、卒業するとすぐに中小企業で五年間経理として勤務し、「オーオー職」としてマロン製菓に入社したのだった。私がいるブランド室にはそういったポジションがないのでまったく知らずにいたが、経営支援室にはチームごとに一人か二人いるようだ。経理チームではチソンが唯一の「オーオー」だった。

チソンは清算業務だけを行う「オーオー」として雇用されていた。はたから見るとなんの違いもなかった。社員証の形や色が違うわけでも、社内システムの組織図に「オーオー」という表示があるわけでもない。チソンが「オーオー」だということは、特定の権限がある人、たとえば人事チームの人たちや組織長だけが知っていた。同じ事務所で、同じ仕事をして、同じように残業をして、休暇も同じように取得した。年末年始の業務評価も他の職員たちと同じに行われた。でも、決定的に異なる点があった。その評価が反映される「年俸表」だった。同じ〈まあまあ〉のMグレードをもらっても、違う上昇率が適用された。入社当時の年俸表、あるいは別に策定されていて、同じ年度の他の職員よりも給料が明らかに低かったし、ボーナスや成果報酬からも除外されている。一年に二度の、祭日に配布されるジェイマートの五万ウォン商品券ももらったことがないらしい。そして決定的な違いは、いくら長く働いても役職につくことがない点だと言う。

もう一つの話は、聞いてもなかなか信じられなかった。チームの人が一緒にご飯を食べてくれないと言うのだ。一か月に一、二度ずつある飲み会や、四半期ごとワークショップが開かれるときは、一緒に連れて行ってくれるけれど、普段はランチも一緒に食べてくれないと。チソンが言葉を濁した。

「まあ、わざとじゃないだろうけど……」

チソンのところのチームはもともと集まってランチを食べる雰囲気ではなかったし、それぞれで外食をする感じだと言う。社内に知人が多く、いつも約束がある人もいるし、仲のいい二、三人で食べに出る人たちもチーム内には何人かいるが、自分にはそんな人がいないから、いつもみんなと別にランチと夕食を食べていたそうだ。最初は一人で食べていたけれど、のちには隣チームのウンサンオンニと一緒に食べるようになり、週に一度くらいは私も含めて三人で食べてきたというのだ。一日のなかでいちばん待ち遠しく、楽しい時間だと。

「オンニたちが退職したら、どうしよう？　そんなふうに考えると、ときどきとても怖くなるんだよね」

チソンがゆっくりと振り返り、私をまた見つめた。

「これからもずっと会社に勤めてね。代理になって、それから、課長になって、いつか絶対に部長にならないとダメだよ。わかるよね？」

そう言うと、来年私が代理職に就いても、ずっとオンニと呼びたい、そうしてもいいかと訊いてきた。私は「なに言ってるの、当たり前でしょ！」と、わけもなく声を荒らげた。「部長になっても？」と訊かれたときは、もっと声が大きくなり、怒るような口調で「当たり前でしょ！」と答えた。チソンが「チョン・タヘ部長……チョン部長……」と繰り返すと、全然似合わない、気持ち悪いと言いながら、しばらく笑った。それから、そのときまで自分が会社にいるかな、と問い直した。

私はなにも言わなかった。

「ほんとうにわからない。私の人生がどこに向かっているのか。お金を貯めなきゃいけないのはまちがいないんだけど。年下の子とつき合っても得るものがないのもわかってる。でも、いまはただ深く考えずにこうやって生きていたいんだ……でも同時に、すごく不安で……どうしたらいいかわからないんだ」

「自分がしたいようにしなよ。誰もがウンサンオンニみたいに、瞬間瞬間に先を推測して生きてるわけじゃないし。私からしたら、あのオンニが特異なんだと思う」

「だね？」

「だよ」

短く太い二音節ずつの会話の末に、私たちは歩調をそろえて歩きはじめた。

どのくらい歩いただろうか。林道の角を曲がりながら、木々がだんだんと高くなっているのに気がついた。木の幹に沿って見上げてみる。異なる木々から伸びた枝や枝先の葉が集まって影を作りだしているが、互いに触れ合うようで触れ合わずに隙間を埋めあっていた。空に掛けられた目の細かい網のようでもあり、誰かの運命を空色で書いた手相のようだ。その隙間からは木洩れ日が幾筋も降り注いでいた。

私が顔を上げて陽の光を見ているあいだ、チソンがなにかを発見したみたいだ。

「わあ、あれいったいなんだろう？」

チソンの視線と指の先にあったのは、はるか先に見える石の山々だった。

いや、その姿は石の山というよりも石の塔と言ったほうがよかった。きちんと重ねられた大小の濃灰色の石が、上にいくにしたがって細くなり円錐状に積み上げられている。とがった感じの、すらりとした石塔だった。一人では塔の周囲に両手を回しても届かないけれど、二人で抱えると小さいくらいで、平均的な成人の背よりもはるかに高かった。見上げるように高く、すらりとしている。ある意味、驚異的ですらあった。風が多い島で【訳注／済州島はかつて石、風、女が多い三多島と呼ばれていた】、あんなふうに一層ごと上に向かって積み上げられた石という石が、不安定どころか崩れずにしっかりと同じ位置にある姿が、そのめずらしい現象が、見てくれと言わんばかりに目の前に広がっていることが信じられなかった。

木の葉のあいだから降り注ぐ陽光のまんなかで、舞台でスポットライトを浴びている主人公みたいに、石の一つひとつを輝かせながら立つ石塔の数々。

大きさが少しずつ違うけれど似た形状の石塔で周囲は埋めつくされていた。見たところ十基は優にあるようだ。石塔の姿というか、色合いというか、とにかく調和のとれた石の数々が、遠くから見ても驚嘆を呼び起こした。最初にチソンが、引き寄せられるように石塔のあるほうに近づいていき、私もそのあとを追った。

　石塔に近づくにつれて、思っていたよりもはるかに巨大なことがわかってきた。雄大だった。石の集まりに過ぎないのに、ふしぎと華やかですらある。こういう塔は祈願塔って言うんだっけ？　造山塔《ぞうざんとう》だっけ？　いつからここにあるんだろう？　誰かが自分の願いを込めて建てたのかな？　それとも、何日もかけて何人もの人が、願いをかけて一つずつ石を拾って積み上げていき、長い年月に塔になっていったのかな？　なんの知識もなかったが、石塔は高く澄みわたった空に向かって石を一つひとつ積み上げた誰かの後ろ姿を想像させ、その崇高な美しさと高潔さを余すところなく伝えてきた。

　いちばん下には、一人では少しも持ち上げられそうにない、どっしりとした岩々が礎石のようにがっちりと置かれていた。その上に形は似ているけれど、少し小さい岩々が積まれ、その上にはレンガ一個ほどの厚さの石塊が積まれ、というふうに……石という石は上に行くにつれ、同じ数値をかけて増えていく等比数列のように均一に、規則的に小さくなっていき、それぞれの石が少しずつ角張った形なのに、本来一つだった絵から切り抜いてふたたびつなぎ合わせたかのように、隙間が角で埋め合わされていた。顔を上げて先端を眺めてみる。栗の実ほどの大きさの丸く平らな石が、全体のバランスを取るように、押さえつけられた格好で置かれていた。隣の石塔も同じだった。高さや幅は少しずつ違っているが、その姿はとても似ていた。一つの塔がもう一つの塔の縮小版、あるいは拡大版のようだった。一つの塔が、複数の塔になり一か所に集まっている姿が、全体として均衡を保っていて、美しかった。

きらきら。一つひとつ、光を受けて輝く石。それぞれ違う高さで自分の居場所を守っている石。

チソンがいちばん近いところにある塔にさっと近寄った。

「すごくきれい、タヘオンニ」

「きれい、ほんとうに。なんとなく厳《おごそ》かな感じさえするね」

「私もそう思う。なんか神々しい」

石塔にさらに一歩近寄ったチソンが腕を伸ばして、そっと触ろうとした。私はもしかしたら塔が倒れるんじゃないかと思い、急いでチソンの袖を後ろから引っ張って、止めた。

「おっと、気をつけて」

そう言った瞬間、チソンの肩がかすかに震えているのに気がついた。チソンが話す低めの声もなんとなく同じ振幅で震えているようだった。

「くっそ……」

「どうしたの？」

チソンが振り向いて私を見た。なんて言えばいいんだろう。一瞬でチソンの顔がどことなく変化していた。

「くっついている」

「え？」

「これ……全部くっつけてあるんだよ」

チソンが石塔の表面に迷うことなく手を伸ばした。そして手当たり次第に岩の隙間に刺すように指を突っ込みながら、数え切れないほど同じ言葉を繰り返した。

「これ見てよ、これ！　これ！　これみんなセメントだよ！　セメント！」

　ようやく私も石塔にぐっと顔を近づけて見た。角張った石の隙間がほんとうに、ところどころ濃い灰色のセメントで埋められていた。

　ありえない。

　ありえないのは、この得体のしれない石塔だけでなかった。それを見ている私の気持ちも、ありえなかった。ほんとうに不思議だった。すべて知ってしまったのに、石塔から感じる崇高さはその瞬間にもそこなわれることがなく、美しい石塔だという印象さえも手放せそうになかった。そのとき、チソンが石塔のいちばん下の部分をありったけの力で蹴り飛ばした。いままでチソンの口から聞いたことがないような汚い言葉を叫びながら。

「ああっ！」

　切り裂くような悲鳴が耳をつんざく。チソンが両手で自分の足をつかんで倒れ込み、地面を転がりまわった。胸がドキリとする。一瞬で小さな林が悲鳴で満ちた。ただならない雰囲気で悲鳴がこだましつづけた。響きがやむ前に、もう一度驚き、心臓が止まるかと思った。

　チソンが握っている足の甲が血まみれだった。こんな一瞬で？　人間の足の甲からこんなにたくさんの血が出るものなの？　そんな考えが浮かぶほど、あっという間のできごとだった。血は止まりそうになかった。チソンの手の指の隙間から止めどなく、どくどくとふき出していた。驚く私の目から、それと同じような速さで涙が流れだした。苦痛の悲鳴を上げ、体を丸めているチソンの足元に座って膝をつき、まるでそうでもすれば血が止まると信じている人のように、すっかり赤くなってしまったサンダルを力いっぱいつかみ、しきりに「どうしよう、どうしよう」とわめいた。血みどろになった手でカバンの中をまさぐり、スマホを探しだした。鼻先に漂う血なまぐささに驚いて、指がぶるぶると震えた。二度ほど失敗したあげく、やっとまともに一一九番を押した。「はい、消防署です」という声に、しどろもどろになりながら急いで伝える。

「友人が、怪我をして、すごく、血が出てるんです」

泣き出しそうになり、まともに話せなかった。

「ぶつかってしまったんです、巨大な石に」

「はい、オーシャンシャイン・カフェの近くです。はい、歩けません。歩けないし」

「血がすごく、どくどく出てるんです」

すぐに出動するという返事が聞こえた。近くに隊員が到着したときに、くわしい位置を教えてくればいいと言う。

「でも、ここはカフェじゃなくて、そこから離れたどこかの林の中なんですけど」

「名前はわかりません。ある石塔……いえ、……石塔みたいなのが……目の前にあって」

そう言うと、なぜかとても悲しくなって、涙がまた浮かび、こぼれ落ちた。

二度目の誕生日

二〇一七年八月三十日

チソンが一時間以上、縫合手術を受けた。よりによって鋭くとがった部分を蹴ったので、足の甲に十センチほどの深い裂傷を負ったうえに指を一本骨折し、三日後にまた手術が必要らしい。処置が終わって、私たちがパニックから立ち直り、ある程度落ち着きを取り戻したころ、ウンサンオンニが救急医療室に到着した。一部始終は電話で伝えていてだいたいわかっていた。オンニが無言でためらいがちに入ってきて、チソンが座っているベッドの片隅にそっと座り、包帯でぐるぐる巻きのチソンの足のそばに手のひらを静かに置いた。視線は床に向けられたままで。

ウンサンオンニはチソンに謝るべきだ。当然そうすべきだった。いまがまさに謝るのに最適なタイミングだと思われたし、オンニの口からごめんという言葉が出てくると思っていたので、その言葉だけを待っていた。でも、驚くことに最初に謝ったのはオンニではなくチソンだった。

「オンニ、ごめん」

ベッドにもたれかかった姿勢から仰向けになったチソンが、ぼんやりと天井をみつめて独り言なのかどうかわからない声で、つぶやきつづけた。

「そう、オンニが言うとおり」

「オンニの言葉、みんなそのとおりだと思う」

「私もわかってるんだよ？　わかってるんだってば。このまま、このパターンでいたら、これからもわずかなお金を稼いで生きることになるってことが。稼いだそばから使って生きることになるってことも。私には頼れるものがなに一つないっていうのも当たってるし、自分の人生の責任を取れるのは自分しかいないのに、責任取れなくなる状況になりかかっていることも。そんな状況で、うちの両親の老後も対策がなにもなくて、いざとなったら、私が責任を負うことになるかもしれない。再来年には数えで三十歳になるのに、三十代には……ううん、正直言って三十代は望んでいない。そうだ、三十代には棺桶みたいなワンルームから抜け出して、もうちょっと家らしい家で暮らせたらいいなって。それから私の長年の夢みたいに、結婚もして、子どもを三人産んで、幸せな家庭を築いて暮らしたいんだけど、そうやって暮らそうとしたら、いますぐ公務員試験の受験準備をするとか、そんな自信がなければ、家族の一人ぐらいは面倒見てくれそうな安定した男性を見つけないといけないってことは、私もわかってるんだってば」

　そう言い終わると、チソンはそんな自分のことをすべて認めるように、二、三度うなずいた。一瞬の沈黙が流れると、チソンの悲痛な面持ちが、今度は悲しみでくしゃくしゃにゆがんだ。

「でもオンニ、私、顔があきらめられないの」

　チソンがぼろぼろと泣きはじめた。涙がこめかみに向かってまっすぐに流れ、「西帰浦医療院」の文字が一面にパターン印刷された枕カバーを濡らしていった。肩がこきざみに震える。思いもよらなかった雰囲気に、私たちは一言も発せず、チソンがすすり泣くのを黙って聞いているだけだった。

「私、いままでは顔で選んだことが一度もないの。ほら、女性は自分を好きになってくれる男性に出会わないとダメだ、って言うでしょ。愛されてこそ幸せだって。うちらは小さいころから、毎日そんな言葉ばかり耳にしてきたじゃない。だから、男性とつき合うとき、そんなことばかり気にしてきたみたい。私が彼を好きなのかじゃなくて、彼が私のことをどれほど好きなのかが、いちばん大事だったの。それだから、気に入らなくても、私のタイプじゃなくても、私のことが好きだっていうならとりあえず会ってた。まめに優しくしてくれたら、もうちょっと会うことにして、そうやって会ってるうちにやっと相手に好感が持てるようになるの。だから、私が相手を好きかどうかは、相手が私に好感を抱くかどうかってことから始まっていたわけ。私のほうは好きでなくても、彼が私を好きならば、それが理由になって、私も彼のことが好きになった。私って人間にも好みはあるから、誰よりも心惹かれたり、好きになる人たちがいたりするはずなのに、そんなのは無視してもいいんだって思って生きてきたんだ」

　声がかれるほど大きな声で泣いていたのに、言うべきことはきちんと話していた。

「でも、私ももう、私を好きな人じゃなく、私が好きな人に会いたくなったの。それから、私が好きなのが……顔だってことに気づいたの。オンニ、私はウェイリンの顔が好き。やっと、自分のことがわかった。世の中にはいろいろなタイプの人がいるけど、私は……イケメンが好きなんだって。もう他の人に会うことなんてできそうにない。いくら私のことを好きになってくれても、私が好きじゃなければ、つまり、彼の顔じゃなければダメなの」

そこまで話したチソンが、小さな傷がいくつもできた手の甲で涙を拭いながら、息を整えるように一度呼吸をした。

「それと決定的なのは、ウェイリンも私のことが好きなの。私のことがものすごく好きだって。いつか卒業したら韓国に来て、就職して定住するつもりだといって、韓国語を勉強しているの。いま、文字や発音を学んでいるんだけど、ほんとうにかわいいの！　いろんな条件や状況とか、どれもよくないのはわかってるんだけど、彼が私のことを好きだから彼のことが好きなんじゃなくて、私が好きな人が私のことを好きなの。オンニ、こんなに儚《はかな》くも幸せなことって、ないと思うんだ。私、いまは他のことを考えないで暮らしていたいの」

チソンがこんなに面食いだと知らなかったから、滝のようにどっとあふれ出した告白を聞くと、なんとなく厳かな気持ちになった。ウンサンオンニがポケットティッシュを二枚出してチソンの涙を拭き、肩を叩きながらなぐさめた。

「わかった……すてきな恋愛になることを願ってる……わかったから、もう泣かないで。麻酔が切れちゃうよ」

医学的根拠があるのかどうかわからないけど、その言葉を聞いたチソンが思いきり鼻をすすって、荒い息づかいを、泣き声を、止めようとした。

「オンニ、あれ……どうやるの？」

「なんのこと？」

「オンニたちがやってるあれ、仮想通貨」

驚いた私はウンサンオンニに目をやり、ウンサンオンニも私のことを見た。チソンが力を込めて言った。

「私もやる」

ウンサンオンニはその言葉を聞くとすぐに、ベッドの片隅に置かれていたチソンのスマホを探し出してきた。

「まず、アプリをインストールして」

そして、こう言った。

「あんたが暗号資産の口座を開設したら、私のイーサリアムを十個、ううん、二十個あげる。私のほうが先に始めたから、そのくらいはあげられるよ」

ぱんぱんに腫れた目を、信じられないと言わんばかりに、ぱちぱちさせるチソンと、チソンと同じくらいびっくりした私が、ほぼ同時に叫んだ。

「ほんとに？」

「うん、誕生日プレゼントだと思って受け取って。二十個だと、今日の価格で八百七十万ウォンなんだ。これが八千七百万ウォン……ううん、『億』に上がるときまで……」

そこまで話したオンニがちょっと呼吸を整えてから、言葉を続けた。

「私たち、一緒に行こう」

その瞬間、この世でいちばんかっこいい人はウンサンオンニに違いない、と思ったし、チソンがうらやましい気もしてきて、どうせ分けるなら、私にも、三個くれないかな、なんて恥ずかしい考えさえ浮かんだけれど、打ち消した。後悔、羞恥《しゅうち》、切なさ、悲しみ、そんな思いがすべて交錯した感情がゆっくりと消えて、はるかに晴れやかな顔になったチソンの上に大きな喜びが訪れた。

「私の誕生日、ほんとうは十一月なんだけど……」

なんとか体を起こしたチソンが、ふたたび枕を立てて寄りかかると、両方の頬を手のひらで順々に拭った。続けて、スマホのロック画面をチラッと見てからすぐに、聞こえるか聞こえないかわからないような声で、静かにこう宣言した。

「これから私の誕生日は今日にする。八月三十日」

ある欲求、ある欲望

二〇一七年九月十三日

年を取ってから泥棒になった者ほど怖い、って言ったっけ。いや、人より遅く始めた盗みほど熱中する。これで合ってる？

とにかく、済州島から戻ってきた直後から、チソンは恐ろしいほど一直線にイーサリアムにのめり込んだ。

ウンサンオンニの心配とは裏腹に、チソンは少額だがいくらかの貯金をもっていた。多くはない預金を全額投入し、住んでいるワンルームマンションの保証金もかなりの部分を引き出して、月々の家賃払いに切り替えた。マイナス通帳も作った。そんなふうにありったけのお金をかき集めて、すべてイーサリアムに投資した。

そのあともグラフがぐんぐんと伸びていたらよかったのに。

問題は、七月から八月まで絶好調で伸びていたグラフが、九月からはずっと下降気味だということだ。よりにもよって、あの日（チソンが自分の誕生日だと、生まれ変わったと宣言した八月三十日）がピークで、それ以降は下落続きだった。起床すると、また下落しているし、ご飯を食べてチェックすると、また下落している。なかなか下落が止まる気配がなく、暴落に暴落を重ねた。いわゆる「続落」っていうやつだ。

　チソンはくじけなかった。むしろ価格が下がるたびに、給料をはたいて少しずつ追加していった。チソンが挫折するのを心配したのか、ほんとうにそう信じているのかわからないけど、イーサリアム市場ではこの程度の価格下落は買い増しできるチャンスなだけだと、ウンサンオンニが教えていたからだ。つまり「ナンピン買い」【訳注／価格が落ちたときに買い増しをして平均買いつけ単価を下げること】をしろということだ。毎日Ｂ03のチャットルームではチソンとウンサンオンニのあいだで、こんなメッセージが行き来していた。

――わあ……また下落したんだ。

――大丈夫、大丈夫！

――カン将軍、買い増しするタイミングは、いまですか？

――そのとおり。買い増し、行こう！

――行っけぇぇぇ！

　続けて、頭の上に天使の輪をつけて作り笑いをした、解脱《げだつ》の境地に入ったような笑顔の絵文字が山ほど送られてきた。ほんとに……このままでいいのかな……？　私だったら焦っていると思うけど、チソンは意外と度胸があるのか、一喜一憂しそうな感じではなかった。これまでウンサンオンニや私の様子を見ていたからかもしれない。ここ数か月、心休まることがないくらい上下するグラフに泣き笑いしたあげく、ようやく現在の価格にまでなったのだから、自分も「続落」の真っ只中で「買い増し」して「ナンピン」しながら、「めっちゃ粘る」をやれば、それなりの収益を上げられるだろうって期待しているみたいだ。

もちろん私もそう信じて、当然そうなってほしいと強く願った。ビットコインをピザ一枚の値段で買ったのをすっかり忘れていて、ずっとあとになって見つけた米国のあるティーンエージャーみたいに、私もピザ一枚ではないけれど、三、四枚の値段でイーサリアムを買ったのだから、これから価格が暴騰して、仕事を辞められるくらいになるのを心待ちにしていた。

でも、それは希望であって、そうなる保証はどこにもなかった。

チソンは、表面上はもっと上がる、もっと上がるって、将軍だけを信じていくって、なんともないふりをしているけれど、毎日のように指先を嚙んでいて、ある日なんかは十本の指先すべてに血マメができていた。パーティション一枚をはさんで働いているウンサンオンニは、かちかちにかたくなった血マメとキーボードがぶつかる鈍い音が聞こえるたび、終わりの見えない、漠然とした罪悪感に苦しめられるそうだ。表面上は、もっと上がるからと、買い増しをあおったオンニだけど、内心は不安そうだった。価格の推移を見ると、いまがイーサリアムの最高値なのでは？ さらには、いまが現金化すべき「イグジット（Exit）」のタイミングなのでは？ としきりに思うらしい。

ほんとうは私もウンサンオンニのように考えないわけじゃない。相場が上下するのは一日二日のことではなかったが、今回ばかりは……ちょっと違った。グラフを取り巻く状況が明らかに変わりつつあった。

年初めとは違った。すでにみんながビットコインやイーサリアムなどの暗号通貨について知っている。お互いに自分のほうがもっとくわしいと言葉を強めた。単純に一攫千金という考え方を心配する声や、暗号通貨の明るくない未来、それによって暴落するシナリオが出てくるところまでは聞き流していたけれど、これからはそうはいきそうになかった。政府レベルで規制がありそうだ、という噂が流れはじめたのだ。その噂がほぼ正論として受け入れられると、聞き流してすむことではなくなった。数日前には悪いことが重なり、中国で暗号通貨の規制が始まったというニュースが流れた。その日から種類を問わずすべてのコイン市場がかつてないほど大幅な下落を見せた。イーサリアムは少なくとも六十パーセント落ち込んだ。済州島にいたときは1ETH五十万ウォンが期待できたのに、あっという間に二十万ウォン前半まで急落した。私は断崖絶壁のように急落するグラフをむなしく眺めては頭を抱えていたが、ウンサンオンニあてにメッセージを送った。

——中国の記事、見てる？

——うん、ちょっと深刻な状況みたい。

中国から暗号通貨規制のニュースが伝えられてから一週間が過ぎた日、三階のエレベーターの前でウンサンオンニに出くわした。私たちは廊下のいちばん奥に寄りかかって、暗い表情を浮かべて話しはじめた。「最後は上がると思っていままで粘ってきたのに、もう粘ることに意味があるのかわからないよ」

なまじチソンにイーサリアムを始めさせなければよかったとさえ思う、とウンサンオンニが告白した。チソンは価格が高いときに買ったせいで、オンニが贈った二十ETHをのぞいても、元が取れそうになかった。やるせない。私たちは早い時期に買っていたので、いま売却してもそのときの価格より高い価格で売却できるけど、チソンは大損だ。どうか、私やウンサンオンニのイーサリアムはもう上がらなくてもいいので、チソンのだけでも上がりますように、と切に願った。もちろん、それは無理な話だ。私たちは同じイーサリアムを買って、同じグラフ上にいた。同じ運命の波の上に船を浮かべている。つまり、同じ暗号通貨に乗っていた。私たち三人は前例のない相場の荒波の中で、「めっちゃ粘る」か「イグジット」の岐路に立っていた。

ウンサンオンニは、少ししたらタイミングのいいときにイーサリアムの保有ぶんをすべて売却し、チソンにも損切りを勧めて、投資金額のうち損失が出た部分を補塡することも考えているという。自分が焚きつけたから、自分が責任を取るということだった。

「私たちにまで規制が入れば、いまの急落ぐらいじゃすまなさそう。正直言って、昨日から抜けるタイミングだけを見計らってるんだ……」

オンニは規制自体が問題だというよりは、規制が始まればどうしても価格が下落するはずだから、この辺でやめようと考えているようだ。オンニがこの世界から抜けるのなら、私もすべて売却してやめるべきだ。私は経済的な問題よりは、オンニの判断力を第一に信頼してきたのだから……オンニは一人しかいない私の将軍だから……あ……そうだけど……だけど……。

ほんとうに、信じたくなかった。

ここで終わりだという事実を。

もっと大きく値上がりすると思っていたのに……月まで行けると思っていたのに……まだ、まだ抜けたくなかった。まだ足りない！　そんな思いしか浮かばなかった。まだまだ足りなかった。いまの価格では、私の暗号通貨ウォレットの残高は約五千万ウォン。序盤につぎ込んだ私の全財産と、そのあとに退職金を取り崩し、危険な借金をし、給料を受け取るそばから、少しずつ投資した金額を合算すると、二千万ウォンほどだった。つまり、イーサリアムで三千万ウォンばかり儲けた計算になる。私の年収よりずっと多いお金だけど、元金の約一・五倍近くを働かずに稼いだものだけど、いままでの半年間、夢に見てきた一攫千金の夢がここで、こんな程度で終わるという事実を、どうしても信じたくなかった。

　腹立たしかった。くやしかった。同時に、そんな感情を抱く自分自身に対して、どうしてそんなに図々《ずうずう》しくなれるのかとも思う。しかたなかった。人は生まれつきこういう欲望を持っているのだろう。恥も外聞もない。最初に始めたときは百万ウォンを儲けても喜んでいたのに、なにもせずに数百万を儲けると、数千万単位で儲けたくなり、数千万儲けると、もう数千万を儲けたくなり、ついには、少なくとも億にならないと、と欲が湧いてきた。あきらかに済州島では、仮想ウォレットの残高が一億だった。一億あればできることを想像しながら過ごしているうちに、三千万ウォンなんかではまったく足りないと感じていた。

　一・二ルームで生活するようになり、ベッドに横になっても玄関とキッチンが見えなくなると、今度は食べ残した料理のにおいがベッドまで来なければいいのに、という欲が生まれた。二つの窓が向かい合っていて換気しやすいところに住みたい、そんな欲も生まれた。でも、その程度で欲って言えるのかな？　寝るときに食べ物のにおいを嗅ぎたくないって気持ちは、欲って言える？　それが欲求だろうと欲望だろうと、今度は部屋とキッチンが分かれたツールームに住みたかった。地下鉄の駅から乗ったコミュニティバスを降りると、家までの道はずっと飲食店街だった。閉店の時間になると、各店舗から出されたゴミ袋がずらっと並んだ。家の中に入っても、ゴミ袋の行列は終わらなかった。家を内見したときには思いつかなかったけれど、窓を開けると食べ物のにおいと酔っぱらいの話し声がそっくりそのまま家に侵入してきた。私は自分がにおいに弱い人間なのがはっきりわかった。いままで気づかなかった事実だ。窓を開けても、下の階のピザ店と隣の建物のカムジャタン【訳注／骨つきの豚肉とジャガイモを煮込んだ辛いスープ】店からのにおいが入ってこないところに住みたかった。窓からのながめが飲食店街やスナックではなく、公園、いや、樹が二本ほど立っているだけでいい、という願望が生まれた。次に住むところは、周囲の環境がきれいな住宅街に行きたいし、通勤できる地下鉄の駅ももっと近いところがいい。もしくは車が買えるとか。済州島で運転してみたら、やはり車があるといろいろと便利そうだった。だから、駐車場も一区間ほどついた家に行きたかった。小さくてもマンションで暮らしてみたい。ホテルで過ごすバカンスにももっと行きたいし、お金の心配をせずに海外旅行もしてみたい。

　ウンサンオンニは、いまイグジットしても大丈夫だよね？　少なくとも三億は稼いだはず。私もそのくらいは持っていたかった。そのくらいあれば、たまたま入社した不満だらけの会社を辞めて、少しのあいだ、ほんとに少しのあいだだけ、自分が心から好きな仕事がなんなのか、好きなうえに得意なことはなんなのか、追求できそうなのに。一生遊んで暮らすというわけではない。そんなにひどく欲張ってるわけではない。長くもなく短くもないくらいで、きっちり一年だけ休んで、他の進路を模索してみたかった。きっちり一年だけ……それにはほんとうにたくさんのお金が必要そうだ。あ、それならばやはり欲張っていると言えるのかもしれない。

　私は一生懸命でなくても、努力しなくても、余裕が持てるお金を手にしたかった。もう少しだけゆったりと暮らしたかった。文字どおり、一攫千金を夢見ていた。お給料だけでは足りない。私にはたくさんのお金が必要だった。

私は力なく落ちたウンサンオンニの肩の上に片手を置いて、きっぱりと提案した。

「オンニ、私、このままじゃイグジットできない。私たちもう一度だけ訊いてから決めよう」

「誰に？」

財布の中から四隅がよれよれになった一枚の名刺を探しだして、オンニに差し出した。きちんと真ん中分けにした髪と光っている額、太い刺青の眉に真っ赤な口紅。強烈な指名手配写真が大きく印刷された煙月道士の名刺だった。

シベリアからの北西風

二〇一七年九月十八日

私たちはまたコーヒービーンの第一車両に集まった。

パリッとした襟の白いシャツに、きっちり後ろで髪を結い上げた煙月道士が、先に来て座っていた。テーブルの上には大きな無地のノートが広げられていて、その横には紺色のブランケットが敷かれていた。道士はブランケットの上に置かれたタロットカードを整理しているところだった。私がまず向かい側に腰を下ろしながら、道士に目であいさつをした。続けて、チソン、ウンサンオンニが順々に入ってきて、私たち三人は一つのソファーに腿《もも》をくっつけ合うように並んで座った。道士が私たちの顔を右側から一人ずつゆっくりと見ていくと、真っ白なノートの空きページを手のひらでこすりながら、あいさつとも言えないあいさつをしてきた。

「お嬢さんは前に一度来たことがあるよね、そうでしょ？」

「はい、そのとおりです」

今度はチソンとウンサンオンニをかわるがわる見ながら、すぐに言い放った。

「新しく来たお嬢さんたちの中に、外国人とつき合っている人がいるみたいだね？」

すぐ横に座っているチソンの脚がビクッとしたのが、そのまま伝わってきた。横目でちらりと見ると、顔にも驚いている様子がありありと見えた。驚いたのは私も同じだった。この前チーム長と来たときも、はじめから見抜かれている気がしたけど、今回もやはり同じだった。会ってすぐに、最初の一言で、質問さえしていないことを何気なく正確に切り出すことで、まず相手を取り込む。そういう空気を作ってから始めた。煙月道士だけの営業戦略かもしれない。もちろんそれが可能な能力があってこそ使える営業戦略だろうけれど。ふたたび視線を右側にさっと動かしてみた。あ、チソンのまなざしからは、すでに両手を挙げて道士を信奉しているのがわかった。

「はい、私です。私」

ぱっと手まで挙げてチソンが答えた。

「外国人とは相性がいいみたい、お嬢さんは」

「ですよね？」

確信に満ちた声で答えながら、ウンサンオンニのほうをちらりと見た。後頭部しか見えなかったけれど、チソンがどんな表情でウンサンオンニのことを見たのか目に浮かんだ。煙月道士が、シャツのポケットに挿してあった黒の水性ペンを取り出して、キャップを外した。圧縮されていた空気が抜けるときに、ポンという音がした。なぜかわからないけれど、私にはその音がひとつの前兆のように聞こえた。道士はキャップをペンの後ろにはめながら訊いた。

「生年月日と出生時刻は？」

「一九九一年十一月……」

チソンが告白するように、生年月日と生まれた時間を口にし、道士がそれをノートへすばやく書き留めた。オフィス密集地域近くのランチ時間のカフェ。適度にざわざわと騒がしい雰囲気に、寒々しくもどこか神秘的な雰囲気がある水性サインペンのきゅっきゅっという音が重なりはじめた。道士はアラビア数字ではなく漢数字に縮約されたチソンの生年月日と出生時刻の下に、さらに解読できない漢字を書きつづけながら、同時に反対側の指を閉じたり開いたりしていた。続けて、赤の水性ペンを取り出して、自分で書きなぐったいくつかの漢字の上に、スリムな丸をさっとつけた。

「お嬢さんは外国の中でも寒い国にぴったりだ」

驚いた目のチソンが急いで訊いた。

「え？　暑い国は？」

「寒い国と出てるけど？」

チソンの顔が一気に暗くなった。

「すごく暑い国じゃなくて、ほんのちょっとだけ暑い国は？」

「それはどうだろう、とにかく冷たい風が吹いているよ」

道士が続けて言った。

「方角で言えば、北のほうだね」

完全にとどめを刺された形だ。台湾は韓国より確実に南方にあるから。

「いま私、ほんの少し暑いところに住む人と恋愛中なんです。それでなくても、どうしたらいいのかわからなくて、伺おうと思ってたんです。このままつき合っていてもいいのか……」

道士が、なにを言いたいのかわかったというようにうなずき、ブランケットの上のタロットの束を片手でつかみ、なでるようにして丸く滑らせて、扇の形にぱっと広げた。

「カードを三枚、選んで。自分の恋愛を思い浮かべながら」

チソンの指がカードの上をゆっくりと動いて、選びはじめた。ゆっくりと慎重にカードを三枚選んでいるあいだ、私はウンサンオンニのほうに顔を向けた。予想どおり、オンニも私を見ていた。私たちに与えられた時間は、一人当たり十五分ずつで合計四十五分と長くないのに、チソンの恋愛運の相談で終わってしまうのでは、と心配しているようだった。チソンはタロットを選び、もう一度選び、さらに選んで、ウェイリンの出生時刻を調べようとフェイスブックのメッセンジャーでしばらくのあいだメッセージを送っていたけど、ついには二人の相性を四柱推命で占った。時間は容赦なく進んでいった。

　ウンサンオンニが自分のアイスコーヒーを飲み切って、氷をがりがりと食べる音が聞こえてきた。そうこうするうちに、なにか急に思い出したみたいに目をぱちくりさせ、チソンと煙月道士の話にいきなり割って入った。

「待って！　待って！　道士、待ってください！」

「ん？」

　皆がウンサンオンニのほうに目をやった。

「さっき北の国と相性がいいっておっしゃいましたよね？　具体的にどんな国ですか？」

「どれ、見てみよう……」

　煙月道士がノートの前のほうのページをもう一度広げてから、赤色と黒色の水性ペンをかわるがわる握り、流れるような筆跡で漢字をいくつか書いていくと、最後にいままで見たこともないような複雑な漢字を二文字書き、その下に線を二本書いた。

〝蘇聯〟

「ソ連ですか？」

「うん」

「ロシアのことですよね？」

「そのとおり。生年月日と出生時刻を言ってごらん」

道士はウンサンオンニの生年月日と出生時刻を、新しいページに書き留めた。

「このお嬢さんだけでなく、三人ともロシアとは相性がいいほうだね。北のほうから吹いてくる冷たい風があるだろ？　シベリア風？　それに乗ったらものすごく遠くまで行く。そう出ているよ」

「三人とも？　それじゃ私もですか？」

私が訊いた。

「そうだよ。この前、お嬢さんは火の玉だって言ったじゃない。風が強く吹けば、それだけ火が大きく燃え上がるんだよ」

聞けば聞くほどあいまいな言葉だらけだった。煙月道士が、両方の頬を空気でいっぱいに膨らませてから吐き出しながら、同時にテーブルを叩きながらこう言った。

「風がぴゅーっ、と吹けば、炎がめらめらと燃え上がる。どんな感じかわかるだろ？」

その気迫に、思わずうなずいてしまったけど、正直言ってよくわからない、としか思えなかった。最初から訊きもしないことを言い当てて、みんなを驚かせたのとは違って、そのあとはこれと言って明快な部分がなかった。ソ連という二文字をまじまじと見つめるウンサンオンニの表情は複雑そうだった。いや、いま思い返すとちょっと晴れやかな感じだったかも。

そのあとも数分間、相談が続いた。投資については、今年は私たち三人とも金銭運がそれほど悪くはないが、とくにいいわけでもないので、絶対にすべてを賭けてはいけない、と言う。卵をすべて同じ籠に入れるな、欲張るなということだ。そんなことは誰でも言えるんじゃない？ そんなふうに考えているうちに、約束していた時間が終わろうとしていた。

カフェからの帰り道、もどかしい私の気持ちとは違って、ウンサンオンニはなにか解決したような表情を浮かべていた。トレンチコートのポケットの奥深くに手を入れたオンニが、目を伏せたまま足元だけを見て歩いていたが、ぼそりとつぶやいた。

「私……売却しない。もうちょっとだけ、めっちゃ粘る」

「どうしたの?」

「イーサリアムの開発者のヴィタリック。ロシア出身だよね」

その瞬間、頭の中で、いや心の中で？ マッチを強く擦るような感覚が起こった。激しい火花が散った。チソンと私が黙って手のひらを合わせた。

私たちはシベリア風に乗ってみることにした。

もう少し粘ってみることにしたのだ。

お金の属性

二〇一七年十一月二十三日

十一月二十三日木曜日。並んだ形さえ美しい一、一、二、三。
この日のことは決して忘れられない。

普段とたいして違わない日だった。昨日まで薄手のトレンチコートを着ていたのに、かなり肌寒かったのでウールのコートを出してきたのが、普段と違う点だった。季節が一周巡り、引っ張り出してきたコートの袖には、今年の初めにジェイマートの会議に行くときにこぼしたコーヒーの染みがうっすらと残っていた。最初からドライクリーニングに出していたら、すぐに消えたはずなのに、家で染みを抜こうとがんばって、うまくいかなくなってからクリーニングに出したので、染みが完全に取れていなかった。当時はイーサリアムを始める前だった。いまだったら、私の気持ちにも余裕があるから、すぐにドライクリーニングに出すんだけど……思い返すと、ほんとうに笑える。コートのドライクリーニングは五千ウォンから六千ウォンだ。そこに染み抜きの費用を足しても、一万ウォンになるかならないか。その程度のお金をもったいないと思って暮らしていたとは。

こんなふうに太っ腹なことを言っているけど、じつはあのとき自分がどんな気持ちでそうしたのか、いまでも簡単に思い出せる。今日よりも明日のほうがよくなるという期待のない、いや、期待がなにかもわからなかった日々。もっと悪くならないことだけを願っていた時間。それが当たり前すぎて、切なさも、くやしさもなく、ひたすら日常だった毎日と、誰も知らないうちに色あせた染みのようなみじめな心模様の数々を。

私は袖のはしを折って、染みが見えないようにした。裏返された袖の内側に、丸い形の毛玉が山ほど、なんとなく気持ち悪く思えるくらい、ひしめいていた。目につくそばから、一つずつ指でつまんで取りながら、膝をなでるコートのすそに目をやった。そこにも毛玉が、うじゃうじゃしていた。マロン製菓の正社員への転換記念に、アウトレット売り場で買ったコート。買ってから五年になるベージュ色のハーフコート。これを買う前は紺色のコート一枚しか持っていなかったので、すごく気に入って大切にしていて、重要な会議の日は必ず出してきて着ていた私の二枚目のコート。その日の朝、三枚目のコートを一枚買おうと決めて、通勤の地下鉄の中でロングコートをスマホで検索した。そんな一日だったし、そのときまでは、それがすべてだった。

なんでその日だったのかはわからない。

その日でなければならなかった理由は、いまだにわからない。

ランチを食べてオフィスに戻った直後から、イーサリアムのグラフが正体不明の急展開によって右肩上がりになりはじめた。四十一万ウォンから始まった価格が、午後三時に四十四万ウォンを突破した。そのときからだったと思う。私たちが、刻一刻と変わるビットＧＯのチャート画面をキャプチャーして、グループのチャットルームに送りはじめたのは。新しい最高値をマークするたびに、同じ画像が三枚ずつチャットルームに上がってきた。まさに先を争って送りあった。私たちのグラフ生中継は午後のあいだずっと、そして退勤後も続いた。チャットルームは夜遅い時間まで、一時《いっとき》も止まることがなかった。胸がいっぱいで、気持ちが高ぶり眠れなかった。

午前零時になったころ、ついに過去五か月間の最高値を突破し、四十六万九千五百ウォンを記録した。ウンサンオンニが予測した。

――明日は五十万ウォンを記録すると思う。今度はほんとうに勢いづいている。今月中に百万ウォンまで行くよ。私を信じて。

――あぁ、どうか！

――行っけぇぇぇ！

――将軍！

――将軍!!

翌日二十四日の明け方、夜どおし上がりつづけていたグラフが、いまや歴代最高値に達している。ついに五十万ウォンを突破したのだ。最高五十三万五千ウォンまで記録し、私の仮想ウォレットにはふたたび億単位が記録されはじめた。信じられなかった。その瞬間から、人生のある可能性が大きく開かれたようだ。その「開かれる」という感覚は、頭の中で鮮明なイメージで描けるほどだった。どこかの冷凍倉庫みたいな場所で見かける、固く閉じられた巨大な鉄の門が、金属音を大きく立てて開かれる感覚。そして、開かれた鉄の門のあいだから、門と同じくらい大きな光が一気に射し込んでくる。圧倒されるほどまぶしい感覚。

なによりも私を喜ばせたのは、明るくなったチソンの表情だ。ついに利益が出はじめたのだ。チソンが告白した。減っていくばかりのときは、焦って仕事が手につかないし、一日じゅうグラフばかりチェックしていたんだけど、いまは上がっているから、上がったら上がったで、仕事に身が入らなくて、一日じゅうグラフだけ見てしまうって。済州島での私たちの気持ちが、やっとわかったと。

——あのとき、イーサリアムを始めてなかったら、いったいどうなっていただろう？　ほんとうにぞっとする。

　うれしくて興奮したものの、一方では面食らっていた。口ぐせのように「めっちゃ粘るのが答えだ」って言ってきたけど、その言葉がただの呪文に過ぎないってことを、叫んでいる瞬間にも知らないわけではなかった。いきなりこんなに上がるのは、なにか訳があるのだろうか？　いったいなんだろう？　そんな疑問がなかなか消えなかった。そもそも価格とは、需要と供給、そしてそれによって商品の価値が反映されるという前提のもとでは、こうした暴騰にはそれらしい理由がなければいけない気がする。規制リスクが解決されたのか、そうでなければ、暗号通貨に対して新たな検証が行われたのか気になった。時間ができるたびに記事を探した。暗号通貨市場が以前にないほど急に伸びているというニュースだけで、それに対してきっちりと分析した記事はまだなかった。ウンサンオンニに訊いた。

——いったいなんでこんなに急騰するの？　規制リスクもまだそのままなのに、なんでいまなんだろう？　なにか検証が進んだのかな？

　暗号通貨の作動原理は変わっていないと言う。オンニの推測によると、中国の規制や韓国政府の規制説などが、最初の段階で悪材料となったものの、それによって一斉に関連記事になって、メディアがひんぱんに取り上げたため、長期的に価格自体に好材料として作用したのではないか、ということだ。

——毎日、暗号資産に関する問題が多いから規制が始まりそうだ、そうなったらあんたたちは困るだろ、いい気味だ、って、一日じゅう騒ぎたてたじゃない。だから、かえって暗号資産に関心などなく、暗号資産がなんなのか知らない人たちまで、そんなに儲かるの？　いったいどんなものなの？　自分もやってみようか？　ってなったんだよ。

暗号資産の副作用を心配する記事や企画であふれたけど、それによって一部の人が大儲けした例が知られると、かえって誰もがこぞって飛びついて、需要自体が増えた、ってことらしい。そのうえ、よくわからないけど、最近の不動産と株式市場が大したことないので、そっちのお金が全部コイン市場に流れ込んだんじゃないかな、とつけ加えた。

——あらゆることのタイミングが一つひとつ合ったんだよ。

お金には総量があって、つまり、一方に片寄ると、そのぶんがもう一方のほうに集中するようになっている。だから、お金がどの道を通っていくのか、ちゃんと目を凝らして見ないといけない、ということだった。オンニがきっぱりと言った。

——これからは私も目を皿にして、注意深く見るつもり。

以前はお金がなくて、失うこともなければ運用もできなかったので、お金の性質がどんなもので、なにに乗ってどこに流れていくのかわかっていなかったが、いつの日か暗号通貨の保有ぶんをすべて売却して現金化した大金を手にしたら、いろいろと運用して楽しみながら、変わることのないお金の属性を必ずつきとめるつもり、ということだ。

――いったいお金って、どこに向かって流れていくんだろう？　すごく気になる。原理を知りたいよ！

　ウンサンオンニのメッセージを見た瞬間、頭の中にひとつの場面がよぎった。

　カン・ウンサン商会がまだ営業していたころ、灯りの消えたオフィスでスタンドライトだけで、肩を小さく丸めていたオンニの奇妙な後ろ姿。豚の貯金箱から百ウォン玉と五百ウォン玉を取り出して、きちんと十個ずつ積み上げるオンニの落ち着きのない指の動き。

　お金の属性をつきとめてみせる、とウンサンオンニが抱負を叫ぶ姿は、昔、テレビのアニメで見た薄暗い実験室のマッドサイエンティストみたいで、ちょっとぞっとした。でも、オンニと私は仲間だってことを思い出し、左肩にさっと舞い降りる従者のカラスみたいな存在でいられてよかったと、すぐに胸をなでおろした。

フラッシュ

二〇一七年十二月十二日

１ＥＴＨが六十三万ウォンを突破した。私の暗号通貨の総資産は一億一〇八二万ウォンになった。私たちは毎日ランチ時間になると、コーヒービーンの第四車両に集まった。その日の儀式を行うためだ。

まず飲み物を一杯と甘いケーキを一個ずつ注文する。以前は、ケーキは気分がいいときに食べるスペシャルなものだったのに、いまは毎日食べるくらいに心に余裕が生まれていた。どのくらい余裕ができたかというと、チョコレートムースケーキとニューヨークチーズケーキの両方食べたくて迷う日には、二つとも注文するくらいに。飲み物とケーキが出てきたら、私たちだけの儀式が始まる。まずウンサンオンニがｉＰａｄをつけて、ビットＧＯのアプリを立ち上げた。画面に表示された、ウォンに換算されたその日のイーサリアム価格をキャプチャーすると、アルバムの中からその画像を開き、画面が数字で埋めつくされるくらいに拡大した。三人のうち一人が、数字が大きく表示された電光板みたいなｉＰａｄを手に持つと、その日の担当が腕を伸ばしてスマホで写真を撮った。そしてすぐにグループのチャットルームで共有した。三杯の飲み物と三枚または四枚のケーキ皿が置かれたテーブルを囲んだまま、両手でｉＰａｄを胸元に掲げた私たちの写真が、次々とたまっていった。画面の中の数字は伸びつづけた。

二〇一七年十二月十三日

１ＥＴＨが七十二万ウォンを突破した。私の暗号通貨の総資産は一億二千四百九十七万ウォンになった。

ランチ時間に、六十九万ウォンだったときの写真を撮ってきたけど、午後五時くらいにはまたストップ高を記録したのだった。信じられなくて手が震えた。じっとしていられなくて、迷わずグループのチャットルームにメッセージを送った。

——六階の小会議室Ａ。三十分、予約してあるから。

私たちは小会議室にこっそり集まって、手早く写真を一枚写してから解散した。私が頭の上に掲げたｉＰａｄには七十二万三千二百五十という数字が記され、画面に写る私たちはかつてないほど明るい表情を浮かべている。画面の数字が大きくなるにしたがって、数字を掲げる私たちの笑顔も大きくなっていった。

二〇一七年十二月十八日

1ＥＴＨが九十万ウォンを突破した。私の暗号通貨の総資産は一億五千六百二十二万ウォンになった。
チャットルームに次々と保存されていくイメージは、グラフのキャプチャー画像、ｉＰａｄを持ったセルフィー、そしてさらに一つ加わった。タトゥーの図案だった。

九月のいつだったか、シベリア風に乗ってみよう、みんなで「めっちゃ粘ろう」と決める一方で、私たちは1ＥＴＨの価格が百万ウォンを超えたら、記念に友情タトゥーを入れることで一致した。でも、タトゥーを入れようという提案に皆が賛成したものの、絵柄については意見が分かれた。私は陰影のある満月の上に筆記体で、To the Moon と書かれたデザインを、チソンは満月の下側に丸く置かれた、両はしが少し折れたリボンの上にレタリングがあるデザインを、ウンサンオンニは満月の直径に沿って To the Moon の文字が月暈《つきがさ》のようにいくつも並ぶ様子を提案したのだけど、それを見るなりチソンと私はウンサンオンニの美的センスをからかった。ウンサンオンニは、そんな態度にむっとしたのか本心なのかわからないけれど、どちらのデザインも気に入らない、と最後まで意地を張った。チソンと私は、二人の図案から一つ決めればいいと思っていたのに。同じデザインでなければ友情タトゥーの意味が薄れるし、どこまでも私たちを引っ張ってくれた将軍、ウンサンオンニの意見を無視するわけにもいかないので、私たちは振り出しに戻って、ふたたび悩まなければならなかった。結局、レタリングの代わりにロケットのイメージを入れる方向でスタイルを変更し、もめることなく意見がまとまった。

二〇一七年十二月十九日

１ＥＴＨが百万ウォンを記録した。私の暗号通貨の総資産は一億七千三百五十七万ウォンになった。

二〇一七年十二月二十日

１ＥＴＨが百二万ウォンになり、ふたたび最高価格を更新した。私の暗号通貨の総資産は一億七千九百七十八万ウォンになった。

私の体には小さくて輝かしい傷あとが刻まれた。指の第一関節ほどの大きさのロケットと、同じくらいのサイズの満月だった。すっきりしたシンプルなデザインだが、月にはいくらか影や噴火口があるため、ただの円ではなく月だということがわかった。月のすぐ下には、かわいいロケットが月に向かって飛んでいた。全体的に細くとがっていながら、先端が丸いロケットだ。胴には丸い窓が描かれ、その下には小さな熱帯魚のひれみたいな翼が三ついていて、後部からは炎がふき出ている。ウンサンオンニは左の二の腕の外側に、チソンは右腕の内側に入れた。私は右ひじのすぐ下に入れることにした。一人が施術を受けているあいだは、残りの二人がずっとｉＰａｄにリアルタイムのグラフを表示して、見せていた。最後の私が施術を受けているあいだは、その日の最高価格を記録していた。そのせいかな？　ううん、思ったより簡単なことなのかな？　そうでなければ、意外と私は痛みに強いのかな？　よくわからないけれど、とにかくタトゥーの施術が行われているあいだ、嘘みたいに痛みを感じなかった。ちょっとチクッとしたけど、喜びでいっぱいだった。

二〇一七年十二月三十一日

1ETHが百三万ウォンを超えた。私の暗号通貨の総資産は一億八千二百六十一万ウォンになった。

一年の最後の日、初めてウンサンオンニとチソンを家に招待した。私がドアロックのパスワードを入力して玄関のドアを開けると、私よりも先に靴を脱いだチソンが、足を踏み出しながら言った。

「うわぁ、かなり広いね。私の部屋もこのくらいあればいいな」

そして何歩か歩いて、右のほうに顔を向けた。驚きの声が続くだろうことは予想どおり。

「すごい。信じられない。こっちにもうひとつ部屋がある！」

私はベッドルームの入り口に寄りかかって、得意顔でカチカチとハロゲンライトを点けたり消したりした。壁に手をついた私の腕に、ウンサンオンニがあごをそっとのせてきて、寝室の中に目をやった。

「ほんと、きれい」

続けて訊いてきた。

「でも、ちょっと寒くない？」

「寒いよ。窓のすぐ前だもの。だから防寒用のカーテンを二枚にして掛けているじゃない」

他にもっと大きな問題があったが、それについてはあえて話さないことにした。じつは、この空間の床にはボイラーの暖房がきていなかった。広い部屋ではないが、ここに立つとひんやりとした冷気が感じられた。これも引っ越し後かなり時間が経って、寒風が吹いたときに初めてわかったことだ。不動産会社がアドバイスしてくれたみたいに、ここにはハンガーラックやドレッサーを置いて、収納用途で使うのがいいかもしれない。でも、私は寒さの中でガタガタ震えて眠ったとしても寝室にする、という誓いを変えられそうになかった。そのうちに一人用の電気カーペットを買うつもりだ。

チソンが食べたがっていた新メニューのピザが配達されるのを待つあいだ、私はミートボールを気前よく入れたパスタを三人ぶん作った。その間、二人はショッピングバッグから引っ越し祝いのプレゼントを一つひとつ取り出していた。チソンは赤ワインを、ウンサンオンニはクリスタルのワイングラスを買ってきていた。一組ずつ二箱、合わせて四個だった。オンニのプレゼントがおおげさに思えて、苦笑いが漏れる。

「もう、一人暮らしなのに、ワイングラスを四つも買ってきたの？」

「ワイングラスはもともとペアで売ってるんだよ。私たち三人なのに、二つだけ買ってくるわけにいかないじゃない？　今日だけ飲むにしても、誰かはワイングラスで誰かはマグカップで飲んだら、かっこ悪いでしょ」

オンニがワイングラスを箱からすべて取り出して、エアークッションを外した。続けて、グラスを逆さにして、底についているステッカーを爪で慎重に剝《は》がしてから、つけ加えた。

「それから、もともとワイングラスとかは、人数よりも多めに買っておくものなんだよ。薄くて、すぐに割れちゃうから」

　そう言うやいなや、なにかがガチャンと割れる音が聞こえた。グラスを先に洗っておくと言っていたチソンが、うっかりグラスを一つ割ってしまったのだ。幸いにもシンクの中で割れたので、破片はあまり飛び散っていなかったが、万が一と思って、急いでチソンとウンサンオンニに私の靴下を重ねばきさせてから掃除機をかけ、何度か粘着クリーナーで床とシンクをていねいに掃除した。チソンと私があたふたと割れたワイングラスの破片を片づけていると、どこからかつぶやき声が聞こえてきた。赤鼻のトナカイのルドルフ柄の靴下をはいたオンニが、椅子の上であぐらをかいたまま、テーブルの上に三つのワイングラスを一列にきちんと並べながら言った。

「言ったとおりでしょ？　なにが、いつ壊れるかわからないんだから。見て。ワイングラスが一つ、二つ、三つ」

　そして私たちのほうに振り向き、にやりと笑った。

「これでぴったりだね」

　机と食卓を兼ねた小さなテーブルの上に鍋敷きを置いた。その上に、ミニオーブンから取り出したばかりの熱いトレーを載せる。ほどよく焼き目のついたチーズがたっぷりと乗ったパスタ。二本のフォークを真ん中に入れ左右に広げると、トマトソースであえた、もちもちしたパスタとミートボールが現れた。とたんに口の中に唾が湧いてくる。ウンサンオンニが手慣れた手つきでワインを開け、チソンがきれいに洗ったワイングラスにワインをたっぷりと注いだ。

次は、祝杯をあげる時間だ。

高く上げたクリスタルのワイングラスを互いに合わせた。その瞬間、信じられないくらい清らかで澄んだ鐘の音がした。その音に私たちは、誰が先ということもなく、驚いて目を見開いて、互いの顔とワイングラスを交互に見た。最初の一口を味わう前に、鐘の音がまた聞きたくて、何度かグラスを合わせながら夢中で笑った。

ワインとパスタ、ピザとサラダを残らず食べると、すでに午前零時に近い。冷蔵庫から缶ビールを取り出して、いままで飲んでいたワイングラスにそのまま注いだ。底に残っていたワインと混じって、ビールが薄いピンク色を帯びた。私たちはｉＰａｄをテーブルの上に立てたまま、イーサリアムのグラフを見ながら新年のカウントダウンをすることにした。緑色の柱と赤色の柱。絶え間なく点滅しながら位置を変えるとがったグラフが、まるでチカチカと光る照明をまとったクリスマスツリーのようだった。

十一時五十九分四十九秒。チソンがスマホのカメラを窓際に固定して、十秒タイマーのボタンを押してからすばやく走って、すでにポーズを取っている私たちのあいだにすっと入ってきた。

「八、七、六、五、四、三、二、一！　ハッピーニューイヤー！」

なぜかフラッシュが光った。私たちはピンク色のビールが入ったグラスで、もう一度乾杯。二〇一八年一月一日。新年が明けた。戊《つちのえ》戌《いぬ》は黄金の戌年らしい。私は数えで二十九歳になり、１ＥＴＨは百五万ウォンを突破した。グラフがきらりと光った。

少年登科一不幸（若くして科挙に合格する不幸）

二〇一八年一月二日

今年の仕事始め式は、代表も含めた全職員がおそろいのトレーナー着用で進められた。地下講堂がかつてないほどに色あざやかだった。本部別に異なる色トレーナーを着て、整然と並べられた椅子に一列に座った。まるでフレーバー別に分けられたキャンディーみたいに。左胸と背中に大きくプリントされたマロンのロゴカラーは、チーム別に少しずつ違っていた。つまり、組織の最大単位の本部は部ごと同じ色で、最小単位のチームはチームごとのロゴカラーというわけだ。

昨年の第4四半期が始まるころ、社内で創立四十周年記念団体シャツの写真コンテストが開催された。告示によると、シャツの形態はトレーナーと定められているが、色やプリントはチームごとに自由にデザインできるらしかった。チームごとに製作注文したトレーナーを着て撮った「奇抜な」団体写真を社内掲示板にアップロードし、いちばん多く推薦数を獲得したチームが一等になり、一等になったチームには飲み会の費用が提供される。そんなコンテストだった。

私はコンテストの準備をしながら、こんなイベントの企画には目的があるはずだと、あれこれ考えてみた。たぶん「社員の士気を高める」とか「愛社精神の醸成効果」ぐらいの目的が企画案に書かれてなかったっけ？　もちろん、トレーナーをもらって着ればいいだけの人は、新しい衣類のにおいがするやわらかな裏起毛トレーナーを身に着け、同じトレーナーを着て一列に並ぶ人たちを見て、一瞬は士気が上がるかもしれない。でも、準備する人は必然的に士気が下がるものだ。ましてや業務と少しも関係がないこんな仕事の担当者はたいてい最年少だ。ほんとうの意味の最年少だったら、担当業務の重要性や量が相対的に下がるので、こんな雑務を任されてもしかたないけど、うちのチームはちょっと話が違う。

ブランド室で唯一、何年も新製品がなく、形だけのチームを維持してきていたので、私の入社後は新入社員の枠が一度も割り当てられることがなかった。その当時から現在まで、私がずっと最年少だ。年を追うごとに会社の新卒採用の人数が減るうえに、採用しても、うちの会社の看板といえるチョコレートチームか氷菓チームに行ってしまうので、スナックチームに配属されることはなかった。足掛け五年、違う、新年が明けたから六年だ。だから私みたいなケース、つまり新入社員、いや、「名目上の最年少」の現実は、いちばん仕事に追われている時期に団体トレーナーのデザインと製作、サイズ集めから発注までやらないといけない苦痛を味わっているのだ。

さらに大きなストレスはチーム長の要求事項から始まっていた。うちのチームの団体トレーナーを、「日常でも着ることができる」コンセプトで企画してほしいと言ってきたからだ。

「毎年こんなふうにイベントやワークショップのたびに、おそろいで作っては捨てられるの、ほんとうにもったいなくないか？　どうせ作ったときに一回だけ着ておしまいだろ。浪費だし環境汚染だよ」

ここまでは私も完全に同意の立場だった。でも、これに対する結論がおかしかった。

「今回は、日常にも着られるデザインをコンセプトにしたらどうだ？　普段から社外に着ていってもおかしくないように。その服を普段着とコーディネートしてきて、撮った写真をアップロードするんだよ。最近はそんなのが流行ってるだろ。その日に着ている服を自分で撮影してネットにあげるのが、言葉の先頭に井戸の『井』の字をつけてさ。あれ、なんて言ったっけ？」

チーム長が私を見ながら訊いてきた。

「ハッシュタグ、ｏｏｔｄですか？」

「うん、それそれ。で、どういう意味だっけ？」

「Outfit Of The Day（今日のコーデ）……だと思いますけど？」

「とにかく、そんな感じで撮るんだよ。画期的だよな？　そのくらいやったら一等を取れるだろ？」

会社の団体トレーナーで今日のコーデだなんて……会社が望んでるのはそんなんじゃなくて……コンテストで求められるのは団結と統一……私はなんでチーム長が会社で孤立してしまったのか、わかる気がした。

「やっぱ九〇年代生まれがやるべきだよな？　こういうのは」

その言葉に、会議室に集まっていたチームメンバーたちの視線が一斉に私のほうに向けられた。ああ、嫌になるほど見飽きた表情。いわば「最近の若者」のキラキラした、弾けるようでセンスのある、なにか斬新な、とにかく、そんななにかを期待している顔。ほんとうに私には重荷でしかない、根拠がなく、でたらめな期待。私は一九九〇年生まれで、あと一つ歳をとれば数えで三十歳だ。でも、彼らは——何人かは私といくつも違わないのに——まるで私に預けておいたみたいに、「二十代の感覚」「最近の感性」「ミレニアル世代の好み」だとか「新しいアイデア」を出せと急き立ててきた。

「タヘさんが準備して。明日の午前にある週一回の会議で、みんなで集まってちょっと見てみよう。普段着としても着られるデザインでよろしくな」

私は暗憺《あんたん》たる思いになり、心の中で繰り返した。そんなのは……そんな仕事は……ありえないです……チーム長……会社のロゴなんて日常に入り込めるわけないし……最初から前提自体がまちがっているのを疑いもせず、自分で作った誤った枠組みの中で、不可能なことを要求している。なんて言えばいいんだろう？　チーム長が好きなコーヒーに例えれば、「熱いアイスアメリカーノをください」って言うのと変わりない言葉だ。

せっかく早く帰宅する計画だったのに、団体トレーナーのせいでオフィスに閉じ込められることになった。まっさらなパワーポイントの画面にトレーナーの形の図形を置いた。右クリック。カラーパレットを開き、淡い色を中心にいくつか作った。その上に、ロゴの背景が透明なｐｎｇファイルを乗せた。キーボードの矢印キーの上、下、左、右を叩いて、ロゴの位置をあれこれと変えてみた。ため息しか出なかった。

今度はマウスでロゴの角をつまんで、拡大したり縮小したりしてみた。いったいどうやったら日常的に着ることができる団体トレーナーが作れるんだろう？　角をつまんでぐっと大きくしてから、また反対方向にぐっと縮めてみた。縮めて、縮めて……また縮めて……ロゴが粟《あわ》粒くらいになった。

ともかく小さければ小さいほどいいはずだ。最初からなければもっといいけど。これといってよい案が浮かばなかった。ほんとうに、答えが出なかった。私はいったい、なにをしているんだろう？こんなことのために残業をしないといけないの？

そのときだった。どんどん小さくなるロゴが点になり、いくら縮小してもこれ以上は小さくならなくなったとき、アイデアがひとつ、閃光のように脳裏に閃《ひら》めいた。やはり、人は簡単には死なない、という言葉が浮かぶ。ほんとうに必要な霊感は絶体絶命の瞬間に降りてくるって言ったっけ？まさにこれが六年目の会社員の危機管理能力ってことか？　私はなにかに取りつかれたみたいに夢中でキーボードを叩いて、パワーポイントの画面を埋めていった。

翌日、週一回の会議が終わろうとするころ、チーム長が唐突に話を切り出した。

「そうだ、じゃ、最後にトレーナー企画案を見てみようか？」

私は会議室のモニターに接続されたケーブルを自分のノートPCにつなげた。昨日作成しておいたパワーポイントのファイルが画面に映し出された。

「とりあえず暖色系のクリームホワイトでトレーナーを作成してみました」

そこまで言ってから、一度チームメンバーたちの表情を見回してみた。悪くなかった。

「それから左胸に四十周年記念ロゴの刺繍《ししゅう》を入れるんです。このくらいの大きさで」

親指と人差し指をつけて丸を作って掲げてみせた。みな気に入ったのか、単に会議に参加しているのを表すために出した歓声なのかわからないけど、声をあげながらゆっくりとうなずいた。

「この刺繍を白色で入れるんです」

「ううん？」

なにを聞いたのかわからないという感じで、チーム長が目をぱちくりさせながら変な声を出した。

私はスライドを次ページに切り替えて、くわしく説明することにした。

「刺繍は一般的なプリントに比べて、単価は少々上がりますが……」

チーム長が私の言葉を遮った。

「白色に白色の刺繍を入れるだって？」

「生地の色はクリームホワイトです。色は似ていますが、刺繍は明るいアイボリーに近い色ですし、素材が違うので……」

「いや、材質がどうのこうの言っても、白色の生地に白糸を使うってことだろ？」

「……そうです」

「それじゃいったいなにを見ろというんだ？」

見るなということですよ。普段着として着られるようにって言ってたじゃないですか……。いや、言わないことにしよう。私はすでに自分が取った方向性がまちがっていたことに気がついた。昨晩アイデアが浮かんだときは、明らかに難関を突破する一筋の光のような、画期的アイデアだと思ったのに、いまあらためて見るとそうではなかった。すでにチーム長が気に入ってないのに、これ以上なんて言えばいいんだろう。私は時間が過ぎることだけを、そして会議室のこのあとの時間を予約したチームが入り口をノックすることだけを願った。

「生地の色と文字の色が同じなのに、どうしてロゴが見えるんだ？」

チーム長がふたたび訊いた。

少年登科一不幸（若くして科挙に合格する不幸）

「ドラッグしたら見えるのか？」

私は想像の中で切りとったチーム長を、静かにドラッグしてごみ箱に移し、そのごみ箱を空にすることで、その瞬間を耐えた。

がさっ。

からん。

一週間後、また全社告示があった。チーム別に進められていたアイデア会議を唖然《あぜん》とさせるもので、来年の仕事始め式で団体トレーナーを着ることにしたから、デザインに裁量の余地を与える件はすべて撤回する、一種類のデザインに統一し、一括製作後に配布することにした、ということだった。たぶんこの告示に、チームのトレーナー担当者たちの多くが快哉《かいさい》を叫んだはずだ。うちのチームは、マロンの象徴であるレンギョウ色にチーム長が選んだ赤色で記念ロゴを入れたトレーナーを着ることになった。これで永遠に普段着として着られることのないトレーナーがもう一つ、地球のゴミとして生産されたわけだ。私たちはそのおそろいのトレーナーを着て撮った団体写真で、コンテストにも参加したけど、票はあまり集まらなかった。


仕事始め式が終わってから、チーム長が私を呼び出した。

「やはり、タヘさんはまだ若いから、黄色がよく似合う」

私はあいまいな笑いでごまかした。

「うちのチームも十年記念の飲み会を一度やらないとな。今月末か来月の初めに取ってくれ。この前行った分厚い三枚肉を焼く店、よかっただろ？　全員が出席できる日で、あの店に予約を取ってくれ」

続けて、団体写真コンテストで受賞して賞金を取ったら、牛肉を食べようと思っていたのに残念だ、と心にもないことを言った。チーム長は絶対に飲み会で牛肉を食べようと言う人ではなかった。割り当てられた飲み会の予算を超えたわけでもないのに、いつも上司の室長の顔色をうかがって、他のチームよりも飲み会代の予算が少なくなるように、また、うちのチームがブランド室のなかでいちばん飲み会代の支出が少なくなるように、気をつかっていた。一言でいうと、忖度《そんたく》するスタイルだ。

「そうだ、急に訊きたいことを思いだしたんだけど……」

チーム長がためらいがちに話題を変えた。「そうだ」も「急に」の二つとも不自然だった。このわざとらしい言い方からすると、私を呼び出した理由はじつは飲み会ではなくて、まさにこの件みたいだ。いったいなんだろう？

「タヘさん、もしかして……仮想通貨のやり方を知ってるか？」

話の本題が別にあると予想はしていたものの、それがこんな質問だとは思ってもみなかった。意外な質問に慌ててしまったし、なんとなくくわしくは話したくなかったので、前にやったことがある、という程度で適当にごまかした。

「どうやるのか、ちょっと教えてくれないか？」

「それは……まずアプリをダウンロードするところからやらないと」

チーム長が出してきたスマホを受け取った。ストアを開いてビットＧＯアプリをダウンロードしようとしたところ、どれだけ長いあいだＯＳをアップデートしていなかったのか、チーム長のスマホにはダウンロードできなかった。

「チーム長のスマホには入らないですよ」

「なんで？」

「OSのアップデートからやりますから。してもいいですよね？」

「うん、仮想通貨ができるようにしてくれればいいから」

「これからは、できれば自動アップデートをオンにしておいたほうがいいですよ」

「いやあ、俺はそういうの面倒くさくて嫌なんだ」

それ以上は言い返さず、やることだけを黙ってやった。まずチーム長のスマホのOSを最新バージョンにアップデートしてから、ビットGOアプリをダウンロードし、加入の手続きをして、バーチャル口座の開設に必要なことを、チーム長のくたびれた手帳に絵と共に順序どおりに番号までつけて書いたところで、やっと会議室から出てこられた。

そのときになってやっと、大切なシグナルが届いたことに気がついた。

席に戻るとすぐにメッセンジャーを立ち上げ、急いでB03グループチャットルームを見つけて、メッセージを送った。

――どうにも潮時みたい。

チソンのメッセージが先に届いた。

――なんの潮時？

――イグジットする潮時。

少ししてウンサンオンニが答えた。

――じつは私もそう思っていたんだ。

＊

噂、聞いた？　購買チームのカン・ウンサンさん、退社するんだって。

前に、自分の席で品物を売っていたあの人？

ええ。まだ退社したわけじゃなくて、辞表を出したんですって。一か月ほど引継ぎをしてから辞めるみたいで。

あのチームの仕事、あの人がほぼ一人で全部やってたんじゃなかったっけ？

だから、あのチーム、急いで人を採用してるんですよ。

あの人に決済をあげないといけないんだけど、担当者が代わる前にやっておかないとな。

でも、あの人、ちょっと怖くないですか？

だよな。表情もそうだけど、すごく小言が多いし。

ほんと笑える。購買担当があんなに威張ってるの初めて見たもの。まるで自分のお金で買うって態度なんだから。

面倒くさいから、一度で終わらせようと思ってご機嫌を取ってるのに、マロン製菓のお金を握ってるのは自分だって思ってる。

入社してちょうどあのくらいが、思い上がる時期なんだよ。

あのチームの同期に聞いたんだけど、もともと社会性がかなり低いみたいで、ランチもみんなとはほとんど一緒に食べないんだって。

見たことがある。経理チームのオーオーと食べてたっけ。

でも、あの子、仕事はちゃんとやってたと思う。その前の人より。

たしかにそうですね。

でも、そんなに堅い感じの人が、自分の席に品物を並べて商売してるって聞いて、びっくりしたもの。

あのときもそんなに優しくはなかったな。

ですよね。私、すごい常連だったのに、二千五百ウォンを後払いにしたら、入金の督促メールが三時間に一回送られてきて。嫌気がさして、それからは行かなくなっちゃった。

もしかして人事チームに告げ口したの、あなたじゃないの？

私じゃないですよ。

誰が言いつけたんだろう？　けど、お店があったときはすごく便利だったのにな。

そうですよ。絆創膏とか消臭剤とか売ってましたからね。

ところで、辞めてどこに行くんですか？

転職じゃないんだって。もう仕事はしないらしい。

ビットコインで大金を稼いだから辞めるって噂もありますよ。

そうだ、それね。

信じられない。

私も聞きましたよ。ビットコインで数十億稼いで、江南に不動産を買って、マセラティに乗ってるんだって。

えー、すごい。

うらやましすぎる。

わあ、いいなあ。

ああ、くっそ。ロトなんかいくら買ってもしょうがないな。俺たちもその金でビットコインを買っておけばよかったのに。

いまからでも始めたほうがいいのかな？

まったく、パク代理は！

はーい、チーム長。

盛大に飲もうとしてるのに、あっちのテーブルはなんであんなに騒がしいんだ？　さあ、みんな、グラスが空だったら注いで。あ、ユン課長のグラスが空いているじゃないか。もう、それは空にして、新しく注がないと。横のパク代理が注いで。そう、そう。もうグラスが空の人はいないよな？　さあ、昨年も一年間、お疲れさまでした。今年もがんばろう。スナックチームの新たな一年を祝して、乾杯！

乾杯！

ところで、さっきあっちで購買チームのカン・ウンサンさんの話をしてたよな？　俺もあの話を聞いたんだけど……正直言って、うらやましいか？　いいと思うか？　よく見えるよな？　でも実際はそんないいもんじゃないぞ。宋《そう》の時代の学者、程頤《ていい》が言った言葉がある。「少年登科一不幸」、人生には三大不幸があるというやつだ。まず、「有高才能文章」。生まれつき優れた才能があること。

少年登科一不幸（若くして科挙に合格する不幸）

最初からずば抜けた能力があったら、どうなる？　努力しなくなるんだよ。生まれつきの才能なんて、そんなもんなんだよ。結局、自分の能力を磨き上げられないから、輝きは失せるしかないんだ。自分を過信すると、そうならざるをえないよな。二つ目は、「席父兄弟之勢」。両親や兄弟に権力があることが、二番目の不幸だって言うんだ。両親の財力、権力なんかを頼りにしていると、自分で成し遂げるとか、実りある経験ができないんだよ。努力する意欲が湧かないんだ。人を頼りにして、現状にあぐらをかくだけなんだよな。そうなると人間には、進歩がない。進歩がなければ淘汰《とうた》され、最後にどうなるか。「少年登科一不幸」なんだ。「一不幸」がどういう意味かというと、いちばん不幸だっていうことだ、「少年登科」するのが。すごく若くして科挙に合格して出世すると、人生をろくに生きていないうちに高慢になってしまうってことさ。幸せそうに見えて、じつは不幸への近道なんだよ。三大不幸のうち、これがいちばん不幸なんだ。カン・ウンサンがあの年齢で数十億を稼いだ？　それって現代で言えば、「少年登科」と同じだよ。もしもほんとうなら、あの若い女が努力もしないでそんなに大金を手に入れたっていうことは、その時期を通り過ぎてきた人間から見ると、そんなによく見えないんだ。彼女、気をつけないといけないな。誘惑も多いだろうし、だまそうとする人間も多いはずだ。だから、人間は誰でも年齢にふさわしい経験をするように、定められているんだよ。あの子、何歳なの？　数えで三十歳？　まったく……ちょうど仕事を学んで、人脈を作って、経験を積まないといけない年齢に、大変だな、まったく。あ、そうだ、タヘさん！　なんで、そんなに驚くんだ？　タヘさん、カン・ウンサンと親しくなかったっけ？　毎日、昼ご飯を別に食べるって出ていって、彼女と食べてたよな。二人、友人だろ？　うむ、友人としてアドバイスをちゃんとしてやれよ。軽はずみな行動をしないように、必ず忠告をしてやれよ。タヘさん、どうしたんだ？　額に両手を当てて……伝統的な花嫁のお辞儀か？　なんで突然俺にお辞儀するんだ？　ありがたいお言葉に感謝してるのか？　もう、そこまでしなくても。俺が人生の先輩として、このくらいの話をしてやるのは当然だろ。でも……かなり酔っているみたいだな？　おい、誰がこんなに飲ませたんだ？　おい、タヘさん！　チョン・タヘ！　なんだよ！　こいつお辞儀したまま眠っているのか？

三部

凪と静けさ

二〇一八年一月三日

1ETHが百三十一万ウォンになった。まさにその前日、三人のグラフは上がるだけ上がったと判断し、私たちは1ETHが百三十万を超えたら、すっぱりイグジットしよう、ということで同意していた。百三十万にしたのは、その金額になるのはまだちょっと先のことだと思っていたからだ。いざ自分たちで決めておいた限界点をたった一日で突破してしまうと、人間の気持ちというのは決めておいたとおりにはならないと、あらためてわかった。ウンサンオンニは、「上がる速さが尋常じゃない」「かつてない急騰の勢いが感じられる」「この勢いなら百五十万ウォンまで行きそうだ」と、もうちょっと持っていたほうがよさそうだ、と発言を変えた。この波に一年以上乗ってきたサーファーの勘を信じてくれ、と。ウンサンオンニが言わなくても、そうするつもりだった。パニックのときに買い、喜んでいるときに売れという言葉があるけれど、いまはその喜びの瞬間ではないと判断した。喜びの瞬間を思い浮かべてもいないうちに、その瞬間が訪れたわけだ。ならば、これはほんとうの喜びじゃない。喜びはもっと大きく、目の前が開けるように訪れるはずだ。私たちはそう信じることにした。

二〇一八年一月四日

1ETHが百五十万ウォンを突破した。百五十万ウォンまでいきそうだというウンサンオンニの予想が一日で的中したわけだけど、そんな推測をしたカン・ウンサン本人を含め、こんなに短時間で突破するとは誰も予測していなかった。私たちは退勤後、コーヒービーンの第四車両に急いで集まった。

「もう全部売り払ってやめるべきなんじゃない？」

私の言葉にチソンが突然、すすり泣きはじめた。

「すごくくやしい」

不意に泣いたチソンが、中指の内側で、頬に流れた涙のあとを左右交互に拭いながら、涙声で話しつづけた。

「くやしいっていう気持ちが、いまの状況にふさわしくないのはわかってる。でも、その言葉ばかり、浮かぶの。くやしいし、無念だし、残念だし、恨めしい」

「誰に対して？」

「それはわからない」

　チソンはそんな気持ちはふさわしくないと言ったけど、私にはそれがどんな気持ちなのかわかる気がした。私も昨年三千万ウォンほどの利益を手にして、やめようと思ったとき、まったく同じ気持ちになったし、さらにいまも、そんな気持ちはないと言ったら嘘になるから。そのくやしさがどこに向けられているのかわからない、という混乱も同じだ。

「オンニたちは、はっきり言って、稼げるだけ稼いだじゃない。私はこれからなの。いまもすごく上がっているし、もっと上がってほしいって思うのが欲張りなのはわかっているけど。株も価格が上がっているのを売って、下がるのを買わないといけないって言葉があって、こういうときは売らなければいけないものだって、私もわかっているんだけど……なかなか気持ちが固まらない。オンニ、ほんとうにここが頂点なのかな？　もっと上がらないのかな？　ううん、もっと上がらないとダメ。知ってるじゃない、私にはお金が必要なの。なにか始めるのにも、私の給料じゃ足りないんだってば」

「わかるよ」

　オンニが続けて言った。

「私もここが果てだって考えると、いまも残念」

　チソンをなだめる言葉なのかな？　いや、本心かな？　たぶん高確率で本心のはずだ。ウンサンオンニが次にこう言ったからだ。

「私もまだ売れないな。もう少し粘ってみよう。この勢いだと百万ウォン代後半までいくと思う。そのときは、ほんとうに……全部売り払ってやめられると思う」

二〇一八年一月七日

1ETHが百七十万ウォンを突破したとき、私たちは額を突き合わせるように集まっていた。私が先に口を開いた。

「正直言って、ちょっともう怖い気がする」

「でもやめられないんでしょ?」

ウンサンオンニの質問に、チソンと私はうなずいた。

「私たち、じゃ、次は最初から売却する線をきっちりと決めて、それまでは粘るってことにして、しばらく持ってようか?」

「いくらにする?」というチソンの言葉に、オンニの視線がしばし手元のグラフに止まった。

「切りのよいところで」

と言うと、指でV字を作ってみせてから、言葉を続けた。

「すべて売却を二百万にしよう。どう?」

「いいよ」

チソンだけずっと無言だった。

「あんたはもっと待っている?」

「……私もいいよ」

オンニが指で作ったV字を、私の目の前に一度、そしてチソンの目の前でも一度、力強く振った。

二〇一八年一月八日

1ETHが二百万ウォンを記録した。ビットGOアプリで、二百万ウォンになったら自分が保有するイーサリアムが売却されるよう設定してから、十時間も経たない。

ウォンで計算された私の暗号通貨資産の現況が表示された。私はそれを現金にして、連携させておいた通帳に引き出した。現実感がまったくなかった。グラフは二百万ウォンを超えて高騰しつづけていた。

二〇一八年一月九日

1ETHが二百十九万ウォンを記録した。ウンサンオンニが朝から騒ぎまくった。

——ああ、もう少し待てばよかった！

チソンがおどおどと言った。

——あのさぁ……じつは私、まだ売ってないんだ。

——なに？　私たち一緒に二百万ウォンで売却することにしなかった？

——そうしようと思ったんだけど……オンニたちはそれでもいいけど……私はリスクに耐えてでも、もうちょっと稼がなきゃいけないと思って。

こいつ、見た目よりも度胸があるんだ、って心の中でこっそり思った。いまも上がりつづけるグラフに乗っているチソンのことが、ものすごくうらやましいし、そんなふうに感じている自分にちょっと驚く。

二〇一八年一月十日

1ETHが二百三十八万ウォンを記録した瞬間、断崖絶壁のようなグラフとともに、グループチャットルームにウンサンオンニのメッセージが届いた。

――チソン、まだ売ってないの？

――オンニ……ああ、心臓がどきどきする……ちょっと前に全部売却したよ。

――いくらで？

――二百三十七万で。

――やったね。

――やったよ。

そのメッセージを最後にチャットルームが静かになった。

沈黙がしばらく続いた。

次の日、その次の日も。新年が明けてから十日間、睡眠時間はのぞき、昼も夜も、一日じゅう出つづけていたポップアップ通知が静かになった。絶えずにぎやかに表示されていた線と数字、そして注文メッセージが止まった。激しく降り注ぎ、ぬかるみになっていた欲望の雨音が止まった。

高く険しい岩山の頂上に登り、荒い息を整えるように。激しくうねる波の上でいかだひとつを頼りに、波にのまれながらもかろうじて陸地にたどり着いたように。私たちは激しく変化するグラフの上から平地に足を下ろした。そうなってから初めてめまいに襲われた。

最終的には、

チソンは二億四千万ウォンを稼いだ。

私は三億二千万ウォンを稼いだ。

ウンサンオンニは三十三億ウォンを稼いだ。

私にはこれらすべてのことが二〇一七年五月から、二〇一八年一月までの、たった八か月のあいだに起きたのだった。

木の枝に糸のように飛んできた

二〇一八年三月十七日

以前、自分の席に品物を持ち込んで売っていた購買チームのカン・ウンサンがビットコインで大儲けして、江南にビルを買って、マセラティを乗りまわしているらしいよ。

退職予定のウンサンオンニについて流れている噂は、一つひとつ確認してみると、外れてはいないものの、どれも事実とは微妙に異なっていた。

まず、大金を儲けたのは事実だったが、オンニが買ったのはビットコインではなくイーサリアムだ。それに、江南にビルを買ったのではなく、聖《ソン》水《ス》洞《ドン》【訳注／ソウル東部の城東区にある町で、町工場をカフェなどに改造した店が多く若者に人気のエリア】の五階建てのミニビルを一棟買って、ビルオーナーになっていた。私はあれほどの大金がなければ購入できないものに「ミニ」という別称がつけられることにびっくりした。マセラティは買ってないが、少ししたら車を買うつもりで調べているところらしい。BMW、ベンツ、そしてマセラティのどれを選ぶか悩んでいるらしいけれど、おそらく先週末にマセラティの展示場からパンフレットを持って出てくるオンニの姿を、誰かが目撃したのだろう。でも、厳密に言うと、まだ購入したわけではなかったし、「乗りまわす」だなんて、もっと事実とはかけ離れていた。

——みんなが事実と違うことを、でっち上げていたよ。ひどいのは、自分が見たとか言ってるし。

——私が試乗するのを、誰か見たのかも。

——試乗?

——うん、事前に申し込んでおくと、車を運転できるんだ。あんたも一緒に行く?

それが、今日私たち三人がベンツ展示場の前で会うことになった理由だ。私もいつかは車を持ちたいという気持ちはあるものの、すぐに買うつもりはなく、ましてやこんな高い輸入車を買うなんて、夢にも想像したことがなかった。でも、オンニについていって一度試乗してみたいって気がしたし……春の気配も感じられたし……あれこれ理由を並べたけれど、ほんとうは今日ウンサンオンニと約束したいちばんの理由は、とにかくオンニに会いたかったから。足掛け六年、実質的には五年間、毎日のように会社で顔を合わせていたオンニに、会わなくなってからもう十日以上経っていた。まだ退職はしていなかったが、未消化の年次有給休暇がたくさんあるため、一気に消化しているところだそうだ。今度の金曜日が正式な退職日で、その日だけは出社して社員証とコンピューター一式を返却する予定だ。

ひさしぶりに会うウンサンオンニの表情は、以前に比べて見るからに明るくなっていて、なによりも、はるかに生き生きとしていた。澄んだ瞳が輝き、目元や口元は、なんというか、おだやかですっきりしているように見えた。さわやかな印象さえする。そして、全体的に驚くほど皮膚がつるつるしていた。まるで誰かがハチミツかなにかを二本の指で塗ったみたいに、こめかみから頬骨までななめに輝いていた。天井に取りつけられたダクトレール照明がまっすぐに当たる場所に、オンニが立っているとはいえ……いくらそうだとしても……オンニの横顔できらきらしている光は、どうやら外部から差し込んで反射している光ではなさそうだった。明らかになにかが違った。反射ではなく発光。文字どおり、光を発して輝いていた。まるで、顔の内側でなにかを明るく点灯させているような光。それは明らかに、内から外へとにじみ出る艶《つや》だった。

勤め人には退職が最高の栄養剤になるというけれど、やはりそういうものなのかな。まだ退職していないのに、退職予定というだけで、人は顔色がこんなによくなるものなんだ。そんなふうに思いながら、オンニが立っているところに近づいていくと、オンニが私をみつけてこう言った。

「びっくり、見ないうちに顔色が明るくなったね」

「私？」

「そうだよ。肌がつやつやと輝いているよ」

ちょうどそのとき、私がなにかを言い返す間もないほどのタイミングで、チソンが回転ドアを通って出入り口に入ってきた。チソンが私たちの前に立つと、ウンサンオンニと私がチソンを指さして同時に叫んだ。

「ちょっと、あの子の顔色がよくなったの見て」

私たちが出会ってから、もっとも明るく、健康的な顔で笑った。ほんとうに不思議だった。実際に変わったことなんて、ほとんどなかった。ウンサンオンニは辞表を出したけれど、私たちはまだ同じ会社に通っていたし、今年の評価も〈まあまあ〉グレードで、相変わらず五坪、六坪、九坪のワンルームで暮らしていた。社内食堂で食事をして、たまに全州式コンナムルクッパや、うどんがついてくるとんかつ定食、ラーメンの替え玉がいくらでも頼めるキムチチゲなどを食べたり、ときどきショートケーキを買って食べたり、ハットグを砂糖にまぶして食べたりしていた。ところが二〇一八年一月八日から、私たちの住む世界はすっかり変わってしまったようだ。それはわずかな言葉では説明できない、じつに大きな変化だった。私たち三人の顔に浮かぶ、説明できない輝きぐらいに。

「入ろうか？」

何度も体験しているかのように、オンニが堂々と先に立って展示場の中に入っていくと、正装をすっきりと着こなしたディーラーが、私たちの前に足早に現れた。近づいてくる彼の表情から「若造たちが、なんの用だ？」といった感情が読み取れたのは……私たちが若造みたいに見えたからかな、それとも実際に若造だからなのかな。

オンニは車を買うつもりだと言って、ディーラーと二言三言、言葉を交わし、私とチソンは居心地悪そうに展示場を見学した。ディーラーが、三人のなかでいちばん不自然さのないオンニを見ながら訊いてきた。

「ご検討中のモデルはありますか？」

「Cクラスから見たいんですけど」

「よいお考えですね。女性が乗られるのなら、Cクラスぐらいで十分かと」

その言葉にチソンと私がびくっとして、とっさにウンサンオンニのほうをちらりと見た。案の定、オンニが一度目をぎゅっと閉じて白目を見せてから、ふたたび開けるのが見えた。

「いえ、言いまちがえました。私はＣＬＳやＥクラスから見ることにします。Ｓクラスも見せてください」

その次の言葉は、私たちを心底驚かせた。

「私たち三人とも、買うつもりです」

なにか聞きまちがえたと思ったのか、ディーラーがもう一度訊いた。

「はい？　お三方とも……契約なさるんですか？」

「そうです。私たち三人とも契約します。この子たちもＥクラス以上で。でしょ？」

チソンと私の目を交互に見ながら話すオンニのまなざしがあまりに鋭く、私たちは自然とうなずくしかなかった。

思いもよらず、車を買うふりをしなければならなかった。理由はわかるようでわからない。こんな高級セダンのことはなにも知らなかったので、ただオンニの行動をそのまま真似るしかなかった。オンニが「ふうむ」と感嘆詞を使えば、私たちも「うぅむ」と言い、「ワオ」と言えば「おお」と言った。「これがいい」と言えば、「いいね」と言って、車体か内部のどこかを触りながら「こんなのがいいよね？」と言えば、そっちを見ながらうなずいた。私たち三人のあとについて回りながら、新しく追加されたスペックやオプションなど、車についてあれこれ説明してくれていたディーラーが、三人の誰に対してかはわからないが――たぶん三人に対して――質問をしてきた。

「お客様、失礼ですが、もしかして事業をなさっているんですか？」

オンニが代表で答えた。

「いいえ」

「あ、はい」

そんなふうに会話が終わってしまうと、ディーラーはなにか口の中で転がしている人みたいに、唇を少しずつゆがめた。その姿を見たオンニが、その唇からすぐに視線をそらして、独り言ともそうでないとも取れる口調でつぶやいた。

「すごく気になるみたいね」

「はい？」

ディーラーが訊き返し、オンニが繰り返した。

「私たちがどんな仕事をしているのか訊きたいみたいですね、とっても」

「はは、じつはそうなんです。すごく気になります」

オンニがEクラスのエクスクルーシブ・モデルのボンネットの上に突き出ているベンツのエンブレムに小指をそっと置いてから離した。

「わたしたち、普通の会社員です」

「そうなんですか？　いい会社にお勤めなんですね」

「この世の中にいい会社なんてないですよ」

「はは、それはそうですね。それでは、こちらにお掛けになってお待ちいただけますか？」

ディーラーは、私たち三人がいい加減に選んだオプション別に、いつ納車が可能なのか、また、試乗予約が一人ぶんだけだったので、追加で私とチソンも試乗できるか調べてくるそうだ。片隅に置かれた低めのガラステーブルのまわりに置かれたクッションチェアに、私たち一人ひとりが座ると、ディーラーがテーブルのはしにあった取っ手つきの小さなバスケットを、私たちの前に引き寄せた。

「これを召し上がっていてください」

やれやれ。バスケットに山盛りに入っていたのは個別包装のミニ・チョコボムだった。マロン製菓の定番アイテムで、実質的に私たち全員の給料を稼ぎ出してくれていると言ってもいい、あのチョコボム。重量と包装タイプによって、さまざまなバージョンがある中でいちばんよく売れている、ぽいっと一口で食べられるミニタイプ。私たちは黄色の包装紙に描かれた、見慣れたマロン製菓のロゴを見て、にやりとした。ディーラーが不思議な空気に気づいたのか、訊き返した。

「あっ、これ、あまりお気に召さないみたいですね」

チソンが手を振った。

「いえ、そんなことはないです」

私たちはなぜか先を争って話していた。

「この世にチョコボムが嫌いな人がいるわけないじゃないですか」

「チョコレートバーの中で、正直言ってチョコボムがいちばんおいしいですよ」

「もちろん」

「お気になさらず」

私たちはなにかを証明してみせるかのように、チョコボムの包装紙を剥がして、一つずつ口に入れた。表側のかたいダークチョコレートが割れると、とろりとしたミルクチョコレートが口の中に広がり、最後は香ばしさとほのかな甘みが感じられる栗の実がほろりとくずれる。

ディーラーが場を離れると、私はチェアを引いてウンサンオンニの真横に行き、袖を引っ張った。

「オンニ、いったいどうしたの？　私たちが車を買うだなんて。見学に来ただけなのに」

「買うふりをするだけだよ。それに私は他で契約をするつもりだし」

チソンが、そうだと思ってたと言うようにクスッと笑って、頭を左右に振った。私はディーラーが去っていった方向を振り返って、まだ来ていないことを確認してから、もう一度オンニの耳元で静かに問いかけた。

「なんでまたこんなふうに意味もなくいじわるをしてるの？　最近働いてないから、エネルギーに満ちてるってるわけ？　ここで契約しないんだったら、もう行こうよ」

オンニがふてくされたように言った。

「さっきの人が、私がもっとも嫌いな言葉を口にしたんだもの」

「なんて？」

「そのくらいで十分だ、って言葉。お前にはそのくらいで十分だって言葉。私、その言葉がこの世でもっとも嫌いなの」

やっぱり、そんなことだったんだ。ウンサンオンニが声を低くしたまま続けた。そのくらいで十分だって言葉が、ほんとうに嫌い。そんなふうに人を見下して言うなんてありえない。言われるたびに、「そのくらいで」という言葉の前に、「自分は違うけど」という言葉が省略されているように聞こえる。自分にとっては不十分だけど、お前はその程度で十分だ、そのくらいで感謝しろ。そんな言葉は欺瞞《ぎまん》に満ちている。そんな言葉を使う人間の面々をよく見ておいて。ほんとうに自分も含めて、誰にとってもなにひとつ不足ないと思って口にしている言葉なのか、よく覚えておいて、と。

「いや、タヘとチソンはこの際、ここでベンツを買おう」

オンニったら、今日はどうしてこんなに暴走しているんだろう。

「なに言ってるの？　そんなお金もないし、駐車場もないよ」

「どうせ引っ越すでしょ？　家を探しているって言ってたよね」

「まだ先だよ」

ウンサンオンニがミニ・チョコボムの包装のはしをくわえ、手でもう一つのはしを引っ張って、びりびりと引き裂きながら言った。

「あんたは、車を買ったらその場で家に持っていくと思っているの？　どうせ待たないといけないんだよ」

「一緒に買おう。駐車場なら、近所の月極駐車場を借りればいいし。ううん、うちのビルにとりあえず駐車すればいいから」

「そうなの？　そうは言っても……」

そのときまでは、オンニが冗談で言っていると思っていた。

でも、きっちり一か月後、チソンと私は小型ＳＵＶの新車を五年の分割払いで契約していた。オンニが契約したベンツのＥクラスに比べれば小型だが、軽く私の年収を超える価格の車だ。向こう見ずというか、気概というのかわからない選択だ。私はスノーホワイト、チソンはオーシャンブルーを選び、二人ともパノラマルーフのオプションをつけたので、とてもかわいかった。

初めて自分の車のキーを手にしたとき、小さなファーポンポンがついたキーホルダーを買ってつけた。なんでわざわざ暑苦しいものを買ったの？　とウンサンオンニにさんざん言われたけれど、私はこのキーホルダーが純粋に気に入っていた。毛先が少しずつ光る、もこもこした桜色の毛玉が、私の目にはまるで綿あめのように見えたからだ。口に入れたら、甘いイチゴの味がしそうな。

そのせいか、最近は幼かったころに学校の前で売っていた綿あめのことを、しょっちゅう思いだすようになった。水曜日ごとに下校時間の通学路に、大きな缶のような機械を後部座席に積んできて、甘い香りを漂わせながら停まっていたオートバイと、過ぎ去った日の雲をつかんできたみたいに、半透明のビニール袋に入れられたままぶら下げられていて、もぎ取ったらすぐに飛んで行ってしまいそうに空を仰いで並んでいた、丸く、色とりどりの綿あめ。

私がその赤紫色のオートバイの前で、指をくわえたまま離れられなかったのは、クラスメートの手に握られていた、作り立てのピンク色の綿あめのせいだった。ぶんぶんと音をたてるモーター音。スプーンで一杯、二杯と穴の中に入れられていく色とりどりの粒。あとからあとから出てくる、糸のような砂糖と、それを一か所に集めてくるくると回す魅惑的な手の動きによって姿を現す、ふわっとした綿あめ。でも、私のものではなかった綿あめ。優しい友人が、大きくてふわふわした綿あめを受け取ってかじる直前に、穴が開くほど見つめていた私の口に、少しちぎって入れてくれた。やわらかな綿あめは、舌の上であっという間にとけてなくなったけれど、初めて味わうふんわりとした甘い感触は、決してすぐに消え去ることはなかった。

自分のぶんの綿あめを手に悠々と立ち去る友人の後ろ姿を見ながら、私はその場に残るしかなかった。大きな騒音と魅惑的な香りを同時にふき出すオートバイと、白髪頭に野球帽を深々とかぶって、忙しそうに手を動かす綿あめ屋のおじさんと、その前にかじりつくように集まる子どもたちのまわりを行ったり来たりしていた。集まっている子どもたちの群れが何度か入れ替わり、授業を終えた高学年のお姉さんやお兄さんたちがどっと押し寄せるときまで。私はたった一度のチャンスを待ちながら、そこに立っていた。ふわりとした一片、甘い一口が私の口に入る刹那《せつな》の瞬間を……。

遠心力で飛び出した綿あめがひとひら、ふわっと浮き上がると、私はさっと飛び上がり、空中に浮いている一ひらの綿あめをつかみ取って口に入れた。それを見たまわりの子どもたちから叫び声と野次が同時に湧き上がる。綿あめを買って食べることができない私のような子どもたちが次々と集まってきて、一片の綿あめが空中に舞い上がるたびに、我も我もと手を伸ばしジャンプしはじめた。綿あめ屋のおじさんは割り箸を振り回して、みんな失せろ、と怒鳴った。あっち行け。ガキどもが、と。そのたびに私たちは、わあっと笑って学校の運動場に逃げ込んだが、そのときだけで、またいつの間にかこそこそとオートバイの前に集まってきて、必死になってジャンプと着地を繰り返した。私はみんなの中に交じって、次の週も、その次の週も、手元の狂いから舞い上がる綿あめをつかみ取ろうとジャンプするのをやめられなかった。あまりにふんわりとして甘かったから。その甘さがなかなか忘れられなかったから。

お金はどこにいくの？

二〇一八年五月三十日

いままでは江陵《カンヌン》【訳注／韓国江原道東部の東海《トンヘ》（日本海）に面した都市】といえば鏡浦台《キョンポデ》しか浮かばなかった。江陵がコーヒーの名所になっていたとは知らなかった。同時に、私をのぞいて、世の中すべての人が知っているような気がした。みんなこういうことを、どこで耳にして、どんなふうに知るんだろう。ほんとうに知らないことがたくさんあるし、知らないことさえ知らずに生きてきたような気がする。どこに、どんなものが、どんな形で存在していて、そのうち私が好きなものがなんなのか、といったことを。

私たちは会社近くにあるコーヒービーンの電車の車両でなく、東海が見える窓際に座り、古風なカップで出された、淹れたてのハンドドリップコーヒーの香りを楽しんでいた。コーヒー名人の一番弟子から学んだ人が独立してかまえたカフェということだ。もちろん、その一番弟子の一番弟子にもまた何人も弟子がいた。オンニがカップの持ち手に指をかけて一口飲もうとして、なにか言うことを思い出したらしく、ふたたびカップをおろした。

「そうだ、ちょっと前にドンジュンから連絡があったよ」

誰のことかわかっていたが、あきれてもう一度どうしても訊きたくなった。

「ほんとう？　あの彼？　歯科大学？」

「うん、彼」

チソンの表情がひどく憂うつそうになった。

「まったく、どの面下げて？」

「私がビルオーナーになったのを聞いたみたい」

そうやって話すオンニの口から空笑いも一緒に出てきた。

「会ったの？」

「うん」

「寝たの？」

「うん」

「もう……」

チソンが小さなため息をつくあいだ、ふたたび訊いた。

「彼、ほんとうにビルのことで連絡してきたの？」

「そう。最初ははっきりとわからなくて、私もとくに言いもしなかったんだけど、お酒が入ったら……ひどいざまだったよ」

「なんて言ってきたの？」

「自分がまちがっていた、お前をとても深く傷つけたみたいだって言ったかと思うと、あとになって考えると、やはり自分にはお前しかいないことがわかった、って言うの。そこまでは予想どおり。でも唐突に、いつか自分が国家試験に合格したら、お前のビルの最上階を新婚夫婦用の新居にして、その下の階に自分の歯科病院をかまえて、仲よく幸せに暮らそう、だって……」

聞いている私のほうが恥ずかしくなるくらいだ。チソンが腹をよじって大笑いした。

「露骨すぎるよ。新居と個人病院を一度に手に入れようと、ふらふらやって来たってわけ？」

でも、そうは言っても元カレだから、とちょっと擁護するような口調でオンニが言った。

「彼ったらもともと隠し事ができなくて、裏表がないのよ。浮気してもすぐにばれたじゃない」

ウンサンオンニって案外メンタルが強いんだ、と思いながら訊いた。

「いったい、なんで寝たの？」

「なんたって長くつき合ってたからね」

習慣的にまたそうなってしまった、ということだった。しなくなってから、すごく時間が経ってたこともあるし、簡単にやれるときにやっておいただけ、って。誰かを新たに探したり、紹介で会ったりして、お互いについて少しずつ理解を深めて、次第に独占的で排他的な関係になって、さらには共に歩む未来を夢見る、そんな恋愛のステップがすごくわずらわしくて面倒だし、結局はむなしさすら感じて、あえて新しい恋はしたくない、と。だからといって、誰かと気楽に知り合ったりするのは、最近はおかしなやつらが多いから、想像すらできないでしょ？　って訊き返してきた。ドンジュンだから寝たの、気をつかわずにすむから、と。ドンジュンもそうだと言えなくはないけれど、どうも確率が低そうだ。

「つき合いが長すぎて、あまりにしっくりしすぎて……なんていうか、ちょっと家族みたいだし

「……」

あきれたといった感じで、チソンが話の腰を折った。

「だから、家族になるつもり？　オンニのビルに入居させるの？」

「そんなわけないでしょ！　彼とはもうこれでおしまい」

オンニが話題を変えるかのように、今度は質問をしてきた。

「あんたは事業内容を決めた？」

会社ではまだ知られていないが、チソンも退職を計画していた。事業を立ち上げるつもりで週末ごとに休む間もなく現場を回り、資料調査も一生懸命にやっていた。平日は退社後に、ときにはランチも食べずに事業基盤を固めようと急いでいた。書類上の準備と気持ちの上での準備がすべて整ったら、そのときに辞表を出すつもりで、今年の年末が目標だと言った。先日ちらりと聞いたところによると、食品原材料の輸入関連らしいけれど、ウンサンオンニはそのあとに進捗があったのか、さらに訊きたかったみたいだ。ウンサンオンニの質問にチソンの瞳が輝いた。

「まず黒糖の輸入から始めるつもり。台湾で」

「黒糖？」

「黒糖って？　黒砂糖のこと？」

「だいたいそんなもの」

「なんで突然に黒糖を？　国内にもあるんじゃないの？　スーパーで見たような気がするけど」

「台湾の黒糖はそれとはちがうの。風味自体が違うんだから。ほんとうにおいしいんだよ」

また、国内最初の黒糖ミルクティーの専門店を出すつもりだと言う。ミルクティー売り場と原材料輸入を並行してやると。国内の消費者は、黒糖の味にまださほどなじみがないから、黒糖を使ったデザートの代表格であるミルクティーを広めないといけない、ということだ。黒糖ミルクティーの専門店を運営しながら、台湾と韓国の黒糖流通チャネルを真っ先に作って、基盤を確立しておき、黒糖の需要が高まって他のところにも使われれば、どこよりも早く供給できるようにするつもりだ、ってことなんだけど……聞けば聞くほど不安だった。チソンは、いろいろな場合にとる手段のうち、いちばんうまくいったときの状況だけを仮定していた。三十分に一回しか来ない急行列車に二本続けて乗ることができる、という前提のもとに計画を立てたときみたいに。なんで自分が一国のデザート文化の火つけ役になれるって、あんなに無邪気に信じられるんだろう。手元にあるものよりも、手を広げすぎているのではないだろうか。とんでもないところに投資するんではないだろうか。私は、チソンがすべてを賭け、とんでもないリスクを冒《おか》してまで手に入れたお金がぞんざいに扱われなければいいんだけど、という思いだった。誰よりも心からそれを願った。慎重に言葉を選んだ。

「ところでチソン……黒糖がなんだかわからないけど、いずれにしても台湾スタイルのミルクティーってすでにものすごく多いよね？　チェーン店だけでも何種類もあるし、売り場もたくさんあって、ほぼ飽和状態だよ。首都圏はもちろん、牙山《アサン》にも数店舗あったよ」

「オンニ」

ちょっと不満げな声だった。

「黒糖ミルクティーはただのミルクティーとは別物だよ。黒糖ミルクティーを飲んだことないでしょ？」

私はうなずいた。

「飲んだことないなら、なにも言わないでよ」

一度飲んだらおいしくて気絶するそうだ。ウンサンオンニは、いつの間にか台湾で売っている黒糖ミルクティーの写真を検索して見ていた。

「こんなかんじなんだ。まるで透明なチョコレートみたい」

ウェイリンに会いに台湾と韓国を行き来しながら、一日に最低三杯は飲むほど黒糖ミルクティーの熱狂的なファンになったそうだ。たとえウェイリンと別れても、黒糖ミルクティーを飲みに台湾に行くことになりそう、と思ったほどおいしいらしい。黒糖はミルクティーだけでなくコーヒーに入れてもおいしいし、ゼリーにしてもおいしかったよ、なにに入れてもおいしいし、なににつけてもよく合うんだ、と言う。いぶかしげな私と違って、ウンサンオンニは肯定的に考えているようだった。

「インスタグラムで検索すると、黒糖ミルクティーを飲んだ韓国人旅行客たちのレビューがほんとうにたくさんあるよ。これいいんじゃない。もしかしたら、うまくいくかもよ？ いつかマロン製菓と一緒に仕事をするかも。すでにいろんなバージョンの黒糖ミルクティーがあるんだね。全部でいくつあるんだろう？」

「七つ」

私が反射的に答えた。コーヒーを一口飲んでから、ウンサンオンニが顔をしかめた。

「ところで、コーヒーの味、おかしくない？」

すぐにもう一口飲んだ。

「焦げたような苦味がある。酸味のあるコーヒー豆を選んだのに」

チソンと私が口々に言いながら、順番にコーヒーカップに口をつけた。

「ちょっと変だね」

「たしかに」

「私のコーヒーも同じ」

私たちは各自でコーヒーカップを手に、とことことカウンターに行き、コーヒーの味がおかしいと伝えた。社長と思われる人が、カップの近くまで鼻を近づけてにおいをかぐと、頭を振って誰かを呼んだ。

「デヨンさん、これデヨンさんが淹れたんですよね？」

デヨン？　聞きなれた名前だと思ったら、茶色のエプロンのひもを腰の後ろでぎゅっと結んだ、猫背の男性が振り返った瞬間、毎日会っている人物の名前だってことがわかった。

「チーム長？」

向かい合った瞬間、反射的に口をついて出た呼び名だった。

「おや？　タヘさん」

「ここでなにをしてるんですか？」

私の問いかけに対して、チーム長が口ごもりながら答えたのは、週末にちょっと習っていることがあるんだ、だった。「ちょっと習っていることがある」だって。彼がコーヒーについて学んでいるのは、誰が見ても明らかだ。週末のたびにコーヒーを学びに江陵まで来てるの？　チーム長がコーヒーやコーヒー豆について口うるさいのにはちゃんと意味があったんだって、やっとわかった。誰でも週末に遊びに行った場所で上司に出くわしたくないはずだ。ましてや、こんな場所で、こんな姿で……状況が気まずく、申し訳なくてどうしようかと思っていると、早く話を切り上げようとでも言うように、オンニが私の腕を引っ張った。きょとんとした表情の社長が言ってきた。

「あの、もしよろしければ私が新しく淹れますから」

「いいえ、大丈夫です」

オンニが私に目配せしながら言った。

「このまま行こう」

チソンがカフェを出ながら首をかしげた。

「コーヒーなんか学んでどうするつもりなんだろう」

「まったく。ちっとも才能なさそうなのに」

ウンサンオンニがさっきのまずいコーヒーの味が残っていて気持ち悪いのか、口をもぐもぐさせながら言った。

「生きる道を探しているんだと思う。組織改編の噂、聞いてないの？」

「どんな噂？」

「スナックチームとパイチームが合併する話があるんだって。パイスナックチームになるの。タヘ、あんたみたいに実務者たちは気にする必要なくて、やっていた仕事を続けていればいいんだけど、チーム長が二人ってわけないでしょ？　どちらか一人が降格になるだろうし、その職位でチーム長の肩書を手放したら、会社を辞めろ、って言われているのと同じなんだけど、あんただったら二人のうち、どっちを辞めさせると思う？」

答えなかったものの、辞めなければならないのはパイチーム長でなく、うちのチーム長だってことがあまりにも明らかだった。ウンサンオンニとチソンのあとを歩いていると、なんとなくなにか確認したい気持ちになり、さっと振り返った。ガラスドアの向こうで、食器棚からあれこれと新たに品物を出しながら、あたふたしているチーム長の横顔が見えた。あのとき、なんで私があんなふうにしたのかはわからない。カフェのほうを向いてまっすぐ立ち、胸のところで合掌するように両手をきちんとそろえて、深くお辞儀をした。頭を下げながら一瞬目を閉じて、すぐに目を開けて体を起こすと、またウンサンオンニとチソンのいるほうに走った。波の色に似た車が三台、青い海を背にして並んで停められていた。

*

腕に触れる晩春の暖かい日差し。まぶしく感じられるほど真っ白に輝く綿雲の数々。

雲はとどまっていなかった。少しずつ動いていた。ふわりとやわらかそうな、それでいて知らないうちにどこかに向かって少しずつ移動している、あの綿あめのような雲にもっと近づこう、と速度を上げた。真昼の光にあふれた風景がぐんぐん両脇を通り過ぎていった。

視界が開けた六車線の高速道路には、私たち三人しかいなかった。私たちは一台の車に乗っていなかった。各自ハンドルを握り、各自アクセルを踏んでいた。ときには互いに誰かの車の前を、ときには後ろを走る。いま私の目の前にはウンサンオンニの車が、その右側の車線にはチソンが走っている。後ろから二人を見ていると、少し不思議な気持ちになった。不思議だけど、妙にうれしかった。

手を天井のほうに伸ばして、なめらかで平らなボタンを押す。パノラマルーフがゆっくりと開きはじめた。低い振動音とともに目の前が少しずつ明るくなり、襟足に日差しの暖かさと爽快な空気の流れが同時に感じられる。右手首に巻いた馬車模様のシルクスカーフ、ツイリーの先端が風になびいた。アクセルをもう少し踏み込んで、最高速度を出す。少し体がふわりとするようなスピード感がしびれる。ハンドルを左に切って、追い越し車線に入った。これで私たち三人はほぼ横一列で走っていた。オンニのほうを見ながら助手席側の窓をなにげに開けると、オンニも運転席側の窓を開けた。激しい風音。髪が巻き上げられて貼りつく。指で搔き上げながら、オンニに向かって大声で叫んだ。

「乗り心地、最高！」

強風が激しくはためく音の向こうからウンサンオンニの声が聞こえてきた。

「ねえ、お金って最高！」

私はまたウンサンオンニに向かって長く叫んだ。

「オンニー！」

「なに？」

「大好き！」

ウンサンオンニが口をぽかんと開けて、笑った。続けて、親指と人差し指で小さなハートを作って、左腕を窓の外にぐっと伸ばして見せた。私はすぐに投げキッスを返した。向こう側の車線のチソンも窓を開けていた。かけていたサングラスを頭の上に上げて、チソンも負けまいと叫んだ。

「オンニ！　私のほうがもっとオンニのことが好きだよ！」

目を細めたウンサンオンニが正面をじっと見ながら叫んだ。

「だから、すべてうまくいくって言ったでしょ！」

オンニが運転席のシートからそっと背中を離した。短いポニーテールと髪に結ばれたプチスカーフ、両側に伸びたおくれ毛が、後方に向かって激しく舞った。窓の外に腕を伸ばすと、白い半袖のTシャツの下からタトゥーが現れた。炎を吹きながら丸い月に向かって飛ぶ小さなロケット。

「行こう！」

ウンサンオンニが車線を変更し、追い越し車線に入った。私は一瞬速度を落としオンニを先に行かせてから、あとを追ってアクセルを踏んだ。上体が気持ちよく後ろに引っ張られるのを感じた。


半日ほど走って、名前も知らない海岸の絶壁の頂上に到着した。切り立つような絶壁の上に、小さな松林が茂り、崖のはしには森閑とした雰囲気を醸し出す休憩所、八角亭の姿があった。八本の赤い柱は見るからにとても頑丈そうなうえに、柱の上の青い屋根は、遠くから眺めていたときも、その屋根がつくり出す日陰の下にいるときも、すばらしい印象を与えつづけた。規模もかなり大きく、一角に三人で座っていてもせまくなく、余裕があった。私たちは海に面した側に並んで腰かけ、足を組んだまま揺らしたり、足を組みなおしたりしながらゆらゆらさせた。

目の前すべてが海だった。ここに最初に着いたときはおだやかな波だったのに、時間が経つにつれて吹く風が強くなり大きく波立っていた。荒波が激しく絶壁に打ちつけられるたび、私たちが座っているところまで白い水しぶきが上がってくるので、そのたびに急いで脚を引っ込めなければならない。新しく買った麻素材のパンツのすそに小さな水滴のあとが点々と残った。横に座っていたウンサンオンニがそれを手の甲で払いながら言った。

「あのさ……すべてうまくいくって言ったこと。月まで行くって言ったことだけど」

チソンと私が両脇からオンニのことを見た。

「なんというか、ほんとうはあれ、おまじないみたいなものだったんだ。後先のことなんて考えないで、絶対にうまくいくって信じなければいけなかったんだ。うまくいかないこともありうるし、その可能性のほうが高いことも、頭の片隅ではいつも強烈に感じていて。だから、ふとした瞬間、胸を刺されるようにつらかったんだ」

チソンが片方の頬をちょっとピクリとさせたが、ウンサンオンニの手の上に自分の手のひらを重ねた。

「わかってる。私もわかってた。危険だってわかっているのに、冒険したの。うまくいかなくてもオンニのせいにするつもりはなかったよ」

危険は憂慮し、冒険は打って出るもの。

危険と冒険のはざまのどこかに、私たち三人は座っていた。

私も心配でたまらない気持ちを乗り越え、すべてを賭けようと決めた瞬間が浮かんできた。疑念や慎重さなんてただの贅沢《ぜいたく》だと思っていた瞬間。甘い提案にあっさりと乗った瞬間。

「オンニ、あのときのこと覚えている？　こう言ったよね。私たちにはもうこれしか残っていない、って。イーサリアムは、とんでもない所に突然開く、アニメの中のポータルみたいなもの。騒々しく奇妙な音を出しながら、不思議な青い光をゆらめかせて口を開けている変な穴のようなものだって。ためらっても、ポータルがあるときに飛び込まなければダメ。この奇妙な波長はどこから始まっているのか、いったいこの怪しい音はどこから聞こえるのか、なんてことを計算して確認している時間はない。閉じられる前にさっと足を踏み入れろ、って。うちらみたいな若者の前にほんの一瞬だけ開かれる、唯一のチャンスだって」

　覚えているというように、ウンサンオンニがうなずいた。

「私はあのとき、不可解な穴の中に入ろうって決心したの。オンニがあの言葉を口にしている最中も、あの丸い穴がリアルタイムで小さくなっていくのが、目の前に見えるようだったから」

　怖くなかったと言ったら嘘になるだろう。自分が暗号通貨の荒波になにも持っていかれることなく、こうやって無事に抜け出せるだろうとは思っていなかった。望んではいたけれど。

　内心そんな心配もしていた。こういう話、つまり……分不相応なことに欲望を抱き、望む人たちの話。こんな類の話は、たいてい欲張ったあげく痛い目にあって、不埒《ふらち》な奴として天罰を受けて終わってしまうものだから。欲に心を傾けた罪、分不相応な財をむさぼった罪、見境なく輝き、光るものを追い求めた罪。

「いまさら言うのもなんだけど、私も心の中では怖かったんだと思う。月まで行くんだって言いながら、このまますべてダメになったらどうしよう、って毎日心配しながら震えてた」

「ダメになったらどうするつもりだったの？」

「なるべくそう考えないようにしてたんだけど……正直言って、考えずにはいられないよね。たいしたお金じゃないけど、私にとっては全財産を投入してるし、そんななかで借金があるうえに、別の借金まで作って賭けたんだから。考えてみると、ありえない話だよね」

「そうだよね。お金をすべて失うって考えたら……」

「ひとおもいに死んでしまおう、って思ってた」

一瞬、沈黙が流れた。チソンがローヒールのスニーカーのかかとで地面をタンタンと叩きながら言った。

「私もまったく同じような気持ちだった」

チソンがいきなり蹴り上げた豆粒のように小さな石がころころと転がっていった。小石は止まることなく転がりつづけた。ぱっと見には平地のようだが、気づかない程度に少し傾斜のある土地のようだった。ころころ、どこまでも、次第に加速して転がっていくと、低いフェンスの下をくぐり抜け絶壁の下へ、ぽとん、と落ちた。

いつも断崖のふちに立っている気分だった。誰かの、あるいは自分自身のちょっとした失敗で、瞬く間に真っ逆さまに落ちてしまいそうだった。誰かにぽんと叩かれたり、雨水に足を滑らせたりすれば、そのまま墜落してしまいそうだった。

こんな私の気持ちを告白すると、いつも次々とこんな声が聞こえてきた。あなたがなんでそんな心配をするの？　いま私たちと同じところに入ってきて、ちゃんと立っているじゃない。いったいなにがそんなに心配なの？　君くらいなら、かなりいいほうだよ。見方によってはまちがってなかった。でも、そんなふうに言う人たちは、うっそうとした松林の近く、ずっと奥のほうから私に向かって叫んでいるのだ。もう、君くらいなら落ちることなんてないよ、落ちないって言ってるだろ？　実際はそうではなかった。絶対に落ちないでいられるわけがない。私が立っている場所は明らかに断崖のふちだった。大きな荒波が激しく打ち寄せるたび、猛《たけ》る波が断崖を打ちつけるたびに、そのふちが少しずつ浸食されていく。私が立っている大地の境界線がしきりに削られ、崩された。

砂利になって下へと転がり落ちた。私にはそうしたことのすべてが見えた。

ただ、目に見えないものもあった。崩れ落ちていくものがどこまで落下していくのかは見えなかった。ひたすら果てしなく落ちていった。地面に落ちる音は聞こえもしなかった。それがいちばん恐ろしかった。

恐怖を前にしてできることは多くない。削られて落ちていく砂利ほどの、わずかな距離を後ろに下がるくらいしかできなかった。削られれば削られるままに、そのつど少しずつ退きながら。墜落する瞬間を無期限に猶予しながら。

八角亭の床についていた手のひらを、目の前に持ってくると、木目のあとが深くついていた。ゆるやかにうねる手のひらの線に重なった赤い直線の数々。なんとなく意識が遠くなりそうな気がして、急いで座っていた東屋のはしをつかむ。硬くがっちりとした感触。私はなにかを確認してもらおうとする人のように、力を入れてぎゅっとつかんだ。顔を上げると、ウンサンオンニがそんな私を見ていた。私はオンニに訊きたくなった。

「前に言ってたよね。お金の属性をつきとめてみせる、って。お金がどこに行くのか、どこに向かって流れていくのか、そういうことを探り当てるって」

「そうだったね」

「それって、つきとめた？」

私から視線をそらせて、しばらく遠いところを見つめていたオンニがふたたび口を開いた。

「うん、いまならわかる気がする」

「どこに向かっていくの？」

相変わらず視線を海に向けたまま、オンニが低い声で言った。

「お金も、自分のことを好きだっていう人のところに行くんだよ」

海が大きな波を立てた。冷たい波しぶきが顔にまで飛んできた。私たちは体をできるだけ後ろに反らし、いきなり悲鳴を上げたかと思ったら、お互いの濡れた格好を見て大笑いした。笑いと悲鳴の反復はもう一度繰り返された。

エピローグ

二〇一八年八月十八日

人生も二十九年目だというのに、経験したことがないことが毎年登場する。そんなことが、ふと不思議に思えるときがある。途方に暮れるときもあるし、ときにはあきれてしまうこともある。今年は暑さがそうだった。夏になると必ずやってくる蒸し暑さに文句を言ってきたのはここ一、二年のことではないが、こんな猛暑は初めてだった。観測史上初の猛暑らしい。連日、暑さの最高記録、最長記録を更新し、毎日のように猛暑注意報が発せられた。日中の街は、たった数分歩いても全身が汗だくになるくらいに猛烈な暑さだ。どこに行ってもとんでもない暑さしか感じられず、どこに行っても信じられない暑さに関する話題ばかりだった。

土曜日の早朝からノートと手帳を持って家を出たのも、暑さのせいだった。そうでなくても涼しくなかったエアコンが三日前に壊れたのだ。エアコンの修理技師は、明日すぐに来ると言っていたのに、もう一日かかると言ったかと思うと、一週間待ってほしいと、次々と言うことが変わった。日中は出勤しているから大丈夫だが、夜は寝そびれたまま熱帯夜を過ごさなければいけなかった。

窓を開けると、夜遅くまでふらふらしている酔っぱらいの大声とカラオケ酒場の看板の明るい光が入ってきて、眠りが妨げられた。暑いよりはいいかなと思って、しばらく開けておいたが、あまり効果はなかった。空気の流れが悪い構造のため、日中の熱気がそっくりそのまま部屋に残っているようだ。携帯用ミニ扇風機を頼りにして、汗をだらだら流しながら寝ては起きてを繰り返した。

ぽかぽかするどころか、燃えるように熱くなる家を、日がいちばん高くなる前にさっさと抜け出さなければならない。私は目覚めるとすぐに、夜のあいだにかいた汗をシャワーで洗い流して、家を出る準備をした。冷えた牛乳を一杯飲んでから日焼け止めを塗り、薄手で涼しい服を着て、髪をできるだけ高い位置で結んだ。夜どおし充電しておいた携帯ミニ扇風機を首にかけ、最後にマジックテープのついたサンダルを履いた。たいしたことないのに、出かける準備をするだけですでに汗をかいた。とにかく早く出かけよう、とだけ考えながら、急いで家を出た。わずか数時間前の喧騒を忘れたかのように、人けがなく静まり返った土曜の朝の飲食店街を通り過ぎ、コミュニティバスの停留所まで足早に歩いた。目的地は決めてあった。静まり返っていて、無料のコーヒーマシンもあって、エアコンが昼夜問わずフル稼働で、私のお尻にピッタリのふかふかのクッションがある場所。大きな窓からソウルの中心を見渡せる場所。

私は会社に向かっていた。

*

誰も私に週末の勤務を強要してはいない。

ただ月曜までに終わらせないといけない仕事が残っていただけだ。それも二、三時間集中すれば終わりそうな量だった。家でやってもよかったが、私はこういうときはたいてい会社に行くほうを選んだ。週末に、近くもない会社までわざわざ出社するのは、誰かにとってはミステリーのように映るかもしれない。もちろん最初は私もそういう立場だったけれど、業務量の多さにしきりに苦しんでいた時期に、何度か自分から週末出勤をしてわかった。週末の会社は平日ほどストレスがかかる空間ではないということが。ある意味、ほっと一息つくこともできるという事実が。ただし、私以外に一人もいないという前提のもとにだけど。

会社は家よりずっと広い。そして冷暖房や空気の質という点からも、家にいるよりもいろいろと快適だ。考えてみると、会社という空間が嫌なのはオフィス自体の問題ではなくて、その中にいる人たちのせいだった。私に仕事を頼んだり、私を苦しめたり、私の常識では理解できない言動をする人たち。社員がいない会社は、幽霊たちが帰宅した幽霊屋敷と同じだった。言ってしまえば、なんてことなかった。誰もいないオフィスで、平日には着てこられない楽な服装で、くるくる動くキャスターつきの椅子に両脚をポンとのせて座っていると、妙な快感さえ覚えた。新たな仕事を投げてきたり、話しかけてきたりする人がいないから、ずっと集中できた。

幸いなことに今日もうちのエリアには私しかいなかった。どうせ今日はすることもそんなに多くない。昼食後に本腰を入れて業務に取り掛かるつもりで、それまではエアコンがきいている涼しい場所で、無料のコーヒーでも飲みながら、手帳に今後の人生、つまり「三億二千万ウォンを手にしてからの人生」の計画を立ててみようと思っていた。

デスクの上の鉛筆立てから取りだした、キャップにクリップのついたボールペンを色別にそろえて、手帳カバーに並べて挿した。椅子の背もたれに結んでおいたクッションのリボンをほどいて、脇にはさむ。最後にノートを持ってエレベーターに向かう途中、給湯室にある古い冷蔵庫が目に入ると、すっかり忘れていたことを思い出した。そうだ、プリン！　まだあるかな？

冷蔵庫の扉を開けると、いろいろと臭いのするものがつまっていた。飲みかけの牛乳パックにパウチに入った様々な種類の健康ジュース、乾燥しきったコンビニのサラダや密閉容器に入ったお弁当のおかずの数々。名前の書かれたふせん紙がペタペタとつけられた品々を取り出して、とりあえず床に置いた。積み上げられたものを一つずつ取り出していくと、ようやくいちばん奥の壁にぴったりくっついている、つぼの形をした小さなガラス瓶が見つかった。

あった！　私は心の中で喜びの声をあげた。小さいけれどかたそうなガラス瓶にはハート形のふせん紙がつけられていて、「大好きなタヘオンニ、今日もファイト！」というメッセージが書かれていた。数日前にチソンが買ってくれたプリンだ。経理チームがランチ会食のあとに、みんなでおいしいことで有名なデザート店に寄ったところ、とてもおいしかったので私のぶんまで買ってきたということだった。すぐに食べるのがもったいなくて給湯室の冷蔵庫に入れたのを、すっかり忘れていた。プリンを取り出し、いったん出したものを元の場所に戻してから扉を閉めた。ガラス瓶をひっくり返すと底に沈んでいる濃褐色のカラメルが見える。賞味期限をちょっとだけ過ぎていた。瓶をまたひっくり返して蓋を開け、鼻を近づける。ほんのり甘く、ミルキーなカスタードの香り。においをかぐだけで唾が湧いた。まだ大丈夫そうだ。ワークショップのときに使い残した品物が乱雑に積みあがった箱から、プラスチックのスプーンを一つ見つけ出した。冷たいアイスコーヒーを飲みながら、プリンを一緒に食べればちょうどよさそうだ。次にアイスコーヒー用の氷が必要だ。冷凍庫のドアに警告のようなメモがペタペタとつけられていた。

　夏季は冷凍庫がいっぱいになります。

　製氷皿は一人一つにしてください。三十個取り以上のものは使わないでください！　絶対に！

　うんざりする、ほんとうに。冷凍庫のドアをとても慎重に開けた。無造作に開けたら、押し込まれた製氷皿がガラガラとこぼれ落ちるかもしれないから。先週、このせいで大げんかが起こった。うちのフロアー全体にすさまじい声が響きわたり、けんかを見に集まった人で、ぐるりと人だかりができたくらいだ。あの件のせいなのか、あれこれ書かれた恐ろしい警告文のせいなのかわからないけれど、幸いにも数十個の製氷皿は無秩序ながらも隙間を埋めながら、高難度のテトリスみたいにきっちりとつめられていた。側面の四マスに「チョン・タへのもの」とマジックで記した黄緑色の製氷皿を見つけ、ジェンガのゲームをするように、そっと取り出す。半透明の蓋を開けて、製氷皿の両脇をつかんで逆方向に絞るようにねじると、細かな氷とともに四角い氷が枠から落ちた。昨日、何個か取り出して食べたので、五個しか残っていない。五個の氷を一つずつ、タンブラーに入れた。空っぽの製氷皿は、また浄水器の水を入れてから蓋をして、水がこぼれないように気をつけながら、さっき出した場所にそっと押し込みドアを閉めた。すると、また目に入ってくるメッセージ。夏季は冷凍庫がいっぱいになります。製氷皿は一人一つにしてください。三十個取り以上のものは使わないでください！　絶対に！　必要以上にぴりぴりしたメッセージが目に入るたびに、なんとなくうんざりしたものの、自分のスペースがあるだけでもマシだと安心もした。連日の猛暑のせいで誰もが製氷皿を買って入れておくため、もうこれ以上、製氷皿が入らない状況だった。うちの階に人が新しく入ったら、おそらくコンビニまで行って氷を買ってくるか、毎回カフェでアイスコーヒーを買って飲まないといけなくなるだろう。あ、そんなことしてたらすごくお金がかかるはず。もし製氷皿を入れられない人がいたら、製氷皿を持っている人たちが数個ずつ分けたらどうかな、と思ったが、ひどく自分勝手で、顔のない、この冷凍庫ユーザーたちが、はたしてそんなことをするだろうか。私はクッションと手帳を小脇に抱え、ノートの上にプリンとタンブラーを置いて、トレーのようにして持ち、用心しながらエレベーターに乗った。目的地は最上階の八階だ。

　うちの会社は偶数階ごとに、ロビーに自動コーヒーマシンがある。私が勤務しているのは三階なので、普通は二階か四階のコーヒーマシンを使うのだが、チーム長がいつも八階を利用していることを偶然に知り、なんでそんなところまで行くのか訊いたことがある。そのときチーム長から聞いてびっくりしたのは、二、四、六階で使っているコーヒー豆はいちばん安い物で、八階にあるコーヒーマシンにだけ最高級の豆を使っているということだ。八階にオフィスがある少数の人々、つまり、代表とハム博士と上級幹部たちが使うエスプレッソコーヒーマシンのことだ。自分はコーヒーの味にうるさい人間なので、八階のロビーに人がいないときにこっそりと上がっていって、コーヒーを淹れてくるんだそうだ。

　平日はそんな勇気がなかったが、週末は私も八階のコーヒーを飲んだ。さらに八階にはすばらしい休憩空間も設置されていた。バーに置かれているような横に長く、高さのあるテーブルと椅子が窓を望んで置かれていて、そこからの展望が息を飲むほどすばらしかった。私はそこに荷物を置いてから、タンブラーだけを手にしてコーヒーマシンのほうに向かった。八階のエスプレッソコーヒーマシンは、いちべつしただけで二、四、六階のものとは色合いからして違った。氷の入ったタンブラーを立てておき、エスプレッソのダブルショットの抽出ボタンを押す。心地よい機械音とともに香ばしく芳醇なコーヒーの香りが広がりはじめた。そのときだった。

　どこからかガラガラガランと雷のような音がした。音のするほうを振り向くと、変わった木製の収納棚が一つ、目に入った。上の棚の下には棒がついていて、チェック柄のカーテンが掛けられている。明らかにあの後ろから聞こえた。あの後ろになにかある。私はなぜか悲壮な足取りで収納棚へと、ゆっくり近づいた。さっきの音とは違う低い振動音がずっと聞こえていたが、しわの寄ったカーテンの前に立つと、あいにくその振動音さえパタリと止まってしまった。なんだろう？　腕を伸ばしてカーテンをさっと開けた。巨大な黒い機械の表面に自分のシルエットがうっすらと映っていた。なに、これ？　まさか？　取っ手のように見える部分をつかんで上に引き上げると、冷気がひゅうっと顔に当たった。

　なんてことだ。そこに山のようにあったのは、かちかちのキューブアイス。呆気《あっけ》に取られた私はしばらくのあいだ、おびただしい量の氷の山を見下ろしていた。製氷機は文字どおり巨大で、中にどれほどたくさんの氷が入っているのか見当さえつかなかった。片隅には銀色のアイススコップもななめにささっていた。高級なコーヒー豆、製氷機までは、まあ、そんなものだと思えても、カーテンはほんとうにけちくさいとしか思えなかった。そのあいだにも格子状の落下口から、新しく作られた氷がガラガラとなだれ落ちてきていた。

思わず振り返った。誰もいないことを確認してから、銀色のアイススコップいっぱいに氷をすくってタンブラーに入れる。蓋が閉まらないぐらいいっぱいに入れると、製氷機の蓋を閉め、カーテンをふたたび閉めかけたがそのままにした。窓辺のテーブルまで歩いていくあいだも氷がぶつかり合って、ガラガランと音を立てる。

椅子の上にクッションを敷いて座り、手帳を開く。

これから先の人生、つまりもう借金のない、三億二千万というお金ができてからの生活について計画を立てる時間だ。空白ページにこう書いた。

一. 家

いくつもハロゲンライトが並んだ居心地のよいおまけの空間が気に入って契約したものの、冬は寒すぎるし、夏は暑すぎる。そのうえ、エアコンまで故障してしまった私の一・二ルーム。窓を開ければ、酔っぱらいの声やカラオケ酒場の看板の明かり、生ごみのにおいが侵入してくる所。引っ越さなければ。次の引っ越し先に望むことを書いてみた。

通勤時間四十分以内。部屋は最低でも一つ以上。リビングとキッチンはべつべつ。ちゃんと換気ができる構造。駐車場。ベランダありを希望。新築ならよし。マンションだとなおよし。近所に公園もあればいいな。九月中に引っ越そう。保証金を預ける方式の賃貸で。

ウンサンオンニはしょっちゅう私に家を買えと言う。それも私が望むものより部屋もトイレも一つずつ多い広い家を。最近は自分も家を購入するため勉強しているらしいのだが、聞いてみると座学ではなかった。毎日のように、あちこち足を運んでいるらしい。不動産会社に入って、すぐにでもこの町に引っ越してくるかのように振る舞って、売りに出ている家をみせてくれと言うらしい。そうやってあらゆる町の不動産会社を回りながら、まわりの雰囲気やインフラなどを、あれこれ天秤にかけているのだ。

　ウンサンオンニに言われたことはすべて熱心に聞く私だけど、家についてはどうかな。そんなふうに図々しくあちこち回りながら、いますぐ買うふりをして、家を見せてもらう度胸はまだないし、そんな家はすでにものすごく高くて、買おうとしたらまた多額のローンを組まなければならない。そんなに高価なものを借金までして買って、住んでいるうちに気に入らなくなったら？　売却しようとして土地の価格が暴落していたら？　そんな考えが浮かんだ。いつか気持ちが変わるかもしれないけれど、とにかく当分のあいだは買わないという気持ちに変わりはなく、まずはチョンセ【訳注／保証金を預ける形式の賃貸制度】の家を探すことにした。チョンセという単語の上に丸を書いた。正直言って、私がチョンセの家に住むことができるという事実だけで、これ以上毎月の家賃を払わないですむという事実だけでも、とても興奮したしうれしかった。何重にも書かれた丸の横に星印を一つ書いてから、次のページにこう書いた。

二　会社

しばらくのあいだ、ほおづえをついて窓の外の風景を眺めた。ずっと遠くの四つ角にアイボリー色のミニバン、カーニバルが通り過ぎるのが見えた。前に母が運転していたバスとそっくりだった。母は〇九番バスの運転席に戻ることはできなかった。全快したにもかかわらず、しかたなくしばらく仕事を休んでいた母が、先日ジェイマートでキャッシャーの仕事を見つけたと電話をしてきた。ジェイマートは家からかなり遠いうえに、この前の怪我から雨が降るたびに脚が痛いという母が、立ちっぱなしで働かないといけないのが気がかりだが、母は大丈夫だと、いまのところはなんとか働いていられる、と言う。

　母はレジでうちの会社の商品を見かけるたびに、うちの娘、こんなのを作っているんだ、うちの娘が作ったものをこんなにたくさん買いにくるんだ、うちの娘は能力があるんだなあ、うちの娘はこんなに社会から必要とされている存在なんだ、と思って感無量だと言った。マロン製菓に勤めていると言えば、みんな私がチョコボムを作っていると思う。母にこう言いたい気持ちにとらわれた。

お母さん、私の仕事はチョコボムとはなんの関係もないの。私が最近担当している製品は……リンポテコだよ。リンゴの味がするポテトチップ……聞いたことあるでしょ？　私はそれを作ってるんだよ、お母さん。たぶんそこでは売っていないと思う。その製品は……売っている場所が限られているんだ。リンポテコじゃなくて、せめてポテリンコって名前だったら、もうちょっと売れたと思うんだけど……ポテトの味がするリンゴチップじゃなくて、リンゴの味がするポテトチップだからポテリンコとするわけにはいかないんだって。そんなのいったい誰が食べるのかって？　人によって好みは分かれるけど、マニア層はかなりいるの。そういう人たちのおかげで、私はこうやって稼いで暮らしているんだよ。変な味がしそうだけど、実際に食べてみると思ったよりおいしいの、お母さん。

　こうした言葉を実際に口にすることはなかった。私はなにも言わずに笑みだけ浮かべて、私がチョコボムの製造に寄与しているという母の期待を、成り行き上だけど、裏切らずにすんだ。

　ちょっとのあいだ、書きなぐるのをやめて、チソンがくれたプリンの瓶の蓋を開けた。持ってきた使い捨てスプーンですくって食べようとしたら、残念ながら瓶の口が狭くてスプーンがほとんど入らなかった。力を入れてスプーンを押し込もうとしたがあきらめて、瓶の中に舌を突っ込んで舐《な》めてみた。カスタードプリンの甘味が舌先にまったりと絡みつく。あ、すごくおいしい……ちょっとだけ味見できたけど、それ以上は無理だった。もう一度、瓶に蓋をするあいだ、テーブルの下に置かれたお菓子の箱が目に入った。チョコボムやミニ・チョコボム、それ以外にもマロン製菓のいろいろなお菓子。その中から半月形のパイを一つ、袋を開けて口に入れた。慣れ親しんだ、この味。すでに知り尽くしているチョコレート味と小麦粉の大饗宴のあとにやってくる、しっとりやわらかなマシュマロの甘味。知り尽くしている味だが、多彩なその味が消えてしまう前にアイスコーヒーを一口飲みながら思った。うちのお菓子、正直言っておいしい。どうあってもそれは否定できない事実だ。

　暗号通貨にのめり込んでいたときは、ぼろ儲けをして会社を辞めるのが夢だった。ところが実際に儲かると、退職したい気持ちは当時ほどではない。会社を辞めて、なにができるだろうか？　私にはチソンみたいなビジネスアイデアもないし、猛烈に好きなものもない。いまから少しずつ調べていかないとね。私にそんなものができるかな？　いまのところ疑わしい。それに決定的なことは、保証金を渡して家を借りると、残金がほとんどなさそうだってこと。

それでも早く引っ越したかった。今回保証金を支払って入居すれば、ついに家賃と利息を払わずにすむ人生を歩みはじめるのだ。六年目。稼いだお金がやっと、少しずつながら貯まりはじめるはずだ。いままでは底の抜けたかめに水を注いでいる感覚だったが、福々しい赤ん坊を授かったみたいに、私の三億二千万ウォンがその穴をふさいでくれた。

じつは、会社に通うのが前ほど嫌ではない。なんか奇妙で不思議だ。うん、とりあえず……とりあえずは……この単語だけをつぶやきつづけながら、私にとっていちばんきちんとした文字で、こう書いた。

とりあえず、勤めつづけてみよう。

作家の言葉

二十代のころの私は「くそ、誰か百万ウォンでいいから、くれないかな！」と、しょっちゅう考えていた。とくに先月ぶんの給料がなくなって、今月の給料が振り込まれる直前の約十日間は、ほぼ毎分、毎秒、そんなふうに考えていたように思う。三十代になって、長くつき合った恋人と二人で暮らす新婚用の住居を探すときは、「誰か一億ウォンでいいから、くれないかな！」と、ほんとうにしょっちゅう思っていた。ありふれた話だけれど、希望する居住地の要件中の一つ二つを選んだら、残りはあきらめなければならなかった。当時は縁起のいい夢を見ればロトを買っていた。竜が現れる夢、血が流れる夢、うんちの夢【訳注／韓国では竜、血、うんちなどの夢は縁起がいいとされている】、ワールドスター、スポーツスター、前大統領たち、先祖が夢に現れた日はロトを買いに行くのだけど、夢の内容を誰にも口外しない状態で、一等当せん者が出た売り場に行って買うのが、私なりの決まりだった。抽せんを待ちながら妄想をするのが人の常。いくら当たったら、自分が希望する条件をすべて備えた家を買えるだろうか？　この本を出すころのレートでは信じがたいけれど、たった六年前なのに、きっちり三億ウォンあれば、なにもあきらめなくてよい最適な家を購入できそうだった。抽せんを待ちながら、「ああ、三億ウォン当たりますように！」と考えたものだった。

ロトは一度も当たったことがないけれど、数年後に私は小説家になった。

小説家という職業のいいところは、キーボードとモニターさえあれば、どんな話でも作り出せることだ。私は「誰かが三億ウォンをくれる小説」を書いてみたいと思い、初めての長編小説を構想しながら「タへと友人たちに三億ずつ分ける話」を作ってみることにした。ともかく小説なので、私の思ったとおりに書けそうなのがよかった。そんな単純な発想から始まり、ここまで来た。小説を書くということがいつもそうであるように、書きながらとても複雑なことになったけれど……この話を、最後は必ず砂糖でまぶして出さなければいけないと心に決めた。それが小説を書く直前に、私が整理しておいたレシピの最終段階だった。

*

マロン製菓は架空の会社だ。評価グレードについてのジョークは、私が会社員のときに同期のあいだで嘆くように交わした内容を一部借用している。グレードの名称は実際とは異なる。スイートルーム専用の階段がある済州島の七つ星ホテルも架空の空間だ。セメントで接着された石塔も仮想の塔だ。ただ、済州島ではなく、国内の他の地域でこういった石塔を見たことがある。牙山市内を循環する○九番バスも実際には存在しない。

マロン製菓の組織構造と業務に関する場面は、食品MDである友人Jの監修を受けた。チソンが負傷して救急医療室に行く場面は専門のN先生に、ウェイリンの名前に関するせりふの一部は翻訳家W先生にチェックを求めた。忙しい中、原稿を検討してくれた三人の方に、この場を借りて感謝申し上げます。

ウンサンオンニが社内に設置した雑貨店「カン・ウンサン商会」は、前の職場の同僚Kさんの「○○商会」から名前を借りてきた。利潤目的のカン・ウンサン商会とは異なり、おいしいお菓子を分かち合って食べるための場所だった。快く許可してくれたKさんに感謝します。「お金も自分のことを好きだという人のところに行く」という言葉は、社会学科の三人の友が集まるチャットルームで、自分たちを自嘲しながら使っていた自分たちだけの流行語だった。その言葉を初めて使い、喜んで小説に使うようにと言ってくれた友人Yにもありがとうと伝えたい。

*

力強くもきらめくようなはげましの文を送ってくださった作家チョ・セラン氏、今後の力になる大きな応援をくれた評論家の韓永仁《ハンヨンイン》氏、熱い応援でこの小説を完成に至らせてくれた編集者のキム・ソンヨン氏。三人に格別な愛情と感謝を表したい。

長編小説を書いたのは初めてなので、とても緊張する。幼いころにお菓子を食べたとき、わざと洗わずに残しておいた指先のピリ辛調味料を、最後の瞬間にぺろぺろと舐めながら、「うむ、悪くない一袋だった」と考えたものだ。この本の巻末を読んでいる読者にも、最後の味を楽しみながら、「うむ、悪くない一冊だった」という印象を持っていただけたら幸いだと、大胆にも願ってみる。本書を閉じた後、本に書いてあったことをすべて忘れてしまったとしても、そんな印象さえ残ったとしたら、これ以上望むことはない。

二〇二一年春

チャン・リュジン

訳者あとがき

本書は、チャン・リュジンが二〇二一年に発表した初の長編小説『月まで行こう』（原題『달까지 가자』創批〔チャンビ〕）の全訳である。

まず著者チャン・リュジンについて紹介したい。

一九八六年に生まれたチャン・リュジンは、延世大学社会学科を卒業後、韓国のシリコンバレー板橋《パンギョ》にあるＩＴ企業に就職した。小説を書きはじめたのは、入社一年目のときに通ったハンギョレ文化センターで小説の書き方を学び始めてからだ。土曜日ごとに、ソウル市郊外の板橋から市内の麻浦《マポ》区にあるセンターまで片道一時間かけて通ったという。その後、彼女は小説を書く決心をして、慶煕サイバー大学文芸創作学科大学院に入学する。翌年には退職をして東国大学大学院に編入しなおし、国文学修士を取得している。

作家としての歩みは、文芸雑誌『創作と批評　二〇一八年秋号』に掲載された小説『仕事の喜びと哀しみ』が、二〇一八年の第二十一回創批新人小説賞を受賞したことから始まる。二〇一九年には受賞作をタイトルにした最初の短編集『仕事の喜びと哀しみ』（二〇二〇年、クオン、牧野美加訳）を刊行する。現実を再構成する「ハイパーリアリズム」小説と高く評価されたこの短編集には、彼女自身のＩＴ企業での体験が存分に活かされている。躍動感あるストーリー展開に加え、ユーモアを織り交ぜながら描かれた登場人物の心情描写に、韓国はもちろん日本でも多くの読者が惹きつけられている。

そして本作は、チャン・リュジンの最初の長編小説である。タイトルの『月まで行こう』は、仮想通貨が月まで届きそうな勢いで高騰することを期待する英語「To the moon」からきている。登場人物は同じ大手製菓会社に勤める、入社時期も部署も違う独身女性三人だ。三人とも中途採用のため、同期の仲間もなく、コネもなく、経済的支援を受けられるような親がいるわけでもない。

最近日本では、自分ではどうにもならない不遇を「親ガチャに外れた」と表現することがあるが、韓国では、富裕層は金のスプーンを握って生まれ、貧困層は泥のスプーンを握って生まれてくると言われる。本書に登場する三人は、まさにこの泥のスプーンを持って生まれてきた女性たちだ。

こうした持たざる者にとって大きな悩みとなるのが、いまや韓国の社会問題にもなっている住居の問題だ。本書の登場人物たちも狭いワンルーム暮らし。主人公の一人であるタへの部屋にいたっては、そんな狭い部屋からできるだけの利益をあげようとする大家の思惑で、浴室と部屋に高低差がないためシャワーの水が部屋に流れ出したり、トイレの壁がガラス張りだったりするために住人を大いに悩ませる。貧困ビジネスで利益をあげる者たちのせいで若者たちが「住居難民」になってしまう様子は、『搾取都市、ソウル　韓国最底辺住宅街の人びと』（二〇二二年、筑摩書房、イ・ヘミ著、伊東順子訳）に詳しいので、ソウルの住宅問題に関心のある方は一読をお勧めしたい。

さらに、本書の主人公が三人とも女性である点も注目してほしい。韓国社会には（日本も同じだが）、女性に不利な男性優位の構造がある。儒教の家父長的な思想をベースにした男女の役割規範があるため、男性を多く採用しようとする企業が入社試験で女性を差別し、問題となっている。二〇一八年には四大銀行のうち三行が、採用試験の合否判定に男女比を設定し、男性の点数を改ざんしていたことが明るみに出た。このように女性にとって不利な入社試験をなんとか通過して入社したとしても、今度は賃金における男女格差が待っている。二〇二二年七月の朝鮮日報によると、韓国はＯＥＣＤ（経済開発協力機構）加盟国のなかで男女の賃金格差が最も大きく、三十一・五パーセントだ（日本は最下位から三番目の二十二・五パーセント）。一昔前の女性であれば、良い結婚相手を見つけることで一発逆転を狙ったかもしれないが、現代では結婚に対する意識も変わり、結婚を望まない女性も多い。二〇二二年に韓国人口保健福祉協会が結婚をしていない若者一〇四七人を対象に行った「第一次　非婚青年の恋愛、結婚、性認識調査」によると、結婚をする意思がない人は、男性では四十三パーセント、女性では五十六パーセントにも上った。その理由の第一位は「経済的余裕がない」ことだ。

こうした状況で、本書の主人公の三人が未来を賭けたのが仮想通貨のイーサリアムだった。

「私はこれが、うちらみたいな若者の前にほんの一瞬だけ開かれる、唯一のチャンスだって思っている」（七七ページ）

後ろ盾もなく、社会的な価値も高くない「うちらみたいな若者」でも暗号資産で成功すれば、莫大な資産を手にすることができる。本書に登場する仮想通貨は実際の相場だ。作家自身も「小説を仮想通貨の変動に合わせて書くのに苦労した」（「ハンギョレ新聞」二〇二一年四月十六日）と語っている。余談だが、韓国で本書が刊行されたのは二〇二一年四月だが、その年の一月に八万円だったイーサリアムの価格は、同年五月には四十二万円、十一月には五十二万円の最高値を記録した。

ところで、チャン・リュジン自身も「底の抜けたかめに水を注いでいる」ような経済的な苦しさを体験しており、「ハンギョレ新聞」（二〇二一年四月十六日）のインタビューで次のように語っている。

「二十代の頃、いつもお金がなくて『あー、誰か百万ウォンくらいくれないかな』って思っていました。小説家になっていちばんよかったのは、私の指先ひとつで望みどおりの話を作れることです。だから、いつも誰かが三億ウォンぐらいくれる話を書きたいと思っていたのです。現実には起こりそうにないことですが、小説では思いどおりですから」

二〇二一年五月に『ソウル経済』が行ったインタビューでは、こうも語っている。

「『月まで行こう』はハッピーエンドだと言われますが、この話の構成を考えたときから『砂糖漬けのように甘く感じられたらいいな』という思いで作品を書きました。しかし、甘いものを食べたあとに口のなかがすっきりしないように、本作品もその後の成り行きに不確実性が残るので、完璧なハッピーエンドではないと思っています」

たしかに三人の人生が今後どうなるかはわからない。しかし、読者が主人公たちの快進撃を自分たちに重ね合わせて、カタルシスを得られるだろうことは間違いない。チャン・リュジンは、男性中心の社会構造にできた穴の中から自力で這い上がろうとする若い女性たちを応援したかったのではないだろうか。日々変わらない生活の中で、想像していた社会人生活と現実のギャップに苦しむ若者が、決められたルートから外れて自分が望む道へと歩みはじめる勇気を与えようとしたのかもしれない。本作から受け取るメッセージは読者によって違うだろうが、ジェットコースターに乗ったようなスリルと爽快感、ときには大笑いするユーモアに満ちた作品を最後まで楽しんでいただけることと思う。

最後に、本作を登場人物の三人と共に歩みながら翻訳する機会を与えてくださったことに、深く感謝いたします。そして、光文社の光英麻季さん、株式会社リベルのみなさん、古川綾子先生、友人の李和静さん、そして本書の刊行に携わってくださったすべての方に心より感謝申し上げます。

＊この作品は訳し下ろしです。

装画

Kwon Seoyoung

装丁

岡本歌織（next door design）

著者紹介

チャン・リュジン

1986年生まれ。延世大学で社会学を専攻。2018年に短編小説『仕事の喜びと哀しみ』（牧野美加・訳／クオン／2020）でチャンビ新人小説賞を受賞しデビュー。ほかに、第11回若い作家賞、第7回沈熏文学大賞を受賞。

訳者紹介

バーチ美和（ばーち・みわ）

1987年に延世大学韓国語学堂に留学・卒業。2021年、韓国文学翻訳新人賞受賞。'22年、共訳書『詩人キム・ソヨン　一文字の辞典』（クオン、姜信子監訳、一文字辞典翻訳委員会訳）で第八回日本翻訳大賞を受賞。共訳書に『新型コロナウイルスを乗り越えた、韓国・大邱市民たちの記録』（クオン）、訳書に『Mommy Book』（アルク）、『大人でなく30歳です』（サンマーク出版）がある。

月《つき》まで行《い》こう

2023年１月30日　初版１刷発行

著　者　チャン・リュジン
訳　者　バーチ美和
発行者　三宅貴久
発行所　株式会社 光文社
〒112-8011　東京都文京区音羽1-16-6
電話　編　集　部　03-5395-8254
書籍販売部　03-5395-8116
業　務　部　03-5395-8125
URL　光　文　社　https://www.kobunsha.com/

組　版　萩原印刷
印刷所　萩原印刷
製本所　国宝社

ISBN978-4-334-91510-0